7맛7작

테이스티 문학상

음식 테마 장르소설 공모전인 테이스티 문학상은
황금가지에서 주관하는 이색 소규모 문학상의 하나입니다.
1회는 '고기', 2회는 '면'을 주제로 공모전을 진행하였으며
매회 새로운 주제로 다양한 개성과 스펙트럼을 지닌
작품을 발굴하려 노력하고 있습니다.

 britg.kr

종이책의 감성을 온라인으로
황금가지의
온라인 소설 플랫폼

인기 출판소설 무료 연재 중!

제1·2회 테이스티 문학상 작품집

황금가지

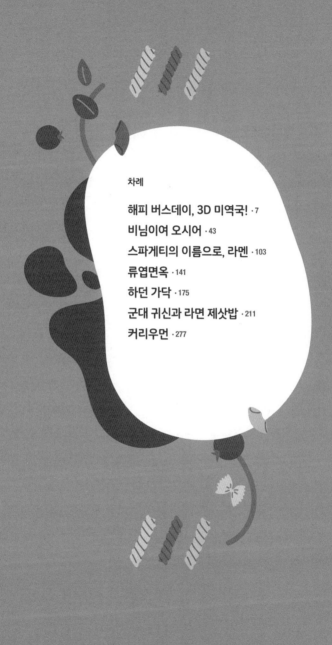

차례

해피 버스데이,
3D 미역국!

제1회 테이스티 문학상 우수작

박지혜

　　고등학교에서는 만화를, 대학교에서는 문예창작을 전공했다. 3D 프린터로 쿠키를
만드는 영상을 보고 큰 충격을 받아 이를 소재로 한 단편 「해피 버스데이, 3D 미역국!」을
쓰게 됐다. 2015년 황금가지 제1회 테이스티 문학상을 수상했다. 이후 머니투데이 제1회
한국과학문학상에서 VR 게임을 바탕으로 한 과학 스릴러 「코로니스를 구해줘」로
우수상을 받았다.

1

3D 푸드 프린터가 고장 났다.

두어 달 전부터 음식을 뽑아낼 때마다 음식물 주사기가 자꾸 밑으로 빠지더니, 오늘 결국 작동을 멈추고 만 것이다.

전문 매장을 거치지 않고 인터넷에서 구매한 제품이라 AS센터로 가져가도 견적이 꽤나 나올 것이다. 하지만 지금은 그깟 수리비가 문제가 아니다. 지금까지 내 모든 식생활은 이 3D 푸드 프린터의 기능에 맞춰 좌지우지되어 왔다. 애초에 내가 석 달 치 월급 가격의 신형 푸드 프린터를 온라인 경매까지 해 가면서 구입한 이유가 뭐난 말이다. 더 이상 냉동 재료로 만들어진 볶음밥(비슷한 고무 맛 나는 쌀 덩어리)과 초콜릿 잼(어린 시절 문방구 앞에서 팔았던 100원짜리

초코볼을 녹인 맛)을 바른 토스트로 아침을 때우고 싶지 않아서이지 않은가. 10년 넘게 썼던 고물 푸드 프린터를 버리고 한식, 중식, 양식 프린팅이 가능한 신형 3D 푸드 프린터를 배송받았을 때 느꼈던 희열이 엊그제 같은데 1년도 되지 않아 이 꼴이라니. 이럴 때마다 어른들이 고장 난 가전 제품을 보면서 제기했던 음모론—전자 제품 회사 놈들은 항상 이랬어. 일부러 제품의 수명을 짧게 만들어서 소비자들이 자꾸만 신상품을 구입하게 만들잖아! —에 손을 들어 주게 된다.

직장 동료가 7월 말부터 8월 초 일주일 동안 모든 전자 제품 서비스 센터는 휴가 기간이라며 빨리 수리를 맡기라고 할 때 말을 들었어야 했는데. 이제 와서 후회해 봐야 소용없지만 나에게도 변명거리는 널려 있다. 5월에는 2년 동안 사귀었던 남자친구와 헤어졌고, 6월에는 과로로 인한 위장 장애로 병원에 입원했고, 7월에는 인터넷 잡지의 증강현실(增强現實)화 프로젝트에 억지로 투입되었고, 8월 초 현재…….

내 서른두 번째 생일이 이틀 뒤로 다가왔다.

그리고 나는 태어나서 한 번도 받아 보지 못한 '엄마의 생일상'을 주제로 주간 푸드 칼럼을 작성해 같은 날 데스크로 넘겨야 한다.

아니, 도대체 누가 21세기도 중반이 다 되어 가는 이 시대에 엄마의 생일상 같은 아날로그적이고 감상적인 글을 읽고 싶어 하겠느냐 말이다. 하지만 20대 내내 잡다한 아르바이트만 전전하다가 경력도 없이 겨우 취직한 잡지 에디터 나부랭이가 편집장 앞에서 'No'라고 말할 수 있다면, 그건 자신의 능력을 과신하고 있거나 눈치가 더럽게 없거나 둘 중에 하나일 것이다. 그리고 나는 그중 어느 쪽도 아니기 때문에 편집장의 "그러고 보니 민주 씨 이번 달에 생일이지? 그럼 칼럼에 감정 이입하기도 쉽겠네. 이번 특집은 민주 씨가 한번 진행해 봐. 주 메뉴는…… 그래, 소고기 미역국이 좋겠네!"라는 말에 싫다는 내색도 못하고 말았다.

편집장은 출판사 대표와 사장을 겸하고 있는데, 처음 출판사를 세웠을 때부터 지금까지 '감성 마케팅 이론'을 금과옥조로 삼고 있다. 인공지능이 작성한 뉴스가 신문 헤드라인을 장식하는 요즘 세상에, 기자라는 직업이 살아남을 수 있었던 이유는 인간만이 지닌 '감성' 때문이라는 그녀의 주장은 나처럼 사회에 적응하지 못한 어중이들을 쉽게 끌어 모았다. 처음 입사했을 때만 해도 그녀의 신념에 가슴 깊이 감동하기도 했지만, 1년이 지난 지금은 월급이나 감성적으로 넉넉히 올려 줬으면 하는 바람밖에 남지 않았다.

어찌 됐든 3D 푸드 프린터가 고장 난 바람에 모처럼 얻어 낸 재택근무 주간도 쓸모없어지고 말았다. 내가 어렸을 때만 해도 피자와 치킨 같은 배달 음식을 시켜 먹을 수 있었는데, 집집마다 3D 푸드 프린터가 들어선 뒤로는 '사람이 직접 오는 배달 서비스'의 개념 자체가 사라져 버렸다. 먹고 싶은 것을 골라 인터넷으로 결제하기만 하면 따끈따끈한 음식이 과거의 팩스처럼 3D 푸드 프린터로 곧장 전송되어 오기 때문이다.

저 3D 푸드 프린터가 고장 나지만 않았다면 미역국과 불고기 같은 전통 생일상을 배달시켜 인공지능 문서 작성 프로그램으로 그럴 듯한 칼럼을 쓸 수 있었을 것이다. 신기술은 언제나 그랬듯이 중요한 순간마다 도움이 되는 법이 없다.

그래서 나는 어쩔 수 없이 나 홀로 생일상 차리기에 도전했다. 미역국 만드는 법을 검색해서 직접 미역이니 마늘이니 소고기니 하는 재료들을 사 왔을 때만 해도 일은 간단히 끝날 거라고 생각했다. 하지만 우리 집에 있는 부엌은 음식을 해 먹는 곳이 아니라 식기를 놓아두는 창고에 가까웠다. 냉장고도 남은 음식을 보관하는 용도로 쓰일 뿐이다. 국을 끓일 때 필요한 냄비와 국자, 심지어 마늘을 다질 때 써야 할 도마도 없어 새로 구입해야만 했다. 육수용 대파는 집에 있는 과도로 대충 썰어 냈다. 그렇게 해서 만들어낸 소고기 미역국의 맛은 그야말로 최악이었다. 미역은 너무 불려 흐물흐물했고 간은 지나치게 센 데다가 덜 익힌 소고기는 입안에서 비린내를 내며 물컹거렸다. 내가 엄마의 미역국을 먹어 보지는 못했지만 적어도 미역국이 이런 맛은 아니라는 것쯤은 본능적으로 알 수 있었다. 나는 음식물 쓰레기 처리기에 남은 국을 전부 쏟아 버린 다음 미역국과 음식점을 동시에 검색 창에 쳐 보았다. 하지만 '3D 푸드 프린터 재료로 일식집 미역국 만드는 법', '제주도 어멍 미역국 프린팅 조합법' 같은 게시글만 떠오를 뿐 미역국을 전문적으로 만드는 식당은 찾을 수 없었다.

당연한 일이다. 나도 글만 아니었다면 구태여 미역국을 먹으러 식당에 갈 생각은 하지 않았을 것이다. 어째서 생일에는 미역국이라는 구시대적 가치관이 첨단 시대를 살아가는 우리들의 머릿속에 여전히 프로그래밍되어 있는지, 어째서 편집장은 평소에 먹지도 않는 고정관념적인 메뉴에 얽매여 있는 건지, 알다가도 모를 일이었다.

　나는 직접 식당을 찾는 것을 포기하고 스마트폰 검색 엔진 '콩쥐'를 가동했다. 화면 위로 댕기 머리에 색동저고리와 유채꽃색 치마를 입은 3등신 소녀가 4D 입체 형상으로 떠올랐다. 원래 스마트폰이 제공하는 퍼스널 인공지능($P \cdot A \cdot I$)의 생김새는 남녀 인간형과 개와 고양이 뿐이다. 그래서 사람들은 퍼스널 인공지능의 생김새를 직접 디자인하거나 인터넷에서 다운받아 이용하곤 한다. 나는 처음 댕기 소녀의 모습을 설정할 때 어릴 적 여동생이 그린 그림에서 아이디어를 떠올렸다. 여동생은 서양 동화보다 전래 동화를 좋아했는데, 그중에서도 「콩쥐 팥쥐」는 책 표지가 닳을 정도로 읽곤 했다. 아마 그 애는 이야기 자체보다 동화책의 삽화를 마음에 들어 했던 것 같다. 여동생은 누더기 옷을 입고 새어머니에게 구박당하는 콩쥐가 아닌, 선녀가 만들어 준 색동저고리와 샛노란 치마를 입고 행복해하는 콩쥐의 모습을 즐겨 그렸다. 하지만 그 애의 그림은 지금 어디론가 사라져 한 장도 남아 있지 않다.

　댕기 소녀는 애니메이션 캐릭터처럼 화면 위를 빙글빙글 뛰어 다니다가, 곧 치맛자락을 살랑살랑 흔들며 말했다.

"무엇을 찾아 드릴까요?"

"생일상을 주문할 수 있는 음식점에 대해 조사해 줘."

　댕기 소녀는 열 살 남짓한 아이의 목소리로 "잠시만 기다리세요!"라고 대답한 뒤 검색에 들어갔다. 그러나 검색은 3초도 안 되어서 마무리됐다.

"생일상을 주문할 수 있는 음식점에 대해서 검색되지 않습니다. 좀 더 구체적인 메뉴명을 말씀해 주세요."

나는 절충안으로 한식 레스토랑을 검색해 보라고 명령했다. 댕기 소녀는 대중교통을 이용해 갈 수 있는 50여 군데의 한식 레스토랑 목록을 홀로그램 영상으로 띄워 보여 주었다. 나는 손가락으로 화면을 움직여 가며 음식점을 골라냈다. 기준은 두 가지였다. 인간 형태의 로봇인 안드로이드 요리사가 아닌 인간 셰프가 요리를 맡고 있는 곳. 점포의 역사가 20년 이상인 곳. 그러자 총 여덟 군데의 한식 레스토랑이 후보에 올랐다. 나는 조사를 마친 뒤 대충 얇은 카디건만 걸치고 집을 나섰다. 스마트폰만 주머니에 들어 있다면 오지한복판에 떨어져도 무엇이든 찾을 수 있는 세상이니까.

2

생각해 보면 내 인생은 언제나 무계획과 안일한 계획 사이에서 줄타기를 하던 삶이었다. 헤어진 그는 내 무계획적인 삶의 모습을 뜯어 고치고 싶어 했다. 물론 그는 뜻을 이루지 못했고, 마지막까지 변하지 않는 내 모습에 실망했다며 공원에서 이별을 고했다. 불과 두어 달 전의 일인데도 당시 상황은 잘 기억이 나지 않는다. 가로등 주변에 날벌레 수백 마리가 윙윙대며 날아다니던 것만 어렴풋이 떠오를 뿐이다.

작년 생일도 그와 함께 보내지 못했다. 그가 하필 내 생일이 끼어 있는 주간에 해외 출장을 나갔기 때문이다. 하지만 나는 거듭 말하지만 겉보기와 달리 아주, 아주 소심하기 때문에 그에게 친구들과 함께 생일 파티를 할 예정이니 상관하지 말라고 말해 버렸다. 그러고 나서 퇴근 뒤 집으로 돌아와 푸드 프린터로 찍어 낸 생일 케이크를 한 판이나 먹어 치운 것은 내 비밀 아닌 비밀이다. 취업에 성공했을 때도 그는 회사 일이 바쁘다며 나와 함께 저녁을 먹을 시간조차 내지 못했다. 퇴근 뒤 집에 돌아온 나는 홀로그램 영화를 보며 푸드 프린터로 주문한 치킨 한 마리를 앉은 자리에서 뜯어 먹었다. 생각해 보면 언제나 나의 기쁨과 슬픔을 함께해 온 동반자는 남자친구가 아니라 푸드 프린터였다. 사실 푸드 프린터에게 성별이 존재한다면 그처럼 완벽한 남자친구는 없을 것이다. 그러나 모든 기계는 언젠가 고장이 나게 되어 있고, 신기술을 만들어 내는 사람들은 그 점을 항상 간과한다. 기계가 고장 났을 때 그 기계의 기능에 익숙해진 사람들의 낭패에 대해서는 전혀 고려하지 않는 것이다.

맛있는 생일 미역국 한 그릇을 먹기 위해 반나절 동안 발품을 팔았지만 결과는 처참하기만 했다. 인공지능으로 검색해 찾아간 여덟 군데의 음식점 중 네 곳은 인간 셰프를 간판으로 내세워 놓고 뒤에서는 안드로이드와 푸드 프린터로 요리를 만드는 곳이었다. 나머지 네 곳은 가격이 지나치게 비싼 고급 한정식 집이거나 미역국 맛이 형편없거나 둘 중 하나였다. 그나마 칼럼 소재로 쓸 수 있을 법한 전통적인 미역국은 입맛에 전혀 맞지 않았다. 분명 푸드 리뷰 사이트에서 별 세 개 반 이상을 받은 요리인데도 말이다. 지금이라도 편집장에게 마감을 못 맞추겠다고 솔직하게 말하면 어떨까. 애당초 엄마가 끓인 미역국을 먹어 보지도 못한 내가 생일 미역국에 대한 푸드 칼럼을 쓰는 건 불가능한 일이라고 말이다. 하지만 나는 곧 생각을 고쳐먹었다. 편집장은 "마감을 맞추지 못하는 기자는 언제든지 인공지능 기자 프로그램으로 교체되어도 할 말이 없다."고 입버릇처럼 말하는 사람이다.

마지막으로 요리 전문점의 메카라 불리는 미강(未江)역 앞에 내렸을 때, 내 배 속은 이미 불어난 미역으로 가득 차 있었다.

미강역 앞은 언제나 그렇듯이 인파로 북적였다. 나는 바닥에 흩뿌린 과일 사탕 무더기처럼 색색의 네온으로 빛나는 식당 거리를 가로질러 갔다. 안드로이드 요리사가 3D 푸드 프린터로 커피와 디저트를 만드는 카페에는 10대, 20대 학생들과 연인들이 북적거린다. 나도 몇 년 전까지 자주 드나들던 곳이다. 일반 요리사들은 전공으로 삼은 요리를 주방에서 10년 이상 갈고 닦아야 제대로 된 맛을 낼 수 있지만, 안드로이드 요리사는 레시피만 입력하면 전 세계의 음식을 10분 안에 만들어 낼 수 있다. 뿐만 아니라 '빨간 금붕어 찹쌀떡'과 '사루비아 꿀삼겹살' 같은 괴상한 음식이 유행할 때도 손님들의 수요에 맞춰 얼마든지 업종을 바꿀 수 있다는 점도 업주들이 안드로이드 요리사를 선호하는 이유다. 하지만 안드로이드 요리

사의 소프트웨어에 '엄마의 미역국'이라는 레시피가 입력되어 있을
리는 없다.

나는 배 속이 꽉 차 있음에도 불구하고 다시 허기를 느꼈다. 가슴
이 답답해지고, 괜히 허공에 대고 강짜를 놓고 싶었다. 내가 왜 그까
짓 칼럼 때문에 이런 기분을 느껴야 하는 걸까. 짜증나는 편집장 때
문인지, 고장 난 푸드 프린터 때문인지, 차라리 오지 않았으면 하는
서른두 번째 생일 때문인지, 짐작 가는 이유가 너무 많다. 누구에게
실컷 화풀이라도 하고 싶지만 내 주변에는 그럴 만한 사람이 없다.
엄마는 예전부터 어리광을 받아 주는 법이 없었다. 몇 안 되는 친구
들은 모두 의존적이거나 쉽게 상처 받는 성격이고, 남자친구는 내
침울한 일면을 견디지 못했다. 집안에서 유일하게 나를 이해해 주
었던 여동생 혜주도 지금은 곁에 없다. 스마트폰과 영상 통화 박스,
초고화질 증강현실이 암만 발전해 봐야, 만날 수 있는 사람이 없다
면 아무 짝에도 쓸모가 없는 법이다.

나는 다시 인공지능 콩쥐를 불러냈다.
"미강역 근처에 저렴한 가격으로 소고기 미역국을 주문할 수 있
는 곳이 있니?"

댕기 소녀는 "잠시만 기다려 주세요!"라고 대답한 다음 눈을 감
았다. 몇 초 지나지 않아 콩쥐는 감았던 눈을 떴다. 인공지능의 눈동
자가 초록색으로 빛나며 검색을 끝마쳤다는 신호를 보냈다.
"전방 278미터 이동 후 우측으로 65미터, 다시 좌측으로 41미터

이동하면 '회랑 나랑'이라는 상호의 포장마차가 있어요! 주력 메뉴는 '회를 곁들인 콩나물 비빔밥 정식', '해산물을 듬뿍 넣은 해장미역국'입니다."

"혹시 포장마차 주인이 인간인지 안드로이드인지도 알 수 있을까?"

"검색된 사진을 분석해 보니 인간일 확률이 90퍼센트 이상이에요!"

댕기 소녀가 발랄한 목소리로 말했다. 검색 엔진들은 무엇이든 애매하게 말하기를 좋아한다. 인간이면 인간이지, 왜 인간이 아닐 가능성이 10퍼센트나 된다고 여지를 남겨 놓는 걸까. 검색 엔진의 불확실성을 인정하고 혹시나 있을지 모를 오류를 최소화하기 위한 요량인 건 알지만, 나 같은 일반인 입장에서는 검색 엔진이 완벽하다고 믿는 편이 더 마음 편하다. 인생 자체가 불완전한데, 사람에게 정확한 정보를 제공하기 위해 만들어 놓은 기계마저 불완전하다면 우리는 대체 무엇을 믿고 살아야 하겠느냐 말이다.

하지만 사소한 궁금증을 채우는 것보다 더 중요한 일이 남아 있었다. 나는 댕기 소녀에게 길 안내를 부탁했다. 소녀는 스마트폰 위에서 폴짝 뛰어내린 뒤 길을 따라 달려갔다. 소녀가 지나간 길 위로 형광 분홍색으로 빛나는 안내선이 이어졌다. 안내선은 스마트폰의 위치를 검색한 인공위성이 만들어 주는 것이기 때문에 내가 지나가면 곧장 사라져 버린다. 나는 안내선을 따라 후미진 골목을 향해 걸어가기 시작했다.

3

주황색 비닐을 걷고 포장마차 안으로 들어서자 가장 먼저 눈에 들어온 것은 커다란 수족관이었다. 이단으로 된 수족관은 조리대 옆에 떡하니 붙어 존재감을 자랑했다. 위층 어항에는 녹슨 크롬 같은 비늘을 지닌 우럭이 들어 있고, 아래층 어항에는 넓적한 광어들이 한데 겹쳐 바닥에 가라앉아 있다. 나도 모르게 멍하니 수족관을 들여다보았다. 위층 수족관에 있는 물이 관을 타고 아래로 내려갔다가 다시 반대편 관을 타고 위로 올라가는 모습이 마치 작은 폭포를 연상케 했다. 이게 얼마 만에 보는 횟집 수족관인지 기억조차 가물거렸다. 내가 10대였을 때만 해도 횟집에 수족관이 있는 건 동물원에 사자와 호랑이가 있는 것만큼이나 당연한 일이었다. 그러나 속초 앞바다에서 바로 잡아 올린 생선을 소형 헬리콥터 모양의 드론이 20분 안에 서울까지 배달해 올 수 있게 되면서 이야기는 달라졌다. 숙련된 요리사들은 재료의 원산지 주변에 상주하면서 회를 떠 드론에게 배달시키고, 도심의 음식점에서는 안드로이드 요리사가 손님 접대와 음식 플레이팅을 맡는 이중 구조의 횟집이 기존 음식점의 자리를 내신했다. 초장을 만들고 상추와 깻잎을 손질해 손님들에게 내놓는 정도는 기계 인간의 손으로도 얼마든지 가능하기 때문이다.

이런 변화 때문에 횟감을 넣어 둔 수족관이 식당 바깥에 나와 있던 과거의 횟집은 지금 거의 찾아볼 수 없게 되었다. 그간 잊고 있던 파란 바탕에 물때 낀 낡은 횟집 수족관의 모습이 기억 속 우물 안에서 솟아 올라오고 있었다.

"혼자 오셨나?"

포장마차 주인이 부르는 소리에 뒤를 돌아보았다. 주인은 40대 중반 정도로, 180센티미터는 족히 넘어 보이는 신장에 어깨까지 떡 벌어져 요리사이기보다 운동선수 같은 인상이었다. 머리까지 스포츠형으로 짧게 잘라 튀어나온 광대뼈가 더 두드러져 보였다. 뺨에 흉터가 없는 게 천만다행이었다. 안 그랬으면 영락없이 조폭인 줄 알았을 테니까.

"네. 지금 식사 돼요?"

주인은 대답 대신 목장갑을 낀 오른손을 들어 비어 있는 자리를 가리켰다. 나는 적당히 구석에 있는 원형 테이블에 앉았다. 주인이 물수건과 물통을 가져다주었다. 그는 왼손에는 장갑을 끼고 있지 않았다. 급하게 장갑을 벗다가 한 짝을 잊어버렸나 보지. 나는 무심하게 넘기며 메뉴판을 내려다보았다. 일본식 회와 한국 가정식 메뉴가 한데 뒤섞여 있는 메뉴판을 보니, 가게의 콘셉트는 한식과 일식의 퓨전 같았다. 무엇을 먹을지 고민하던 차에 조리대 옆 식탁에 앉은 60대 초반 사내의 모습이 눈에 들어왔다. 사내는 오징어 볶음을 앞에 두고 두부김치와 뭇국을 반찬 삼아 반주를 즐기고 있었다. 그는 고추장 양념을 잔뜩 묻힌 오징어를 입에 넣은 다음 숟가락으로 밥을 크게 한술 떴다. 그는 김이 모락모락 올라오는 쌀밥을 후후 불어 가며 입에 밀어 넣었다. 사내는 누구의 눈치도 보지 않고 음식물을 쩝쩝 씹은 다음 꿀꺽 삼켰다. 거기서 멈출 만도 하건만, 그는 재차 숟가락으로 뭇국을 떠서 마시고는, 마지막으로 소주잔에 가득 찬 술을 한 번에 들이켰다. 크으 하는 사내의 쓰디쓴 감탄사에 반사적으로 입안에 침이 고였다.

"오징어 볶음이 많이 맵나요?"

내 질문에 주인은 육수 냄비를 휘젓던 국자를 내려놓으며 말했다.

"이 가게에 오징어 볶음은 없우. '오삼 불고기'라면 몰라도."

그의 퉁명스러운 말투 때문에 나는 잠시 후에야 그가 농담을 했다는 걸 알아차릴 수 있었다.

"여기는 어떻게 알고 왔우? 요새 포장마차 찾는 사람들이 별로 없는데."

"소고기 미역국을 먹고 싶은데 주변에 파는 데가 없어서요. 인터넷으로 검색해서 찾아왔어요."

"나는 인터넷에 광고를 한 적이 없는데?"

"손님들이 추천 글을 올려서 그런 것 아닐까요?"

내 말에 주인은 팔짱을 끼고 고개를 갸웃거렸다.

"우리 가게 단골들은 스마트폰이나 태블릿 같은 걸 잘 안 쓰는 사람들이 대부분이라서. 서기 계신 분도 6년째 단골인데 친구분의 소개를 받고 우리 가게에 처음 오셨거든."

"그런데 오늘은 친구분 없이 혼자 오셨네요? 그만큼 요리가 맛있어서겠죠?"

반쯤 눈에 보이는 칭찬을 던졌는데도 주인의 얼굴은 무표정했다.

무안해져서 식탁에 붙어 있는 메뉴판을 내려다보는데, 그가 툭 말을 던졌다.

"저 손님 친구분이 채식주의자가 되셨거든. 그것도 고기도 생선도 먹지 않는 비건(vegan) 말이오."

"그 미친놈이 술도 끊었다고 말해 줘! 치사한 새끼, 혼자서 120살까지 벽에 똥칠하면서 살라그래! 난 고기랑 술이랑 맘껏 처먹고 일찍 죽을 거다!"

60대 사내가 술잔을 들고 낄낄거리며 말했다. '아, 그것 참 유감이네요.'라고 대답하고 싶었지만 그는 또다시 삼겹살과 오징어를 젓가락으로 잔뜩 집어 입에 욱여넣기 시작했다. 주인은 내 쪽을 보지도 않고 육수 냄비를 휘젓고 있었다. 어서 주문을 하라는 무언의 압박에 나는 머리를 굴리기 시작했다. 아무리 생각해도 회사에서 나온 알량한 취재 비용으로 주문할 수 있는 메뉴는 두 가지 정도였다. 그리고 내가 먹어야 할 음식은 처음부터 정해져 있었다.

20여 분이 지나자 주문한 오징어 삼겹살 불고기와 소고기 미역국이 나왔다. 거기다 야채 계란말이와 밥 한 공기가 서비스로 제공되었다. 나는 젓가락으로 오징어와 삼겹살을 한데 집어 입에 넣었다. 매콤한 고추장 양념과 질기지 않고 탱글탱글한 오징어의 식감, 토치로 불을 내어 구운 두툼한 삼겹살이 한데 어우러져 입안을 가득 채웠다. 내 어금니와 턱에서 고기와 야채를 으깨어 씹는 소리가 사방으로 울려 퍼지고 있었다. 방금 전 단골 아저씨가 오삼 불고기를 먹으며 쩝쩝거렸던 이유를 이제는 이해할 수 있었다. 배가 얼마 전 먹은 음식으로 가득 찬 상태였는데도 불구하고, 내 혀는 지금 이 요리들을 모두 먹어 치워야 한다며 뇌를 닦달하기 시작했다. 나는 손등 너비만 한 두께의 야채 계란말이를 젓가락으로 먹기 좋게 잘랐다. 그러자 계란말이가 잘린 단면에서 누런 치즈가 흘러내렸다. 내 입안에서도 치즈가 고추장 양념의 매운맛을 뒤덮어 감칠맛을 만들었다. 입천장에 들러붙은 노란 치즈를 혀로 떼어먹는 맛은 언제 어느 때고 예술이다. 나는 김이 올라오는 흰 쌀밥을 숟가락 가득 퍼서 입안으로 밀어 넣었다. 불고기 양념 때문에 얼얼해진 입속 점막이 다시 달아올랐다. 분명 백미로 만든 밥인데도 너무 고소한 나머지 콩이나 율무 같은 잡곡이 들어간 게 아닌지 밥을 뒤져 봤을 정도였다. 회식 때 가 본 고급 일식집에서 먹은 고슬고슬하고 부드러운 쌀밥을 포장마차에서 먹게 될 줄이야. 나는 마지막 순서로 오늘 집에서 나온 목적인 소고기 미역국을 한술 떠 마셨다.

……

국물은 시원했다. 소고기가 들어갔는데도 기름기 없이 담백했다. 여기서 소금이 조금만 덜 들어갔어도 병원에서나 먹는 맛없는 미역국이 되었을 것이다. 미역은 3D 프린터로 프린팅된 것이 아니라 산지에서 직접 배송되어 온 것 같았다. 부드럽고 입안에서 금세 풀어져서 녹아 없어졌다. 매일 먹어도 질리지 않을 것 같은 깔끔한 맛의 미역국이었다.

나는 스마트폰에서 댕기 소녀를 불러와 지금까지 먹은 음식의 맛을 낱낱이 기록하게 했다. 그저 음식에 대해서 쓰는 것만이 아니라 과거의 경험을 추가해 될 수 있는 한 감동적으로 포장하는 것이 핵심이었다. 주인과 단골 아저씨는 내가 인공지능을 이용해 칼럼을 작성하는 장면을 신기한 눈으로 쳐다봤다.

나와 댕기 소녀가 작성한 글 속에서 엄마는 어린 시절 생일마다 친구들을 불러 수제 요리를 한 상 가득 차려 주던 자상한 어머니로 탈바꿈됐다. 그러나 현실의 엄마는 생일을 챙겨 주기는커녕 지금 내 나이가 몇인지도 헛갈리는 사람이었다. 옛날부터 나와 여동생 혜주를 어찌나 차별했는지, 언젠가 옆집 아저씨가 나더러 입양아가 아니냐고 넌지시 물어온 적도 있었다. 한때는 엄마의 마음에 들기 위해 아양도 떨어 보고 공부도 열심히 해 봤지만, 10대 중반 이후로는 소용없는 짓이라는 걸 알고 그만두었다. 내가 무슨 짓을 해도 아빠에게서 물려받은 두툼한 눈꺼풀과 납작한 코, 까만 피부를 바꿀 수는 없었기 때문이다.

반면 두 살 터울의 여동생 혜주는 엄마를 닮아 여성스럽고 가느다란 골격에 하얀 피부, 강아지 같은 순진한 눈망울을 지니고 있었다. 사람들은 우리가 자매라는 사실을 알고 나면 믿을 수 없다는 듯이 연신 고개를 갸웃거렸다. 여자애들만 보면 짓궂은 장난을 걸었던 동네 말썽꾸러기 남자애들도 혜주에게는 함부로 대하지 못했다. 보통의 언니라면 이런 상황에서 동생을 질투하고도 남았을 것이다. 그런데 이상하게 나는 혜주를 미워할 수가 없었다. 오히려 그 애는 내게 『나의 라임 오렌지 나무』 속 주인공 제제가 끔찍이 아끼는 동생 루이스와 다름없었다. 제제는 금발에 아기 천사 같은 용모를 지닌 루이스를 '나의 왕'이라고 부르며 사랑한다. 나 또한 마찬가지였다. 하얀 레이스 원피스 차림에 분홍색 캐릭터 가방을 멘 혜주의 모습은 지나가는 사람들이 돌아볼 정도로 귀엽고 사랑스러웠다. 나는 그 애와 함께 등교하면서 사람들의 시선을 느꼈고, 그때마다 어깨를 으쓱였다. 동화책에서 막 튀어나온 공주님 같은 이 아이가 내 동생이라는 것이 자랑스럽기만 했다. 반면 나는 초등학교 2학년부터 5학년까지 똑같은 후드 티만 입고 다녔고, 나중에는 팔꿈치 부분이 해져 구멍이 나기도 했다. 하지만 그런 사소한 차별은 중요하지 않았다. 혜주는 내가 받지 못한 엄마의 사랑을 받고, 나보다 어리고 순수하며 새끼 동물처럼 연약한, 내가 갖지 못한 모든 것을 가진 살아 있는 천사였기 때문이다.

혜주는 엄마의 편애를 받기는 했지만 그 애정을 이용하는 영악한 짓은 하지 않았다. 오히려 엄마 앞에서 나를 두둔하거나 추켜세워 주었고—스티커를 떼 주었다거나, 찬장 위 유리컵을 내려 주었다거나 하는 사소한 일에도—다른 사람들 앞에서도 마찬가지였다. 그 애는 언제나 서슴지 않고 세상에서 언니를 가장 사랑한다고 외치고 다녔다. 주위 어른들은 내가 엄마보다 더 열성적으로 여동생을 돌보는 것 같다고 말했다. 나는 그 말에 동의하지는 않았으나, 혜주가 엄마의 애정을 살갑게 여기지 않았다는 점에는 이의가 없었다.

언젠가 동화 「콩쥐 팥쥐」를 읽어 준 날 밤, 함께 자려고 침대에 누웠을 때 혜주가 물어왔다.

언니, 우리 엄마는 새엄마야?

무슨 소리야, 당연히 친엄마지.

그런데 엄마는 왜 언니를 괴롭혀? 언니는 콩쥐고, 내가 못된 팥쥐라서 그래?

나는 잠시 아무 말도 하지 못했다. 어떤 변명을 해도 혜주를 속이는 건 불가능했다. 그 애는 이미 모든 것을 알고 있었으니까. 나는 그저 동생을 끌어안고 이렇게 중얼거릴 수밖에 없었다. 콩쥐는 너야. 못된 팥쥐는 나고. 너처럼 착한 애는 이 세상 어디에도 없어. 정말이라니까.

아마 그때 난 조금 울었던 것 같다.

얼추 완성된 칼럼을 들여다보았다. 개요를 가지고 있는 상태에서 음식 묘사만 추가하면 되는 정도라 작성에 큰 어려움은 없을 줄 알았다. 그런데 이상하게도 미역국에 대한 부분만은 제대로 써지지 않았다. 몇 번을 다시 읽어 봐도 남이 쓴 글 같았고, 편집장이 누누이 강조하는 감성의 '감'자도 들어가 있지 않은 건조한 묘사뿐이었다.

며칠 굶은 사람처럼 밥을 먹던 내가 갑자기 음식을 앞에 두고 고사를 지내자 주인이 물어왔다.

"맛이 없으신가? 갑자기 밥을 먹다 마시네."

"맛이 없긴요. 너무 맛있어서 기절할 정도예요. 실은 제가 미역국을 소재로 칼럼을 써야 하는데, 잘 안 써져서 잠깐 생각 좀 하고 있었어요."

주인은 장갑을 끼지 않은 왼손으로 뒤통수를 긁적였다.

"난 또, 기자셨구먼. 어쩐지 횟집에 들어와서 미역국을 주문하는 게 영 별나다 싶었는데."

"혹시 제가 폐를 끼친 건가요?"

주인은 내 말에 손을 휘휘 내저었다.

"아니, 그 반대요. 나도 예전에는 요리 매체에서 나온 기자들을 많이 상대했었지. 그때는 인터뷰를 뿌리치는 게 일이었는데 지금은 오히려 그 사람들이 그리울 정도요. 아무리 세상이 달라졌다지만 안드로이드 기자를 앞에 두고 마음 편하게 인터뷰를 할 수 있는 사람이 어디 있겠어?"

"맞아요. 저도 인터뷰 기능을 가진 안드로이드 기자를 본 적이 있는데, 암만 사람같이 생겼어도 좀 섬뜩하더라고요."

"그런데 왜 하필 기사 주제가 생일 미역국이오? 요새 젊은이들은 한식을 잘 안 먹지 않나?"

주인이 문득 떠오른 듯이 물어왔다. 나는 스마트폰으로 기사 파일을 들여다보고 대답했다.

"왜냐하면 '3D 푸드 프린터의 시대가 오기 전, 우리네 어머니들이 자식의 생일에 손수 끓여 주었던 미역국을 기억하는가?'가 이번 특집 주제거든요."

"그럼 굳이 여기서 사 먹지 말고 아가씨 어머니에게 가서 미역국을 끓여 달라고 부탁하지그랬어? 여기 요리가 괜찮은 편이긴 한데, 그래도 어머니가 직접 끓여 준 미역국보다는 못하지."

옆에서 듣고 있던 단골 아저씨가 끼어들어 말했다.

"엄마랑 지금 따로 살고 있어서요. 아빠랑 이혼한 지 10년이 넘으셨거든요."

나는 아무렇지 않게 대답했다. 단골 아저씨는 주인의 힐난하는 눈빛에 어쩔 줄 몰라 했다.

"미안해, 아가씨. 혹시 마음 상한 건 아니지?"

"괜찮아요. 요즘 세상에 이런 게 별일이나 되나요? 신경 쓰지 마세요."

나는 정말로 괜찮았다. 하지만 다른 사람들의 안타까운 시선이나 어설픈 위로를 받으면 더 이상 괜찮지 않게 된다. 부모의 이혼은 내게 아무런 문제가 아닌데, 타인이 억지로 '너의 트라우마는 이것이지? 다 알고 있어.'라며 근심거리를 안겨 주는 꼴이나 마찬가지기 때문이다. 주인은 팔짱을 끼고 잠시 뭔가를 생각하더니, 불쑥 말을 꺼냈다.

"그렇담 어릴 적에 먹었던 미역국 맛을 기억해 보지그래요? 방금 전 미역국은 아가씨 입맛에 안 맞았던 것 같은데."

주인의 갑작스러운 제안에 나는 깜짝 놀라 손사래를 쳤다.

"아, 아니에요! 그러실 것까진 없어요! 지금 나온 국도 맛이 괜찮았는데……."

"괜찮기는 했는데 아주 맛있지는 않았다, 뭐 이런 거지?"

옆에서 단골 아저씨가 나이에 맞지 않게 깐죽대는 통에 괜히 민망해졌다. 주인은 다시 앞치마를 두르고 조리대 앞으로 갔다. 내가 재차 거절하려고 하자 단골 아저씨가 옆에서 속달거렸다.

"저 양반이 자존심이 세서 그래. 저래 봬도 호텔 출신 셰프거든. 아가씨가 이대로 가 버리면 아마 집에 가서 잠도 제대로 못 잘걸? 그냥 못 이기는 척하고 만들어 달라고 해."

정말 오늘은 횡재를 한 건지 아니면 된통 잘못 걸린 건지 도통 분간을 할 수가 없다.

새로 끓여 나온 미역국은 진한 소고기 육수로 국물 맛을 낸 것이었다. 이전에 먹었던 것보다 기름기가 많았지만 전혀 느끼하지 않았다. 오히려 국물이 입안에 착 감겨서 수저질을 멈추지 못하게 만들었다. 육수 조리 과정에서 올라오는 흰 거품을 계속 걷어 올려 쇠고기 잡내와 고기 기름을 없애 준 것이 맛의 비결인 듯했다. 주인은 나름대로 집에서 어머니들이 하는 방식을 그대로 따라하여 솜씨를 부린 것 같았다. 하지만 여전히 내가 어릴 적 먹었던 미역국과는 거리가 있었다. 생각만큼 내게서 좋은 반응이 나오지 않자 주인의 표정이 심각하게 굳었다.

"이것도 별로요? 이상하군. 집에서 어머님들이 하는 방식대로 끓였는데?"

"아뇨, 되게 맛있어요. 3D 푸드 프린터로는 절대 이런 맛이 나오지 않을 거예요. 근데 너무 맛있어서 문제랄까⋯⋯."

"맛있어서 문제라? 그건 또 무슨 소리야?"

단골 아저씨가 또다시 끼어들었다. 그는 오징어 회를 안주 삼아 소주를 마시고 있었는데, 이미 얼큰하게 술이 올라 반쯤 취한 상태였다.

"사실 제가 어릴 적 먹었던 생일 미역국은 열 살짜리 여동생이 끓여 준 거였거든요."

나는 말했다. 그런데 두 아저씨들이 갑자기 내 얼굴을 빤히 들여다보는 것이 아닌가. 나는 영문을 알 수 없어 다시 물어봤다.

"저, 왜들 그러세요?"

"그걸 먼저 말했어야지!"

"그 중요한 걸 왜 이제 말하나?"

아저씨들이 누구라고 할 것 없이 버럭 소리를 질렀다. 나는 당황한 나머지 엉겁결에 이렇게 말해 버렸다.

"하지만 제 동생은 옛날에 죽었는데요?"

4

내가 열두 살 생일을 맞이했을 무렵, 부모님의 갈등은 최고조에 달해 있었다. 언제나 이혼 소리를 달고 사는 분들이었지만 그때는 두 분이 매일같이 법원 앞까지 갔다가 되돌아오는 것이 일상이었다. 이전까지만 해도 아빠가 인형이나 문구 같은 자그마한 선물을 가져다주곤 했지만 그해는 그마저도 바랄 수 없었다. 생일 선물로 이혼 서류와 "엄마랑 살래, 아빠랑 살래?"라는 선택지를 가져다주지나 않으면 다행일 정도였다.

혜주는 아무도 생일을 챙겨 주지 않는 내가 불쌍했는지 단풍잎처럼 자그마한 손으로 미역국을 끓여 주었다. 만약 내가 보는 앞에서 미역국을 만들려고 했다면 무슨 수를 써서도 말렸겠지만 ─ 혜주가 그 가느다란 팔로 무거운 냄비를 들어 옮기고, 날카로운 식칼을 들어 자기 상체만 한 대파를 썰어 내는 장면을 상상하면 지금도 아찔하다 ─ 그 애는 내가 학원에 간 사이 모든 일을 끝마쳤다. 김치와 미역국, 계란 부침과 햇반밖에 없는 초라한 밥상이었지만 나는 그릇 바닥을 득득 긁어 가며 생일상을 비웠다. 돌이켜 보면 그 애는 냉장고 안에 있는 한정된 재료로 꽤 훌륭한 미역국을 끓여 냈던 것 같다. 멸치 가루와 양파로 그럴듯한 육수도 만들어 냈고, 미역도 적당히 양을 맞춰 둘이서 먹을 만큼만 불렸다. 안에 들어간 고기도 약간 기름지긴 했지만 입안에 계속 남아 쫄깃하게 씹혔다. 나는 그 애에게 물었다.

너 정말 대단하다. 설마 너 혼자서 끓인 거야?

안 그래도 집을 자주 비우는 데다 혜주를 과보호하는 엄마가 요리를 가르쳤을 리는 없을 것이다. 그 애는 대답 대신 쪼르르 자기 방으로 달려가 스마트폰을 들고 왔다. 검색창에는 미역국 만드는 법에 대한 검색 기록이 무수히 찍혀 있었다. 그중 가장 눈에 띈 것은 '무엇이든 물어보세요!'라는 잡학 코너였다. 유저가 질문을 올리면 불특정 다수의 네티즌이 답변을 달아 주는 방식이었다. 혜주는 요리 질문게시판에 언니의 생일 미역국 만드는 법을 물어봤고, 한 네티즌이 정성껏 댓글을 달아 준 것이다. 대충 요리 순서만 나열해 놓은 다른 답변들과 달리, 그 댓글은 초등학생인 혜주도 쉽게 따라 할 수 있을 만큼 자세한 사진 자료와 간편한 설명들이 덧붙여져 있었다. 어디 사는 누군지는 모르겠지만 혜주에게는 은인이나 다름없었다.

나는 미역국에 남은 밥을 전부 말아 김치와 함께 먹었다. 그때 나는 며칠 굶은 사람처럼 정신없이 미역국을 들이켰던 것 같다. 나는 혜주에게 나중에 커서 꼭 요리사가 되라고 말했다. 포털사이트에서 검색한 레시피만으로도 이렇게 맛있는 미역국을 끓여 내는데, 앞으로 전문적으로 공부하면 얼마나 대단한 요리를 만들어 낼 것인가. 동생은 수줍게 웃으면서 매년 내 생일마다 미역국을 끓여 주겠다고 약속했다.

그로부터 석 달 뒤, 혜주는 신종 인플루엔자에 감염되어 세상을 떠났다.

어처구니없다는 말이 이보다 딱 들어맞는 상황은 또 없을 것이다. 혜주는 선천적으로 몸이 약했고 만성적인 기관지 천식을 앓고 있었다. 하지만 그것이 생명을 위협할 정도라고 생각했던 사람은 아무도 없었다. 게다가 지금은 21세기 아닌가. 초기 암 정도는 약물 치료만으로 낫게 할 수 있고, 사스와 에이즈 백신이 개발되었으며 팔다리가 잘려도 몸에 꼭 맞는 로봇 신체를 달아 정상적으로 생활할 수 있게 만드는 만능 의학의 시대 말이다. 혜주가 입원했을 때 의사들은 이삼일 뒤에는 퇴원할 수 있을 거라고 호언장담했다. 부모님과 나는 의사의 말을 철석같이 믿었다. 현대 의학은 언제나 20세기와 21세기 초의 미개한 의학은 과거지사에 불과하다면서, 우리들에게 병과 죽음에 대해서는 생각할 필요가 없다고 말한다. 그러나 그들은 한 가지 사실을 잊고 있다. 20세기에도, 21세기 초에도 의사들은 환자들에게 똑같은 말을 했었다는 것을.

혜주가 급작스러운 기관지 감염으로 목숨을 잃자 의사들은 이렇게 말했다. "정말 믿을 수 없는 일이지만…… 저희로서도 왜 이렇게 됐는지 모르겠습니다." 엄마는 그 자리에서 기절했고 아버지는 의료 소송을 준비하겠다며 펄펄 뛰었다. 그러나 의사들이 '왜 이렇게 됐는지 모르겠다.'라고 하는 의학적 문제를 일반인인 우리 가족이 '왜 그렇게 됐는지' 의학적으로 증명해 낼 수 있을 턱이 없었다. 결국 부모님은 마지막 순간까지 뜻을 모으지 못하고 보상금을 받는 선에서 혜주 일을 마무리 지었다. 그리고 두 사람은 싸우는 것도 지쳤다는 듯이 조용히 갈라섰다.

벌써 20년 전의 일이다. 그 뒤로 나는 생일에 미역국을 먹은 적이 없다. 패밀리 레스토랑과 맛집 유행이 지나가고 3D 푸드 프린터가 우리 집에 들어온 다음부터는 기념일에 반드시 누군가와 함께해야 한다는 강박관념도 사라졌다. 혼자 밥을 먹는 게 익숙해지다 보니, 외려 사람들과 함께 밥을 먹는 일이 어색하게 느껴질 정도다.

하지만 오늘 같은 날은 인간이 사회적 동물이라는 아리스토텔레스의 명언에 공감할 수밖에 없다. 이미 전화번호조차 삭제해 버린 전 남자친구가 그리워지고, 연락이 끊긴 지 1년이 넘은 엄마의 카랑카랑한 목소리가 그리워지고, 혜주가 인터넷 레시피로 끓여 낸 첫 미역국이 그리워지니 말이다.

이틀 전 내 사연을 들은 포장마차 주인은 생일인 오늘까지 20년 전 여동생이 만들어 준 미역국의 맛을 재현해 내겠다고 약속했다. 혜주 이야기로 동정을 얻고 싶은 마음은 없었기에 어떻게든 만류하려 했지만 주인은 고집을 꺾지 않았다. 단골 아저씨의 말에 따르면 이미 생일 당사자의 뜻과 관계없는 자존심 싸움이 된 것 같았다.

설상가상으로 편집장은 나에게 자정까지 칼럼을 마감하라는 최후통첩을 해 왔다. 어제 혹시나 하는 마음에 임시로 쓴 글을 제출했는데, 역시나 생일 미역국 부분에서 '생동감이 없는 흔한 묘사'라는 평을 듣고 퇴짜를 맞은 것이다. 그래 놓고선 하루 만에 마감을 하라니, 내가 인공지능인 줄 아시는 건가? 사정 모르는 사람들이야 요즘 기자들이 인공지능 덕에 편하게 일한다고 생각하겠지만 천만에 말씀이다. 인공지능은 사건 데이터를 빠른 시간 안에 분석할 수는 있지만, 기자 개인의 관점과 사상을 담은 칼럼은 써내지 못하기 때문이다. 우리가 과거보다 빠른 속도로 기사를 쓰는 것은 사실이나 창의적이고 감동적인 표현을 얻기 위해서는 과거 선배들이 그래 왔던 것처럼 머리를 쥐어짜야만 한다.

모니터 앞에서 머리를 싸매 쥐고 있노라니, 댕기 소녀가 트램펄린을 밟은 것처럼 스마트폰 화면에서 뛰어올라 "전화 받으세요!"라고 외쳤다. 소녀의 이마를 꾹 눌러 음성을 수신하자 중년 남성의 우렁우렁한 목소리가 들려왔다.

"오늘 밤 11시 정도에 예약 잡아 놨으니까 오고 싶으면 오슈."

"저 오늘 자정까지 마감인데요?"

"그럼 더 일찍 오시든가."

전화는 금세 끊겼다. 이게 뭐지, 하는 심정이었지만 나는 이미 찬밥 더운 밥 가릴 처지가 아니었다. 먼 기억 너머에서 과거에 먹은 미역국의 맛을 끌어낼 수만 있다면 주인의 바짓가랑이라도 잡고 매달려야 할 판이었다. 나는 노트북을 덮고 자리에서 일어났다.

이틀 만에 다시 찾아간 포장마차는 금요일답게 손님들로 북적였다. 손님들의 연령대는 내 또래인 30대부터 많게는 60대 이상의 노인들까지 다양하게 분포되어 있었다. 간이 테이블이며 조리대 옆 테이블까지 손님들로 꽉 차 있어 암만 둘러봐도 앉을 만한 곳이 보이지 않았다. 수족관 옆에 비어 있는 테이블이 한 군데 있긴 했지만 예약석 팻말이 놓여 있었다. 빈자리가 생길 때까지 잠시 다른 곳에서 시간이라도 죽여야 하나, 고민하고 있던 차였다.

"아가씨, 어디 가시우?"

주인이 가게를 나가려는 내 뒤통수를 향해 큰 소리로 물어왔다. 그 바람에 입구 주변에 있던 손님들의 시선이 내게 쏠렸다. 나는 낯이 달아올라 작은 목소리로 대답했다.

"지금 자리가 없어서요. 근처 카페라도 가서 시간이라도 죽이고 오려고……."

"뭐 하러? 여기 자리가 있는데?"

나는 눈을 크게 뜨고 "네?"라고 반문했다. 그는 무뚝뚝한 얼굴로 예약석 팻말이 놓인 자리를 가리켰다.

"이쪽이 아가씨 자리요. 주문한 미역국은 다 끓여 놓았으니까 조금만 기다려요."

주인에게 고맙다고 인사하려고 했지만 그는 건너편 테이블에 주문을 받으러 가 버렸다. 나는 하릴없이 앉아서 음식이 나오기를 기다렸다. 테이블마다 주문이 밀려드는 바람에 식탁에 김치와 와사비, 간장 등의 밑반찬이 놓이는 데만 10분이 지나갔다.

주인은 쌀밥과 미역국을 차례대로 내왔다. 빨간 고춧가루가 발린 싱싱한 김치와 간장에 찍어 먹는 돌김, 밥과 미역국이 전부인 다소 간소한 상차림이었다. 참기름을 발라 구운 돌김에서 고소한 향과 짠 바다 내음이 동시에 풍기고 있었다. 나는 돌김에 밥을 싸서 간장에 찍어 먹었다. 입천장에 들러붙을 줄 알았던 김이 혀에서 사르르 녹아 흩어지고, 탱글탱글한 밥알은 이 사이에서 튕기며 씹는 맛을 주었다. 사과와 매실 등 과일로 숙성시켜 짜지 않은 간장은 김과 밥이라는 단출한 조합에 활기를 더해 주었다. 김치는 입에 넣자마자 앞니 사이에서 아삭 소리를 내며 잘려 나갔다. 갓 수확해 이파리에 힘이 남아 있는 배추와 매콤하고 달짝지근한 양념의 조합이 서로 어색하지 않았다. 아직 서로 친해지지 못해 어색한 구석이 있는 친구지간이지만 앞으로 시간이 지나면 둘도 없는 단짝이 될 것이다.

돌김에 밥과 김치를 함께 싸서 먹은 다음에 마지막으로 남은 것은 역시 미역국이었다. 문제의 미역국은 지난번에 주인이 내놓은 국과 별다른 차이가 없어 보였다. 굳이 다른 점을 찾자면 가자미와 조개를 넣어 국물 맛을 냈던 먼젓번과 비교하면 건더기가 다소 줄어들었다는 것 정도였다. 나는 고개를 갸웃거리면서도 일단 고기 건더기와 국물을 함께 떠서 입에 넣었다.

나는 잠시 혀를 굴려 입속 고루고루 국물의 맛을 음미했다. 체력 회복에 좋은 기름지고 달짝지근한 맛이 느껴졌다. 이전에 먹었던 해산물 육수의 고급스러움과는 다른, 일상생활 속에서 흔히 맛볼 수 있을 법한 친숙함이 느껴졌다. 그러나 이런 정겨운 국물 맛을 일반 가정에서는 쉬이 재현해 낼 수 없다는 게 주부들의 아이러니일 것이다. 나는 젓가락으로 미역을 집어 씹었다. 동시에 하얀 빛깔을 띤 고기를 밥그릇에 옮겨 놓고 김치와 함께 싸 먹었다. 국에 들어 간 고기 육질은 쫄깃했고, 먹고 나니 혀끝에 둔중한 기름기가 감돌았다. 고기 건더기의 맛이 깊다 보니 도리어 김치의 가볍고 맵싸한 맛이 상승효과를 주었다. 내 숟가락질이 점점 빨라졌다. 익숙하고 정겨운 국물 맛은 시간이 지날수록 가랑비에 옷자락 젖듯이 미뢰를 자극했다. 나는 더 이상 참을 수가 없어 밥공기에 절반 정도 남은 밥을 모조리 미역국에 말았다. 이마와 코끝에 땀방울이 맺혀 화장이 지워지고 있었지만 아무래도 상관없었다. 나는 맛있다, 맛없다, 라는 평가를 내리기도 전에 이미 미역국 그릇을 국물 한 방울 남기지 않고 비워 내고 있었다.

국 그릇 밑바닥까지 닥닥 긁어 국물 한 방울 남기지 않고 식사를 끝내자 관자놀이에 흐른 땀방울이 식탁 위로 뚝뚝 떨어졌다. 나는 휴지로 콧물과 땀을 닦아 내고 물을 마셔 입안을 헹궈 냈다. 방금 내게 무슨 일이 일어난 건지 이해할 수 없었다. 맛있는 미역국을 먹은 것은 분명한데, 혀가 맛을 갈급하다 못해 중독이라도 된 것처럼 음식을 요구했던 그 순간을 글로 어떻게 설명해야 할지 참으로 난감했다.

"아저씨, 이 미역국 안에 대체 뭘 넣으신 거예요? 설마 마약이라도 넣으신 건 아니겠죠?"

나의 너스레에도 그는 입꼬리만 살짝 올릴 뿐이었다.

"미역국 고기를 바꿨을 뿐이오. 아가씨는 지금 먹은 미역국 안에 든 고기가 뭔지 알고 계시오?"

"아, 그러고 보니 이 안에 든 게 돼지고기였죠?"

나는 말했다. 내가 아무리 요리치라지만 육안으로 소고기와 돼지고기를 구별하지 못할 정도로 바보는 아니었다. 국이나 찌개에 넣어 끓이면 하얀 빛깔로 변하는 데다 질긴 소고기와 달리 쫄깃한 맛이 나는데 그걸 어떻게 헷갈릴 수가…….

"그래요, 돼지고기. 이제 좀 감이 옵니까?"

포장마차 안이 도떼기시장처럼 시끄러운데도 주인의 목소리는 내 귀에 또렷이 들려온다.

"아가씨 여동생은 20년 전 생일 미역국에 돼지고기를 넣었소. 그맘때 아이들이 미역국을 끓이려다 흔히 하는 실수지. 엄마 생신에 미역국을 끓이겠답시고 미역 10인분을 한꺼번에 불린다든가, 소금 대신 뉴슈가를 넣는다거나, 국거리 육류를 구분 못 한다거나 하는 해프닝 말이오. 그래서 당신이 기억하는 생일 미역국에는 '쫄깃한' 식감을 가진 고기가 들어가 있었던 거요."

"그, 그렇지만 저도 제대로 기억하지 못했던 것을 대체 어떻게……."

내가 그렇게 묻는 순간, 고교 동창으로 보이는 남녀 무리가 손을 들어 광어회를 주문했다. 그는 내게 잠깐만 기다리라고 한 뒤 오른손에 낀 목장갑을 벗고 회칼을 잡았다.

나는 그가 줄곧 가리고 있었던 오른손의 모습을 보고 아연해질 수밖에 없었다.

그의 오른팔은 로봇 의수로, 인간의 근육에서 뻗어 나오는 신경 신호를 분석하여 로봇을 제어하는 두뇌 컴퓨터 인터페이스(Brain-Machine Interface)였다. 최근에는 신경 신호 분석 기술이 발달하여 의수라고 해도 실제 손의 동작을 거의 그대로 따라할 수 있고, 손끝에 감각도 느낄 수 있게 되었다고 한다. 그러나 그것은 일부 고가 제품의 이야기일 뿐이다. 주인의 구형 의수는 고작해야 30가지의 정형화된 동작을 해낼 뿐이고, 촉각을 느끼는 신경 다발의 개수도 크게 뒤떨어진다. 그런데도 그는 회칼을 자유자재로 이용해 광어의 살점을 도려내고 있었다. 광어의 뼈 위로 살점을 약간 남겨 놓고 아직 입을 뻐끔거리는 놈의 두툼한 살을 일정한 간격으로 베어 내는 기술은 두 손이 모두 달려 있는 요리사들도 따라가기 힘든 경지였다.

그제야 나는 콩쥐가 포장마차 주인이 90퍼센트만 인간이라고 말했던 까닭을 알게 되었다.

그의 의수에 관심을 가지는 사람은 나를 비롯한 뜨내기손님 두셋뿐이었다. 단골손님들은 그가 장갑을 벗거나 말거나 신경 쓰지 않고 식사하기 바빴다.

그는 광어회 위에 무채를 수북이 쌓아 올리고 레몬즙을 살짝 뿌린 뒤 손님들에게 건넸다. 남녀 무리는 뽀얗게 윤기기 흐르는 광어 살을 보고 일제히 탄성을 질렀다.

주인은 잠시 주문이 멈춘 사이 팔짱을 끼고 내가 앉은 테이블 가장자리에 기대섰다.

"감전 사고였소. 전기가 발밑으로 빠져나가지 않았다면 난 그 자리에서 죽었을 거요. 열 번의 수술을 받고 로봇 의수를 다는 동안 전 재산이 날아가 버렸지. 하지만 어떤 변명을 한다 해도 손을 지키지 못한 사람은 요리사로서 실격이야. 그걸 알고 있었기에 호텔 셰프 자리에서 물러난 거요. 기계손으로는 아무리 연습을 해도 예전의 손맛을 되살릴 수 없었으니까.

그 뒤로는 두문분출하고 집에서 컴퓨터만 했소. 왜, 예전에 포털 사이트 질문 게시판에서 답글을 달아 주고 회원 등급을 올리는 것이 유행하지 않았소? 배운 게 도둑질이라고, 나는 네티즌 요리 질문게시판에 답변을 달아 주면서 소일하게 되었지. 그러던 어느 날 한 소녀의 글을 발견하게 됐소. 언니를 위해 미역국을 끓여 주고 싶은데 만드는 방법을 모르겠다는 얘기였지. 그래서 요리법을 가르쳐 줬더니만 몇 분 뒤에 다시 집에 소고기가 없다고 도움을 청하는 거요. 그래서 집에 뭐가 있느냐니까 돼지고기밖에 없다더군. 그거라도 넣으라고 했소. 깊은 맛은 떨어지지만 영양 면에서는 뒤떨어지지 않으니까."

"하지만 벌써 20년 전 일인데…… 어째서 그 애가 제 동생이라고 생각하신 거예요?"

내 질문에 아저씨는 기억을 더듬으려는 듯이 의수의 손가락으로 왼쪽 팔뚝을 툭툭 치면서 말했다.

"그 애의 아이디와 퍼스나콘이 하도 특이해서 잊으려야 잊을 수가 없었거든. 당신의 스마트폰 인공지능 말이오, 당신은 그걸 뭐라고 부르고 있소?"

"'콩쥐'라고 부르고 있기는 하지만…… 그게 무슨 상관이죠?"

내 말에 그는 어깨를 으쓱했다.

"내 예상과 조금 다르군. 나는 '팥쥐'일 거라고 생각했는데."

"네?"

"아가씨 여동생의 아이디, 영타로 'vkxwnl(팥쥐)'였거든. 퍼스나콘은…… 한복을 입고 눈이 아주 큰 댕기 머리 소녀였지. 아가씨가 쓰는 인공지능 캐릭터처럼 말이오."

갑자기 눈 안쪽이 뜨겁게 달아올랐다. 나는 급하게 두 손으로 얼굴을 감싸고 머리를 숙였다. 이를 악물고 온몸의 떨림을 참았다. 나 혼자 있는 곳이라면 모를까, 생판 타인들로 가득 찬 포장마차 안에서 추한 몰골을 보이고 싶지 않았다. 그러나 손바닥으로 눈을 틀어막는 건 별 도움이 되지 않았다. 곧 손바닥이 물기로 축축해지고 코끝이 찡하게 울리면서 목구멍 안이 꽉 조여 왔다.

내가 그러고 있는 동안, 옆에서는 고교 동창들이 소주잔을 들고 "위하여!"라고 외치고 있었다. 황혼의 부부로 보이는 남녀는 서로의 밥그릇에 계란 부침을 올려 주고 있었다. 20대 여성 무리는 팔짱을 끼고 자신들의 젊은 한때를 사진으로 남기고 있었다. 순간 나는 20여 년 전, 동생이 아직 살아 있고 가족이 형태로나마 남아 있을 무렵, 요리사들이 인간의 손으로 인간이 먹을 음식을 만들었던 시절을 떠올렸다. 그때도 맛이 좋다고 소문이 난 식당에는 손님들이 줄을 지어 몰려들었다. 사람들은 친구와 연인, 가족과 함께 식당을 찾아 같은 음식을 나누어 먹고 맛있는 추억을 공유했다. 요리를 만드는 과정에서부터 즐기는 순간까지 모두 인간의 손끝과 혀를 거쳐 가던 시대였다.

주인은 와자지껄한 포장마차 안을 바라보며 담담하게 말을 이었다.

"요즘 세상 참 별나지 않소? 팔을 잃었다고 일자리를 빼앗아 가더니만 다시 말짱한 새 팔을 달아 놓지를 않나, 그래 놓고선 푸드 프린터로 또다시 밥줄을 끊어 버리지를 않나. 20년 전 잃어버린 음식 맛을 인터넷으로 찾아 주질 않나……. 어쩔 수 없이 이 시대를 살아가고 있기는 하지만, 기술이라는 게 우리한테 뭔가를 주는 존재인지, 아니면 빼앗아 가는 존재인지 정말 모르겠단 말이오. 그래서 나는 이렇게 생각하기로 했지. 진짜 팔 대신 기계 팔을 달았다 해서 뭔가를 잃거나 새로 얻은 건 아니지 않느냐고. -1과 +1이 더해지면 0이 되듯이 우리는 언제나 같은 모습으로 존재하고 있을 뿐이라고……."

비님이여 오시어

제1회 테이스티 문학상 우수작

장아미

생존에 큰 위협이 가해지지 않는 이상, 하루에 다섯 시간 이상 글을 쓰고 읽는다.
마지막 문장까지 힘겹게 밀고 나간 다음, 마침표를 찍을 때의 즐거움을 안다. 영화 주간지
기자로 일한 바 있다. 온라인 소설 플랫폼 브릿G에서 활동 중이다.

『조선왕조실록』세종 18년 7월 11일

동방청룡기우제(東方靑龍祈雨祭)를 행하다.

화살은 토끼의 오른 눈에 가 박혔다. 생과 사를 가르는 단 한 발. 화살에 머리를 꿰뚫린 잿빛 토끼가 맥없이 고꾸라졌다.

안개가 원령처럼 숲을 떠도는 새벽이었다. 검은 직령을 입고 역시 검게 물들인 대나무를 엮어 만든 초립을 눌러쓴 남자가 홰나무 뒤에서 발소리도 없이 모습을 드러냈다. 그의 성명은 서이담, 허여멀끔하니 앳된 얼굴과 달리 뻣뻣한 면직물에 감싸인 널따란 어깨에서는 간신히 수그러든 흥분의 여운이 느껴졌다. 얄팍한 입술은 앙다물었고, 길게 찢어진 눈매가 매섭고도 엄정해 보였다. 왼손에는 물소 뿔로 만든 각궁이 들려 있었는데, 마디가 굵고 거친 손가락 끝

손톱은 흰 부분이 거의 보이지 않을 만큼 바투 잘려 있었다.

가뜩이나 상처가 많은 손이었다. 특히, 오른손 손등에는 손가락 두 마디 길이쯤 될 법한 검붉은 흉터가 잔뜩 성이 올라 꿈틀거리는 지네처럼 감사납게 도사리고 있었다.

활을 어깨에 걸고 이담이 토끼 앞에 무릎을 꿇었다. 생이 빠져나가고 남은 껍데기는 누추하고 무거웠다. 이담이 머리를 조아리고 자신이 저지른 죄에 대해 용서를 빌었다.

"그건 살생을 넘어선 일이다."

스승님은 힘주어 말씀하시곤 했다.

"살생 그 자체는 어렵지 않을지 몰라도 고통 없이 죽이는 데는 특별한 기술이 필요한 법이지."

어느 날 아침, 숫돌에 칼을 갈면서 스승님은 아직 어린 소년에 불과하던 그에게 이렇게 일러 주기도 했다.

"사는 건 죽임으로써 가능하단다. 너를 살린 죽음들을 잊지 마라. 감사하는 마음으로 근면 성실하되 칼이 무뎌지게 그냥 두면 안 된다. 날이 서지 않은 칼로는 풀 한 포기를 벨 때조차 피 흘리게 만들고 말 테니."

이담이 바짓부리에 묻은 흙덩이를 털어 내며 허리를 일으켰다. 골짜기를 훑고 내려온 바람결에 비릿한 냄새가 섞여 있었다. 토끼 사체를 집어 망태기에 넣으려던 이담이 문득 귀를 곤두세웠다. 몇 리 밖 냄새의 정체를 따져 밝힐 정도로 이담의 후각은 단련돼 있었다. 대숲에서 등불 같은 한 쌍의 눈동자가 형형한 광채를 발하다 감쪽같이 사라졌다.

범인가. 이담이 어깨에 걸고 있던 각궁을 더듬어 쥐었다. 어디서부터 나를 쫓아오고 있었을까.

가뭄이란 비단 인간들에게만 혹독한 적은 아니었다. 계곡물이 마르고 풀들이 노랗게 시들어 바스라지자 배를 곯은 짐승들은 민가에까지 어슬렁거리며 내려왔다. 노루며 족제비 따위가 일이 아니었다. 큰톱장이 박가의 돌쟁이 아들이 흙담을 넘어 들이닥친 범에게 물려간 것이 나흘 전 일이었다. 코끝에 상처가 나 있는 커다란 암호랑이였다. 새끼를 잃은 어미는 거칠 것이 없었다. 실성한 듯 머리를 풀어헤친 박가의 아내는 그 길로 창 하나를 뽑아 들고 산에 올랐다.

그 여인은 지금 어디에 있으려나. 깊은 숲속 느티나무 아래에 잠든 듯 죽어 산신에게 넋을 바쳤을까. 범의 굴속으로 기어이 찾아 들어가 놈의 대가리에 뾰족하게 벼려진 쇠촉을 찔러 넣고 말았을까.

수풀 사이로 불쑥 대가리를 들이민 호랑이가 위협하듯 으르렁거렸다. 두둑하게 부풀어 있어야 할 뱃가죽이 푹 꺼져 있는 꼴을 보니 며칠이나 굶주렸는지 상황을 익히 짐작할 만했다.

안 돼, 활로는 쓰러뜨릴 수 없을 거야. 이담이 상대를 자극하지 않으려는 듯 느릿느릿 왼손을 허리춤에 가져가 댔다. 거기에는 환도를 넣어 다니기에는 지나치게 둔하고 넓적해 보이는 두툼한 가죽 칼집이 달려 있었다. 이담은 길이 들어 반질반질한 소나무 손잡이를 움켜쥐었다. 이윽고 그의 왼손에 딸려 나온 것은 일 척 오 촌 길이의 시퍼렇게 날이 선 식칼이었다.

그 칼 어디에 미처 닦이지 않은 피 냄새가 배어 있었는지 호랑이가 날카롭게 울부짖었다. 손잡이 바로 밑에 새겨져 있던 削風刀(삭풍도)라는 석 자가 섬뜩하리만치 선명해 보였다.

"세상에 목숨을 걸고 벌이는 싸움만큼 절박한 건 없지."

비지땀 속에서도 두 눈을 부릅뜬 채로 이담은 스승님의 충고를 다시 한 번 되새겼다.

"똑바로 마주 보아라, 상대의 눈을. 절대 피해서는 안 돼. 네가 공포에 질려 뒷걸음질하는 순간, 적은 네 목덜미에 송곳니를 찔러 넣고 말 거다."

식칼이 서늘한 밤의 대기를 동강 내며 휘익, 살의에 찬 휘파람을 불었다. 그르렁거리는 소리를 내면서 호랑이가 엎드리다시피 앞으로 몸을 기울였다. 이대로 물러나지 않겠다는 의미렷다. 이담이 식칼을 치켜들고 과감하게 앞으로 박차고 나갔다. 그 기세에 겁을 집어먹었는지 암호랑이가 사람 손을 탄 짐승처럼 양순하게 꼬리를 말아 넣으며 끙끙거렸다.

설마하니 내가 아니라 고작 이 토끼 한 마리를 노리고 있었단 뜻이냐? 살기를 누그러뜨린 이담이 칼을 고쳐 쥐고는 치고 나가려던 발길을 멈추었다. 호랑이가 흐엉 낮게 울었다. 허기에 지쳐 축 늘어진 새끼들을 위해서라도 오늘 밤에는 반드시 사냥에 성공해야 했을 것이다. 칼집 속에 도로 칼을 꽂아 넣으며 이담이 아랫입술을 깨물었다. 허나 만에 하나, 작금의 이 가뭄을 이겨 낸 새끼 호랑이가 자라 마을의 아이들을 덮친다면?

그 질문에 답을 내어놓기 전에 몸이 먼저 반응해 이담은 토끼 뒷다리를 집어 호랑이를 향해 던져 주었다. 범이 덥석 토끼를 받아 물었다.

죽은 토끼를 잇새에 매단 채로 시근덕거리던 범의 콧등에 아물지 않은 상처가 새겨져 있었다. 이담의 눈이 휘둥그레졌다. 그러고 보니 호랑이의 목덜미에 부러진 창 하나가 꽂혀 있는 것이 보였다. 그렇다면 너는……. 이담이 망연하게 입을 벌리고서, 숲 그림자 속으로 숨어 들어가던 맹수의 궤적을 더듬었다.

"실상 그보다 더 치열한 싸움이 딱 하나 있는데, 그건 바로 다른 누구의 목숨을 걸고 하는 것이지."

스승님은 덧붙여 말씀하셨다.

"이를테면, 자기 새끼라든가."

보름달이 우듬지에 은회색 비늘을 흩뿌렸다. 빈 망태기를 추어올리며 이담은 터덜터덜 흙길을 걸었다. 산짐승들의 소행인 듯 엉망으로 파헤쳐져 있던 봉분을 돌아 허물어져 가는 오두막 앞에 도착했을 때, 이담이 내내 수그리고 있던 고개를 들었다.

복숭아나무 둥치에 매여 있던 말들이 콧김을 뿜으며 뒷발질을 했다. 문 밖에 서 있던 사내아이가 그를 발견하고 공손하게 절을 올렸다. 섬돌 위에 놓여 있던 가죽신이 누구의 것인지 이담은 단박에 알아보았다. 한편, 소년의 옆에는 호리호리한 체구의 그보다 나이 들어 보이는 청년이 흙벽을 짚은 채로 삐딱하게 서 있었는데, 이담의 등장에 반가워하거나 인사를 건네는 예의를 갖출 생각일랑은 추호도 없어 보였다.

사립문께로 낯을 들이밀면서 비단옷 차림의 사내아이가 고했다.

"영감님, 숙수 나리께서 도착하셨나이다. 나리, 이 늦은 밤에 어딜 다녀오셨습니까. 어서 드시지요. 영감께서 한참을 기다리고 계셨습니다."

신을 벗은 이담이 서둘러 문턱을 넘었다. 마치 자기 집이라도 되는 양 베개를 돋워 베고 상선 영감은 상투머리를 한 채로 모로 누워 있었다. 대전 상선 내관 방손순. 그는 어딘가 유별난 데가 있는 사람이었다. 그가 모시는, 아니, 한때나마 이담 역시 정성을 다해 떠받든 바 있는 주인처럼.

대체 누가 누구 집에 들어가는 줄 모르겠군, 이담이 헛웃음을 삼키며 바닥에 궁둥이를 내려놓았다.

"어디 사냥이라도 다녀오는 길인가."

상선이 반색하며 홀로 기울이고 있던 술잔을 내려놓았다. 설핏 풍기는 그 향을 맡아 보자니 감향주가 분명했다.

"달이 밝기에 뒷산을 어슬렁거리다 내려왔지요."

팔꿈치로 바닥을 괴어 상체를 세우며 상선이 다시 물었다.

"사냥감은 좀 있던가."

"씨가 말랐습디다."

이담이 잘라 말했다.

"비가 내린 지 벌써 넉 달은 넘었는데, 어찌 풀 한 포기라도 온전하겠습니까. 할아비의 할아비, 그 할아비의 할아비가 살아 계실 적에도 돌무더기 위로 넘쳐흐를 듯 차 있었다던 우물까지 말라붙어 버린 지 오래입니다. 어찌하여 하늘이 저희에게 이런 벌을 내리시는지. 혹여 그 질문의 답을 얻고자 이곳까지 납신 건 아니겠지요."

이담이 의뭉스럽게 목소리를 낮추었다.

"물론, 아니네."

허리를 곧추세우고 앉아 상선이 그를 마주 보았다. 이담은 그의 눈길을 피하지 않았다.

"허나 그것과 긴밀히 관련된 문제에 대해 논하고자 자네를 찾아왔지."

이담의 낯을 응시하던 상선이 지극히 예사로운 말투로 덧붙여 말했다.

"제주목으로 가서 용을 잡아오게. 산방산 해안의 깊은 동굴 속에 숨어 사는 천년 묵은 청룡을. '그분'의 명령일세."

이담이 헛웃음을 쳤지만, 상선은 거기서 그치지 않고 내처 부르짖었다.

"반드시 숨이 붙어 있는 채로 끌고 와야 한다는 말은 아니네. 용의 고기를, 그중에서도 화살을 튕겨 내고 창으로도 꿰뚫을 수 없다는 가슴 비늘 아래 은밀한 곳에 감추어져 있는 염통을 도려내 가지고 오게. 그걸로 요리를 해 주셔야겠네. 높으신 분께 올릴, 세상에 하나밖에 없는 요리를."

이담이 말없이 허리에 차고 있던 동개를 끌렀다.

"대답해 보게. 어떤가, 할 수 있겠는가."

"제가 불가하다 하면 어찌되는 겁니까."

상선 영감이 턱수염을 만지며 그 물음에 숨은 뜻을 짚었다.

"자네를 설득해야겠지."

"왕명 아닙니까. 지엄하신 분의 뜻을 짐승 뼈나 바르는 미천한 놈이 어찌 거스를 수 있단 말이오. 당장 칼을 채워 옥에 처넣어야 하지 않겠소."

이죽거리는 이담을, 상선이 지그시 응시했다.

"말조심하게. 산간벽지라 해도 자네 말을 엿듣는 생쥐 한 마리 없을까. 이보게, 이담. 그분이 아니었던들 자네가 사지가 성한 채로 이렇게 살아는 있겠는가. 자네를 구해 낸 것이 바로 그분이라는 걸 잊으셨나."

"아무렴요. 저를 긍휼히 여겨 목숨이 끊어지기 직전까지 모질게 매질을 한 다음 밖으로 끌고 나가라 하셨지요. 다시는 왕궁에 발붙이지 못하도록, 삭탈관직하라 명하시면서."

"이담!"

상선이 주먹으로 쾅 하고 상을 내리쳤다.

"지엄하신 분의 재물에 해를 입힌 죄가 중하다는 것을, 자네는 아직도 깨우치지 못했단 말인가."

"재물이라, 언제부터 멀쩡히 살아 있는 것들을 그렇게 부르기 시작했소? 상선 영감, 영감님은 소의 눈망울을 들여다보면서도 같은 소리를 할 자신이 있소? 수면 위로 퍼덕거리며 뛰어 오르는 팔팔한 잉어 떼를 넋을 잃고 구경한 적이 단 한 번도 없단 말이오? 그 필사적인 생의 몸부림에 감복할 만한 심장을……, 영영 잃어버린 게요?
저를 죽여 나를 먹여 살린 생을 귀히 여겨라, 나는 그리 배웠소. 먹을 따 쓰러뜨리고 나면 골수부터 내장 한 조각까지 버리지 않고 남김없이 제 몸에 받아 담는 것이 그것들의 희생에 보답하는 길이라고 스승님은 언제나 힘주어 말씀하셨소."

이담이 칼집 밖으로 비죽이 불거져 나와 있던 나무 손잡이를 어루만졌다. 격정이 잦아들고 오한과도 같았던 떨림이 가라앉았다. 이담이 잠시 닫고 있던 입을 열었다.

"어차피 군은 혀로는 구분하지 못하는 맛의 경미한 차이를 구하고자 소를 거꾸로 매달아 고문하고, 세상 빛도 보지 못한 새끼의 살점을 맛보기 위해 수태한 암퇘지를 도륙하는 그런 짓 따위는, 도무지 숙수가 할 일이라고 볼 수 없소. 그 불쌍한 가축들을 풀어 자유롭게 한 것을 나는 정녕 후회한 적 없소이다. 그날 임금께 불경을 저지른 대가로 목이 달아났다 할지언정. 아니, 범인들이 입을 모아 떠들어 대는 바대로 그분이 과연 성군으로 추앙받아 마땅한 인물이라면 추문당하고 있던 나를 끌어내 궁 밖으로 쫓아내는 데서 끝낼 것이 아니라, 그 사달의 근원이었던 황가 그놈을 붙잡아 죄의 경중을 논하는 것으로 사건을 갈무리했어야 옳았다고 생각하오. 그것이 이 땅의 왕으로서 백성들이 정성을 다해 진상해 올린 음식을 대하는 옳은 자세 아니겠소."

이담의 맹랑한 대거리에 상선의 눈두덩이 떨렸다.

"진정 알다가도 모를 일이구나. 그분이 이번 일의 적임자로 왜 그

토록 자네를 고집했는지.”

상선이 콧수염 끝을 매만지며 절레절레 고개를 저었다. 이담이 숙고 끝에 머뭇거리며 물었다.

“황가 그놈은 어떻소? 여직 대령숙수 자리에서 물러나지 않았소?”

“황가 놈은 잘 지내고 있으니 염려 놓으시게. 자네가 박차고 나간 자리를 그치가 아니면 누가 채운단 말인가. 내 자네가 참으로 영리한 사람이라 믿고 있었건만 가만 보면 내 눈에도 문제가 있었나 보이.”

분이 풀리지 않는지 눈가에 주름을 잡은 채로 이담이 거칠게 술병을 집어 들었다. 상선 영감이 눈치 빠르게 화제를 바꾸었다.

“우리끼리 이야기지만 그분은 요사이 도통 진지를 드시지 못하시고 계신다네. 이레 전부터는, 글쎄, 고기까지 끊으셨다지 않은가. 놀랍지 아니한가.”

“그분이 고기를 끊으셨다니 참으로 해괴한 일이긴 합니다만.”

농 비슷한 상선의 말에 이담이 못 이기는 척 맞장구쳤다.

“자네가 거론한 바대로, 가뭄 탓이야.”

이담이 올린 술 한 잔을 받아 마시며 상선이 입가에서 싹 웃음기를 지웠다.

“굶어 죽은 시체들이 온 산하에 넘쳐나고 있네. 땅 밑에 묻혀 평안을 찾지 못하고, 골짜기 아래에 아무렇게나 던져져 썩어 가고 있어. 자네는 혹여 들은 적 없는가. 허기를 견디다 못해 사람을 납치해 죽인 다음 그 인육을 저며 판다는 도적들에 대한 풍문을.”

고개를 가로저으며 이담이 한일자로 굳게 입을 다물었다.

"뭇 세상이 이럴진대 그분의 속이라고 어찌 평안할 수 있겠는가. 백성들을 제 자식 여기듯 하는 분 아닌가. 구름이라곤 없는 마른하늘을 올려다보며 잠 못 이루는 날들이 태반이었네. 그러다 우연찮게 그 서책을 손에 넣었지 뭔가."

상선 영감이 은밀하게 음성을 낮추었다.

"『괴수육서(怪獸肉書)』. 괴이한 짐승의 고기들에 대해 기록해 놓은 서책이야. 대략 전해 듣기로는, 지은이가 누구인지 알려져 있지 않으나 선왕께서 군자들이 가까이해서는 안 될 요사스러운 책이니 없애버리라 명하시어 대개가 불태워져 사라지고 단 한 권의 필사본만이 서장 아래에 보관돼 있었다고 하네. 그러니까, 이레 전이었네. 그날 밤도 내내 뒤척이던 그분께서 돌연 용체를 일으키시더니 융문루로 행차하겠노라시는 거야. 불면하는 밤이면 책을 벗 삼아 누각을 서성이는 것이 그분의 버릇이지 않나. 융문루에 올라 창을 활짝 열어 놓고 밝은 달빛 속에 이 책 저 책 들척이던 중에, 먼지를 하얗게 뒤집어쓴 그 책『괴수육서』의 마지막 필사본이 기어코 그분의 손끝을 스치고 만 것이네."

"저로서도 처음 들어 보는 서책이군요. 군자로서 가까이해서는 안 될 요사스러운 책이라, 대체 어떤 요리법이 나와 있다는 건지."

흥미가 동하는 듯 이담이 길게 목을 뺐다.

"귀동냥으로 엿들은 바로는, 팔진미는 저리 가라 할 희귀한 음식들의 조리법이 적혀 있다고 하더군. 해태의 뿔 찜이며 도깨비의 외발로 담근 술, 주작의 날개구이, 백호의 혀 산적……, 그 영물들을 붙잡아 요리를 해 먹다니! 입에 담기도 께름칙하군."

상선이 감향주 한 모금을 급히 들이켜 입을 헹구었다.

"그분은 좌정하지도 않고 자리에 우뚝 서서 그 책을 독파하고 말았지. 이윽고 해가 떠 아침볕이 그분의 등 뒤를 환하게 밝혔다네. 나는 누각의 구석에서 허리를 조아린 채로 언제 떨어질지 모르는 분부를 기다리고 있었고. 그분께서 하얗게 질린 용안을 들고 나를 찾으셨지. 부릅뜬 눈에는 실핏줄이 엉켜 있었어. 그리고 이렇게 말씀하셨지. '상선, 이담을 만나러 가시게. 서이담, 반드시 그자여야 하네. 그를 찾아 내 말을 전하게. 이 가뭄을 끝장낼 방도가 있노라고. 그것은 어쩌면 말라 죽어 가는 이 땅의 귀한 생명들을 구할 최후의 방도일지도 모른다고.'"

상선이 저고리 안쪽을 더듬어 두루마리를 꺼냈다. 방자하게 퍼져 앉아 있던 이담이 자세를 바로잡고 두 손을 높이 들어 두루마리를 넘겨받았다.

"그분께서 직접 쓰신 서신이네."

이담이 두루마리를 펼쳐 그 내용을 천천히 읽어 내려갔다.

"나라고 그분의 뜻에 완전히 수긍하는 것은 아니네. 그저 나는 그분의 의지를 행동으로 옮기는 꼭두각시에 불과할 따름이니. 사실 자네를 찾아오는 이 길이 그리 순탄하지만은 않았어. 자네도 하필 도성에서 나흘은 넘게 말을 타고 달려야 하는 이 궁벽한 곳까지 숨어 들어온 연유가 무엇이란 말인가. 계람산이라니, 수양이라도 할 속셈이었나. 자네를 들여 부엌일을 맡기고자 하는 양반들이 조선

56

천지에 널렸을 텐데."

상선의 하소연을 흘려들으며 이담이 힘차고 단정한 글씨의 궤적을 따라 눈동자를 움직였다. 방문 아래 어느 틈으로 숨어들어 왔는지, 나방 한 마리가 등잔불을 향해 파닥거리며 날아들었다. 서신의 제일 마지막 구절에 이른 뒤에도 이담의 눈길은 한참 동안 같은 자리에 붙박여 있었다. 상선이 몇 번인가 술잔을 채우고 또 비웠다. 두루마리 편지를 말아 감은 이담이 머리를 뒤로 젖히고 눈까풀을 비볐다.

흰 비단 위에 적혀진 글씨들이 벌겋게 달아오른 낙인처럼 이담의 가슴속에 아로새겨졌다. 기대에 찬 얼굴로 상선이 넌지시 물었다.

"어때, 수락하겠는가."

메마른 입술을 한번 물었다 놓은 이담이 선선히 대답했다.

"분부대로 따르도록 하지요."

상선이 한시름 놓았다는 듯 환한 미소를 머금었다. 앞니를 한껏 드러낸 그 모습이 어쩐지 우스꽝스러워 보여, 이담이 저도 모르게 히죽 따라 웃고 말았다.

"한시가 급한 일이니 모쪼록 서둘러 출발하는 것이 이롭겠지. 인시가 지나고 동이 틀 무렵 다 같이 산을 내려가도록 하세. 여기 준비해 온 마패를 건네주겠네. 말을 타고 관두량에 도착한 다음 관리들과 함께 배에 올라 제주로 들어가면 될 거야. 관선에 자네들을 위한 자리를 비워 두라 미리 언질을 넣었다네."

"자네들, 이라뇨."

이담이 문득 내리깔고 있던 눈길을 들었다. 상선 영감이 대수롭지 않다는 듯 손사래를 쳤다.

"내 특별히 자네를 도와줄 사람을 구해 왔지. 밖에서 인사 나누지 않았는가. 신묘한 재주를 갖춘 사내라네."

그 청년을 일컫는 모양이었다. 흙벽에 기대 서 있던 파리한 낯빛의 젊은 남자. 대답 없이 술잔을 만지작거리던 이담의 동공에 이채가 깃들었다. 먼 길을 떠나기 전에 눈이라도 붙일 심사인지, 상선 영감이 나무 궤짝에 발을 얹고 베개를 바로 벴다.

이담이 술 한 잔을 따라 입속으로 뿌려 넣었다. 감미로운 향기가 물안개처럼 뭉글거리며 코끝까지 피어올랐다.

"금수들과 문답할 수 있는 능력이라니 참으로 놀랍지 아니한가. 그 재주를 직접 보여 달라 청하지는 못했지만 저 청년 덕분인지 말들이 험한 산길도 고분고분하게 달리더군. 이담, 자네도 이만큼 나이를 먹고 나면 알 걸세. 늙는다는 것이 얼마나 서러운 일인지. 노구를 이끌고 숲을 헤치고 올라오자니 어쩌나 고단하던지."

말끝이 흐려진다 싶더니 상선이 순식간에 곯아떨어졌다. 마루에 쪼그리고 앉은 소년 종의 그림자가 문틈으로 새어 들어왔다. 하긴, 먼 길을 달려 돌아가기 위해 저 아이 역시 지친 다리를 쉬어야겠지. 데면데면한 태도로 사내아이의 곁을 지키고 있던 청년은 여전히 먼데를 응시하고 있었다. 오랜만에 목구멍을 달구는 술의 뜨거움에 온 감각이 떨려왔다.

이담이 훅 입김을 불어 등잔불을 껐다. 산꼭대기에서 암호랑이가 구슬프게 울었다.

 상선이 워워, 말고삐를 당겼다. 사내아이가 이담에게 다가와 비단으로 감싸인 각진 보퉁이를 건넸다. 묵직한 보퉁이를 군소리 없이 받아 든 이담이 엮여 있던 새끼줄을 양 어깨에 걸어 단단하게 고정시켰다. 갈색 말의 등에 훌쩍 올라탄 소년이 고삐를 고쳐 쥐고는 상선에게 눈짓을 보냈다. 상선이 큼, 콧숨을 뿜고는 이담과 인사를 나누었다.

 "육포며 겉옷, 병술 따위 몇몇 물건들을 넣어 두었네. 아무쪼록 오가는 길에 긴요하게 사용하도록 하게."

 이담이 고개를 크게 한번 주억거렸다.

 "마패는 따로 챙겨 두었겠지? 전국을 저잣거리 쏘다니듯 유랑한 자네에게 길잡이는 필요하지 않겠지. 관두량에 당도한 다음에는 해진성관으로 가서 내가 건네준 글월을 보여 주면 될 거야. 번거로운 절차를 따를 것 없이 곧장 배가 있는 곳으로 안내받을 수 있을 걸세."

 상선이 턱수염을 쓸던 손길을 멈추고는, 흰 암말의 목덜미를 쓰다듬고 있던 청년을 응시했다.

 "자네 이름이 모량, 김모량이라고 했던가? 부디 서 숙수를 잘 도와주시게. 자네들에게 이 나라 백성들의 목숨이 달려 있으니."

 상선이 이랴, 말의 옆구리를 걷어찼다. 소년 종이 쪽빛 옷자락을 날리며 그의 뒤를 따랐다.

 "어서 가자꾸나. 오래 비울 수 있는 자리가 아니다. 그분은 우리가 돌아오기만을 손꼽아 기다리고 계실 거야."

말 두 필이 먼지바람을 일으키며 언덕 아래로 달려 내려갔다. 실눈을 하고 한참 동안 그 모습을 지켜보고 있던 이담이 늘어져 있던 고삐를 손등에 감으며 모량을 돌아보았다.

"어떤가, 이제 출발할 채비를 마쳤는가."

모량이 대답 대신 입술을 오므리며 말 등으로 가볍게 뛰어올랐다.

"노성, 삼례, 정읍을 지나는 여정이라. 노령산맥을 타 넘고 나주 평야를 종단하는 길이군. 김제에서 순채국을 먹고, 부안에서 녹미*를 맛보면 좋으련만. 무안의 김은 또 어떻고. 나주의 숭어는 어찌나 담백하고 쫄깃한지. 순창의 고추장은 말할 것도 없고. 뭐, 가는 길에 끼니나 제때 챙길 수 있다면 그걸로 족하겠지만."

혼잣말을 중얼거리며 이담이 턱을 당기고서 느리게 말을 출발시켰다. 이담이 고른 역마는 검은 수말이었다. 검은 말과 흰 말은 앞서거니 뒤서거니 산등성이를 내달리다, 산길을 가로지르는 개울과 맞닥뜨리고는 걸음을 늦추었다. 말라붙기 직전인 듯 물은 안타까울 만치 얕았고, 유속은 더디어 물살에 마모된 자갈 여기저기에 함부로 쥐어뜯은 머리카락 같은 물풀들이 엉겨 있었다.

먼지가 이는 흙길은 끝없이 계속됐다. 재채기가 나는지 몇 번이고 어깨를 들먹이던 모량이 먼저 말을 멈춰 세웠다.

"말들도 쉬게 할 겸 한숨 돌리다 갑시다."

---

* 사슴 꼬리

이담이 고삐를 조여 말을 세웠다. 둘은 감나무 그늘 아래에 떨어져 앉았다. 말들이 꼬리를 흔들며 풀잎사귀를 뜯었다. 산길을 달려오느라 흘린 땀방울들이 윤기를 머금은 반질거리는 털가죽 위에 소금 알갱이처럼 맺혀 있었다. 이담이 보퉁이에서 육포를 꺼내 모량에게 건넸다. 모량이 사양하며 손을 저었다.

"나는 고기를 먹지 않소."

이담이 의아한 눈길로 바라보자 그가 마지못해 설명을 더했다.

"육식을 하면 짐승들의 말이 들리지 않소. 이건 어머니로부터 물려받은 능력이라오. 그 귀한 유산을 고작 고기를 씹어 삼키는 기쁨과 맞바꿀 수는 없지 않겠소. 솔직하게 털어놓자면 나로서는 어차피 고기를 먹고 싶은 욕구부터가 생기지 않으니 말이오. 당신은, 당신과 방금 전까지 이야기를 나눈 상대의 살점을 뜯어 맛보고 싶소."

모량의 눈동자가 이담의 그것과 맞부딪혔다. 이담은 숱 많은 속눈썹, 나비의 날갯짓 같은 그것의 퍼덕거림을 가만히 지켜보았다. 어쩐지 귓불이 조금 붉어진 모량이 제 보따리를 뒤적이는 시늉을 하며 이담의 시선을 피했다. 이담이 모량이 꺼내 든 떡을 턱짓으로 가리켰다.

"그건 혹시 와거병인가?"

"그렇소만."

모량이 상추가 들어간 흰 떡을 한입 베어 물었다. 말들이 풀을 질겅거리다 말고 귀를 쫑긋거리며 그들이 하는 양을 지켜보았다. 육포를 입속으로 욱여넣은 이담이 내리쬐는 볕도 가릴 겸 웃옷을 목덜미로 끌어올렸다. 사마귀 한 마리가 이담이 신은 짚신의 코끝으로 겁도 없이 뛰어 올라왔다. 이담이 다치지 않도록 부드럽게 손가락을 놀려 사마귀를 수풀 속으로 날려 보냈다.

둘은 이화주를 후루룩 나눠 마시고 일어섰다. 지루하리만치 엇비슷한 풍경으로 이어지던 내리막의 끝에서 길은 차츰 넓어졌다. 엉덩이가 배기는지, 이담이 자기도 모르게 허리를 뒤틀었다. 소나무 군락 너머로 옹기종기 모여 앉은 흙집들이 엿보였다. 모량의 말간 얼굴에 반가운 기색이 감돌았다. 이담의 외까풀 눈이 겉껍질이 벗겨진 소나무의 흰 속살을 유심히 살펴보았다.

상체를 말의 목덜미에 붙이고 둔덕을 달음질하려던 모량을, 이담이 휘파람을 불어 제지했다. 모량이 힐난하듯 이담을 돌아보았다.

"해 질 녘 아니오. 말들도 많이 지쳤으니 오늘은 이만 쉴 곳을 찾는 게 좋을 거요. 설마 첫날부터 강행군을 하려는 건 아니겠지요."

"그래. 돌아가는 길을 찾기에는 늦었으니 이 마을을 거쳐 가긴 해야겠지."

이담이 한숨을 쉬며 아랫입술을 깨물었다.

"마음 독하게 먹게. 혹시 모를 불운을 대비해 소매로 입이나 코를 막는 것도 괜찮을 거야. 냄새가 지독할뿐더러 전해 오는 풍문으로는 그것들은 송장의 옷자락마저도 쉽게 놓아주지 않는다고 하니까."

"그게 무슨 말이오?"

공기 중에서 미묘한 변화를 눈치 챈 말들이 불안하게 제자리걸음을 했다. 워워, 말의 가슴팍을 투덕거리며 이담이 낮은 목소리로 웅얼거렸다.

"역신이 휩쓸고 가셨어. 몰살당했네. 저 마을에 살아 있는 사람 일랑 남아 있지 않다는 뜻이네. 끔찍한 기근에 병마까지 덮쳐 모조 리 스러지고 말았다고. 몇 안 남은 가축들은 벌써부터 울타리를 부 수고 달아났거나, 목에 줄이 매인 채로 굶주려 쓰러졌겠지. 병에 걸 려 시름시름 앓다 죽은 아이의 시체를 뜯어 먹은 까마귀들은 얼마 지 않아 내장이 문드러져 죽어 갈 거고. 아니면 날개 반쪽이 없거나 부리가 깨진 새끼를 낳을지도 모르지. 경망스럽게 큰 소리를 냈다 가는 역신의 노여움을 사 우리까지 병이 옮게 될 거야. 되도록 말을 삼가도록 하게. 숨소리조차 감추는 게 좋아. 역신은 다음 희생자를 구하기 위해 근방을 배회하고 있을 테니까. 역신의 저주를 받아 생 을 마친 사람들의 주검에는 채 사그라지지 않은 악랄한 기운이 서 려 있을 것이니 절대 만져서는 안 되네. 알아듣겠나?"

이담이 음울하게 실눈을 뜨고 구불구불한 저 앞길을 응시했다. 마을 초입을 지키는 당산나무의 밑동이 썩어 문드러져 있었다.

이담이 모는 검은 말이 담대하게 앞서 걸었다. 모량이 암말의 목 둘레에 팔을 두르고 다정하게 귀엣말을 속삭였다. 헛발질을 하던 흰 말이 푸르륵 콧김을 내뿜더니 마침내 마을의 경계를 짓는 야트 막한 돌담을 돌아 느리게 첫발을 내디뎠다.

"잘했어. 착한 아이야."

모량이 갈기를 흐트러뜨리며 암말을 독려했다. 마을은 정적 속에 잠들어 있었다. 갈대 지붕을 희롱하던 바람에 마당 한편에 널려 있던 삼베 저고리가 춤추듯 나부꼈다. 흙담 밑에는 민들레꽃이 피어 있었다.

아이들의 울음소리는 들려오지 않았다. 빨랫감을 짊어지고 걸어가는 아낙네의 펑퍼짐한 궁둥짝도 보이지 않았다.

인간이라는 종만이 사라졌을 뿐, 눈앞에 펼쳐진 풍경이 지나치리만치 평화로워 보여 모량은 안도의 한숨을 내쉴 뻔했다. 그때였다. 좁은 보폭으로 모퉁이를 돌던 흰 말이 히이잉 울면서 그 자리에 멈춰 선 것은. 파리 떼들이 윙윙거리며 달려들어 모량은 허겁지겁 팔을 휘저었다. 한때 난전이 펼쳐지고 오가는 발길이 들끓었을 마을 한복판의 너른 터에는 거적때기들이 흩어져 있고, 거기에는 대충 셈해 보아도 스무 구는 넘을 법한 시체들이 미처 뒷수습할 겨를도 없이 아무렇게나 내동댕이쳐져 있었다.

거적때기 밖으로 기껏 서너 살밖에 안 되어 보이는 여자아이의 시체가 비스듬하게 밀려 나와 있었다. 새들이 쪼아 먹었는지, 푸르뎅뎅하게 부풀어 오른 얼굴, 그중에서도 특히 안구가 있던 자리가 거뭇하게 패어 있었다. 모량이 눈물을 훌쩍거리며 으웩 구역질을 했다. 까마귀 떼들이 원을 그리며 그들의 머리 위를 빙글빙글 맴돌았다. 입안 가득 구더기를 머금은 노인의 주검 옆을 지나면서도 동요하는 기색 없이 이담은 침착하게 말을 몰았다.

평상 밑에서 주둥이에 피를 묻힌 황구 한 마리가 기어 나왔다.

"쉿, 물러서."

이담이 쉿소리를 냈다. 비쩍 곯은 노란 개가 목 주위의 털을 곤두

세우고는 으르렁거렸다.

"위협하지 마시오."

모량이 말 등에서 내려왔다. 개는 털이 빠져 볼품없는 꼬랑지를 빳빳이 세우고 금방이라도 뛰어오를 듯 앞발에 힘을 주었다.

"내가 이야기를 나눠 보겠소."

"한번 인육을 맛본 짐승이네. 가까이 가지 마시게. 다칠 걸세."

한 걸음 바짝 다가서며 모량이 고집스럽게 머리를 가로저었다.

"그렇지 않소. 개들은 충직한 존재지요. 그들의 본성은 선하오."

해치지 않으리라는 걸 알려 주려는 듯 모량이 무기를 쥐지 않은 빈손을 활짝 펼쳐 보였다. 꽉 다문 입가에 거품을 문 채로 울음을 흘리던 개가 순간적으로 엉덩이를 낮추었다. 살의를 감지한 모량이 미처 몸을 피하기도 전에, 황구는 컹 날카로운 외침과 함께 그를 향해 달려들었다.

개가 입을 벌려 얼굴을 가리고 웅크린 모량의 오른팔을 물어뜯으려는 찰나, 이담이 쏜 화살의 촉이 놈의 아랫배를 뚫고 지나갔다.

"내 경고하지 않았나. 다칠 거라고."

활을 도로 어깨에 멘 이담이 쯧, 혀를 찼다.

"진실로 나를 해하려는 의도는 아니었을 거요."

잔뜩 가라앉은 목소리로 중얼거리던 모량이 피를 흘리며 쓰러져 누운 개를 향해 다가갔다. 개가 깽, 앓는 소리를 내며 다리를 떨었다. 모량은 한 손으로 개의 눈을 가린 다음, 다른 한 손으로 배 속 깊숙이 파고든 화살을 뽑아 주었다.

이담이 더는 할 말이 없다는 듯 냉랭한 태도로 말을 출발시켰다. 피범벅인 화살을 땅에 내리꽂은 모량이 다시 말 등에 올라탔다. 내를 가로지른 돌다리를 지나자 황혼의 들녘이 펼쳐졌다. 둘은 어깨를 늘어뜨린 채로 지친 말을 어르며 얼마를 더 움직였다.

가까스로 다음 마을을 찾아들어 갔을 때, 하늘은 먹물을 머금은 화선지처럼 군데군데 얼룩져 있었다. 넝마를 걸치고 검댕을 묻힌 아이 몇이 밥그릇을 두드리며 그들 주위에 몰려들었지만, 이담의 서슬 퍼런 고함 한마디에 기가 죽어 슬금슬금 뒷걸음질했다. 이담이 염치 불고하고 어느 가택의 대문을 두드렸다.

광대가 두드러져 험상궂어 보이는 종놈이 빼꼼한 문틈으로 그들을 내다보았다.

"외양간이라도 좋소. 하룻밤만 자고 가게 해 주시오. 폐는 끼치지 않겠소."

미심쩍은 눈초리로 둘의 행색을 탐색하던 사내는 예상외로 순순히 빗장을 내리고 문을 열어 주었다. 모량이 우물가에서 땟국을 씻고 방으로 들어가자, 이담이 옻칠을 한 개다리소반 앞에 앉아 그를 맞았다.

"죽실*로 끓인 죽이네. 이 댁 어른들이 들고 남은 음식이라더군. 무엇이든 우리로서는 감사할 따름이지. 어서 드시게."

죽 한 사발로 배를 채우고 그들은 비좁은 방에 등을 맞대고 누웠

---

* 대나무 열매

다. 흉한 꿈에라도 시달리는지, 모량은 그 밤 내내 식은땀을 흘리며 괴로워했다. 다음 날 아침, 여물을 실컷 먹어 원기를 회복한 말들이 힝힝거리며 꼬리를 흔들어 댔다.

둘은 다시 한 번 노정에 올랐다. 길은 영원히 잇닿아 있을 듯했고, 바람은 후텁지근했으며, 지난날 맑은 물이 차올라 있었을 고랑에는 대지의 앙상한 갈빗대만이 적나라하게 드러나 있을 뿐이었다. 어디에나 죽었거나 죽어 가거나 곧 죽고 말 것들이 발끝에 차이는 돌처럼 널려 있었다.

바야흐로 썩은 내가 진동하는 시절이었다.

육포는 나흘 만에 동났고, 그들은 각박한 인심을 무릅쓰고 간간히 인가를 찾아들어 가 먹을거리를 빌어야 했다. 이담이 때때로 산나물의 어린잎을 골라 따 여염집 부엌에서 얻어 온 밀가루를 버무려 익힌 다음 모량에게 먹게 했다. 굶주린 인간들의 손길이 미치지 않는 깊숙한 골짜기 어디에는, 어수리니 멸가치, 바디나물 같은 것들이 간간히 꺾이지 않고 군락을 이루고 있었다. 그나마 운이 따랐던 날에는 산느타리를 발견해 간만에 두둑이 배를 채우기도 했다.

목구멍까지 말라붙게 하는 건조한 날씨 탓인지, 짚 더미로 곧잘 불이 옮겨 붙어 재만 남긴 채 폭삭 주저앉은 가옥들도 여럿 눈에 띄었다. 장성에 이르러서는 마침 화마에 휩싸인 동헌에 물을 날라 끼얹는 일에 동참해 발이 묶기기도 했다. 노성의 이름 없는 고을에서 벌어진 사건 이후로는, 이담이 활을 쏘거나 칼을 뽑아 들 만한 일이 전혀 벌어지지 않았다는 것이 다행한 일이었다.

말에서 내려 짚신까지 벗어 든 채로 곡강 구비를 따라 펼쳐진 전답을 걸었던 것은 그 자체로도 충분히 감탄할 만한 경험이었다.

영암의 관아에서는 처음으로 상선 영감이 내준 마패를 보이고 융숭한 대접을 받았다. 영암 군수 김동하는 호쾌한 사람이었다. 어떤 용무로 노정에 올랐는지 따져 묻거나 수선을 떨 필요도 없이 잠자리와 아침상만을 간소하게 대접받고 싶다는 이담의 부탁에, 불그스름한 수염을 쓰다듬으며 분부대로 하겠노라고 대꾸하고는 사령을 호령해 부르더니 귀한 손님들을 얼른 객사로 모시라고 명했다.

아흐레 넘게 혹사당한 역마들을 내어 주고, 그들은 살이 오르고 기운 넘치는 말 두 필을 골라 받았다. 억새밭을 헤치며 이담은 고집 센 암말을 다루는 데 애를 먹었다. 모량은 근심에 겨운 노파처럼 음흉하게 입술을 걸어 잠그고, 딴 생각에 골똘해 있는 모양이었다.

다음 날, 둘은 몰락한 귀족 가문의 유산인 듯 거미줄이 쳐진 빈 기와집을 잠자리로 정했다. 이담이 으스스한 기운을 느끼고 눈을 떴을 때, 모량은 살만 남은 창에 기대 앉아 잡초가 무성한 앞뜰을 내려다보고 있었다.

뒷산 깊은 데서 날아왔는지, 반딧불이들이 꽁지에 불을 켜고 그의 주변을 유영하고 있었다. 달빛에 젖은 모량의 긴 속눈썹이 하얗게 반짝였다. 귀 옆으로 흘러내린 머리카락 몇 가닥이 마음이 동할 만치 무척 양순해 보였다. 이담이 기척을 내지 않고 돌아누워 다시 잠을 청했다.

관두량이 가까워질수록 여독에 피로해진 둘의 움직임은 도리 없이 느려졌다. 해가 서산을 넘어가기 직전인데, 인가는 도무지 나타날 기색이 없어 이담은 초조해졌다. 가파른 내리막을 내려가다 이담의 갈색 말이 갑작스럽게 그 자리에 멈추었다. 영문을 알 수 없던 이담이 옆구리를 냅다 걷어차 보았지만, 푸히힝, 신경질적인 울음만이 돌아올 뿐 말은 한 발짝이라도 뗄 마음이 없어 보였다.

워, 더불어 동요하는 자신의 말을 진정시키던 모량이 뭔가의 기척을 알아차린 듯 다급한 손짓을 해 보였다. 말의 고삐를 조여 쥔 이담이 코를 벌름거렸다. 그러고 보니 비자나무를 훑고 오던 바람결에 어렴풋한 비린내가 섞여 있었다. 두툼한 털가죽과 쭉 내민 혓바닥에서 떨어지는 타액의 냄새, 아무렇게 휘갈겨 싼 오줌 방울과 잇새에서 부패한 고기 찌끼, 죽어 말라비틀어진 벌레에서 풍기는 악취, 나무 열매와 으깨진 꽃잎에서 날 법한 달짝지근하니 유혹적인 향취, 고통에 바짝 쪼그라든 몸뚱이에서 피어오르는 고약한 체취……, 온갖 복잡한 심상들이 콧속을 타고 올라오며 어지럽게 휘몰아쳤다.

"곰이군."

이담이 한마디 뱉기 무섭게, 바위 뒤에서 검은 불곰 한 마리가 어기적어기적 모습을 드러냈다.

"아주 어린 새끼요."

"저 덩치가 말인가?"

말 등에서 뛰어내리는 모량을 넘겨다보며 이담이 어이없다는 듯 눈썹 끝을 문질렀다. 곰이 둔중한 엉덩이를 내려놓고 그 자리에 주저앉아 앞발로 툭 툭 제 뺨을 때렸다.

"아파하고 있소. 어딘가…… 문제가 있단 뜻이오."

"상관없지. 어서 갈 길이나 가세."

이담이 냉소적으로 투덜거렸다.

"어디를 다친 거지?"

이담이 바지춤에 차고 있던 식도의 손잡이를 왼손 집게손가락으로 쓸어내렸다. 모량이 위압적인 말투로 쏘아붙였다.

"내 허락 없이 짐승들에게 해를 끼치면 가만두지 않겠소."

이담이야 혀를 차든 말든 모량은 개의치 않고 새끼 곰에게 다가갔다. 그 행동을 위협으로 받아들인 검은 곰이 네 다리로 땅을 짚고 적대적으로 앞니를 드러냈다.

"왜 그러는 게야? 불편한 데가 어디인지 말해 보아라. 응?"

흑곰이 앞발을 내저으며 거칠게 포효했다. 모골이 송연해지는 울음이었다. 그 와중에도 모량은 또 한 걸음을 떼, 그와 곰 사이의 거리는 이제 장성한 남자의 팔 하나 길이만큼도 안 됐다. 이담이 그이상 두고 볼 수 없다는 듯 말에서 내려 모량의 무모한 행동을 꾸짖으려 했다.

"모량, 그만 말에 올라타시게."

이담의 만류에도, 모량은 두려워하는 기미 없이 그대로 달려들어 불곰의 목을 끌어안았다. 사방으로 침을 뿌려 대며 광폭하게 부르짖긴 했지만, 곰은 제 품에 달라붙은 모량을 내쳐 뿌리치거나 물어뜯지 않았다. 안도하듯 눈가의 근육을 이완시키면서, 이담이 묘한 표정으로 팔짱을 끼고 모량을 노려보았다.

그제야 새끼 곰이 내는 울음소리가 갓난쟁이 칭얼거리는 것과 흡사하게 들린다는 것을, 이담은 알아차렸다.

"어디 보자, 목에 뭔가가 걸린 것이로구나. 잠깐만 기다려 보려무나."

모량이 저고리 소매를 걷어붙이고 곰의 입을 벌리더니 그 아래로 쑥 팔을 밀어 넣었다. 세상에, 이담이 할 말을 잃고 눈썹을 꿈틀거렸다. 곰의 이빨에 긁히지 않도록 조심스럽게 팔을 움직이던 모량이 이윽고 그것의 입속에서 침으로 범벅된 주먹을 빼냈다. 그의 손에는 피에 젖은 나무 꼬챙이가 쥐어져 있었다.

"인가에서 뭘 훔쳐 먹다가 함께 삼킨 것이냐."

모량이 장난스럽게 곰의 콧잔등을 두드렸다. 동시에, 연분홍 혀를 내밀어 모량의 정수리를 핥던 새끼 곰이 풀썩 앞으로 쓰러졌다. 모량이 균형을 잃고 곰의 배 아래에 깔려 들어갔다.

숨이 끊어진 곰의 등 언저리에는 다섯 대가 넘는 화살이 꽂혀 있었다.

"모량!"

이담이 말고삐를 놓고 달려 나갔다. 안 그래도 푸푸, 앞발로 흙을 파헤치고 있던 갈색 암말이 때를 놓치지 않고 냅다 숲속으로 달려들어갔다. 비수처럼 날아든 화살 한 발이 말의 두툼한 목 근육을 꿰뚫었다. 암말이 무릎이 꺾여 힘없이 고꾸라졌다. 모량을 끌어내며 이담이 화살이 날아든 쪽을 매섭게 쏘아보았다.

"화적들이냐. 모습을 드러내어라."

바윗돌 위에서 키는 작달막하되 몸뚱이는 제법 암팡져 보이는 초로의 사내가 끈을 묶지 않아 앞이 벌어진 연회색 직령을 나부끼며 풀쩍 아래로 뛰어내렸다. 과시하듯 활을 흔들어 대던 그의 등에는 커다란 도끼 한 자루가 매여 있었다. 사내가 엄지손가락으로 한쪽 콧구멍을 막더니, 다른 쪽 콧구멍을 크게 벌려 킁, 코를 풀었다. 비자나무 숲과 구부러진 길옆에서도 감쪽같이 정체를 숨기고 있던 일군의 남자들이 거드럭거리는 태도로 느릿느릿 걸어 나왔다.

젊든 늙었든 체구가 다부지든 아니든 예닐곱 남짓한 그 사내들은 하나같이 이마에 삼베 천 조각을 감고 있었는데, 거기에 적힌 단 한 글자는 바로 生(생)이었다.

"곰고기에 말고기, 거기다 사람고기까지. 오늘 저녁 참 배부르겠어."

연회색 직령의 사내가 히죽거리며 새끼손가락으로 귀를 팠다. 모량은 다행스럽게도 할퀸 상처 하나 없이 무사했다. 이담의 도움도 마다하고 곰의 품을 헤치고 나온 모량이 품에서 단도 하나를 꺼내 들었다.

"솜털이 보송한 저 애송이는 누가 맡을까?"

우두머리인 성싫은 초로의 사나이가 쓱 무리를 훑어보았다. 이담의 손을 뿌리친 모량이 더 두고 볼 것도 없다는 듯 어금니를 으드득거리며 그를 향해 돌진했다. 남자가 달려든 모량의 팔을 꺾어 단도를 빼앗은 다음, 무릎으로 아랫배를 차올리며 그를 인정사정없이 패대기쳤다. 윽, 소리와 함께 모량은 빈 자루처럼 땅바닥에 내리꽂혔다.

"까짓것, 내가 맡아 처리했네. 일다경도 안 걸리는구면."

낫이며 곡괭이를 하나씩 세워 든 사내들이 우하하 배꼽을 쥐고 웃어 댔다. 어깨 너비로 다리를 벌리고 선 이담이 가죽 칼집으로 왼손을 가져다 댔다.

"까닭 없는 살생은 하지 않기로 하늘에 맹세한 몸이오. 이쯤 죽은 짐승이나 챙겨 들고 여편네들 치마폭으로 돌아가시지."

"까닭 없는 살생은 하지 않는다고……, 그 말인즉슨 방금 우리가 한 것은 까닭 없는 살생이라는 뜻인가?"

우두머리 사내가 볕에 그을린 암갈색 얼굴을 일그러뜨렸다. 손님마마라도 앓았는지 이마며 뺨 여기저기가 흉하게 얽어 있었지만, 짜부라진 코 양옆, 번듯하게 자리 잡은 두 눈의 빛만은 맑고 당당한 치였다. 이담이 대꾸 없이 상대의 눈동자를 똑바로 응시했다.

"인정하지. 우리는 짐승이오. 배가 고프면 먹어야 하고, 눈이 감기면 잠들어야 하지."

사내가 팔을 젖혀 등 뒤에 고정돼 있던 도끼를 빼 들었다. 백정들이나 지니고 다닐 법한 손잡이가 튼튼하니 굵다랗고 날이 잘 벼려진 외날도끼였다. 이담이 식칼을 거머쥐었다.

"어떤 짐승도 굶주린 자식을 두고 보지 않지. 그 울음을 달래기 위해 무엇이든 죽여서 물고 갈 수밖에."

"그렇다고 사람까지 해쳐서야 쓰겠습니까."

"말하지 않았는가. 우리는 금수라고. 짐승이 다른 짐승을 잡아먹는 게 뭐가 그리 이상하단 말인가."

나지막이 중얼거리며 남자가 도끼를 겨눠 들었다. 이담이 짚신 끝으로 가볍게 땅을 박차고 올라 어깻죽지를 노린 그의 공격에서 벗어났다. 이담이 다시 한 번 경고했다.

"지금이라도 늦지 않았소. 집으로 돌아가 곰 허파나 꺼내 잡수시오."

"동정은, 짐승들의 것이 아니지."

머리를 숙여 휭, 바람을 일으키며 날아든 도끼질을 피한 이담이 작정한 듯 허리를 펴고는 두 손으로 식칼을 움켜쥐었다.

"그렇다면 어쩔 수 없지."

이담의 칼이 사내의 이마 정중앙을 도려냈다. 비명을 지를 새도 없이 무릎을 꿇고 앉은 사내의 육신에서 생의 마지막 숨이 흘러 나갔다. 참담한 표정으로 절레절레 고개를 흔들며 이담이 사내의 미간에서 박혀 있던 식도를 뽑아 들었다. 구경꾼 비슷하게 서너 발짝 거리에서 그 광경을 지켜보고 있던 사내들이 무기를 늘어뜨리고 슬 그머니 물러났다.

두목을 잃은 화적이란 무릇 개미 떼나 마찬가지였으므로. 옷자락에 칼에 묻은 선혈을 닦아 내던 이담이 삑, 휘파람을 불어, 앞다투어 도망치려는 사내들을 돌려세웠다.

"저 곰과 말은 가져가게. 약조하게나. 반드시 아이들과 부녀자들을 가장 먼저 먹여야 하네."

이담의 눈치를 살피던 사내들 중 그나마 담대한 작자 서넛이 죽은 동물들의 뒷다리를 하나씩 잡아들었다. 새끼 곰은 영문도 모르고 입을 벌리고 나자빠진 모양 그대로 질질 흙바닥에 끌려 숲속으로 사라졌다. 이담이 주저앉아 있던 모량을 부축해 일으켰다. 모량이 몰고 온 수말은 주인의 안위를 걱정하듯 관목 숲 사이를 서성이고 있었다. 이담은 말을 달래 끌고 나온 다음 비틀거리는 모량을 먼저 태웠다.

핏물이 든 직령을 휙 옆으로 젖히며 이담이 날렵하게 말 등에 올라탔다. 모량의 상체 앞으로 끌어안다시피 팔을 둘러 고삐를 그러쥔 이담이 이랴, 목청을 돋워 호령했다. 검은 말이 숲 그림자를 가르며 달음질했다.

달도 없는 그믐밤이었다.

관두포의 해진성관에 머물며 순풍이 불어올 때까지 이담과 모량은 뭍에서 아흐레가량을 더 허비해야 했다.

열흘째 되는 날 아침, 마침내 관선은 베로 만든 거대한 돛을 펼쳤다. 제주목에 새로 부임하는 추쇄경차관*과 사복시**의 관원들, 그들이 거느리고 온 사노와 군관들 사이에 섞여 이담과 모량은 짐 보따리를 끌어안고 배에 올랐다. 제주 방언을 섞어 말하던 늙수레한 뱃사공의 설명에 따르면, 바람이 순리대로 배를 밀어 주기만 한다면 내일 정오까지는 충분히 섬에 가 닿을 수 있으리라고 했다. 구태여 알은체할 필요 없다는 해진성관 관리의 귀띔 때문인지, 다른 일행들은 세모눈으로 곁눈질만 할 뿐 그들에게 정감 어린 인사 한마디

---

* 조선 시대에 불법으로 도망 간 노비를 찾아내는 임무를 맡은 관리
** 왕실 소유의 가마와 목장, 외양간을 관리하는 관아

조차 건네지 않았으나, 그럼에도 이담과 모량이 과연 어떤 임무를 띠고 섬으로 향하는 것인지 내심 궁금해하는 눈치였다.

뱃멀미라도 하는지 모량은 핏기 없는 낯으로 눈을 감고 앉아 있었다. 검게 그을린 팔뚝을 부풀리며 뱃사공들은 젖 먹던 힘을 다해 노를 저어 대는데, 정자각에서는 오후 내내 거나한 술판이 벌어졌다. 사복시 최기가 대취해 상을 뒤엎었다. 누군가가 꼬인 혀로 시조를 읊었고, 또 누군가는 대젓가락으로 상을 두드렸다. 추쇄경차관이순휘가 대낮부터 벌겋게 달아오른 목덜미가 민망하지도 않은지 껄껄 웃으며 소고기 안주를 집어 먹었다.

모량은 여전히 꼼짝하지 않았다. 이담이 엉덩이를 일으켜 정자각을 나와 이물로 걸어갔다. 뱃머리에 우뚝하니 버티고 서서 쉬어 빠진 목소리로 뱃사람들에게 명령을 내리던 늙은 사내가 바다 물빛을 유심히 들여다보고 있던 이담에게 말을 걸었다.

"제주로 가는 배는 처음이시오?"

"그렇소만."

바닷바람을 받아 눈을 가늘게 뜬 채로 사내가 어깨를 으쓱거렸다.

"걱정 마시오. 이 몸으로 말할 것 같으면 바다에서 보낸 세월이 뭍에 머무르던 때보다 곱절은 많으니까. 게다가 제주로 향하는 배편들은 대개 보길도와 추자도를 끼고 항해한다오. 풍랑이라도 닥치면 당장에 섬에 정박해 목숨을 구할 수 있지 않겠소."

파도가 다소 거칠어졌다. 썩 달갑지 않은 예감으로 이담의 관자놀이가 뛰놀았다. 난간에 팔을 걸치고 수면 아래를 관찰하던 이담이 문득 고개를 젖히며 물었다.

"사복시의 저 관리들은 그렇다면 공마봉진*을 위해 승선한 것이오?"

"맞소이다. 제주마는 귀한 진상품이지요. 그 말을 돌보기 위해 살아 있는 사람 여럿이 상한다는 것은 높으신 분들의 관심사가 아니겠지만. 어디 말뿐이오. 감귤이며 전복까지 알이 굵고 좋은 것들은 죄다 공물로 쓸어 가는 실정이니 백성들은 어디 입에 풀칠이라도 하겠습니까."

사내가 날카로운 눈초리로 흥청거리는 노랫소리가 새어 나오는 정자각을 쏘아보았다. 침울한 표정을 한 이담이 다시 망망대해로 시선을 돌렸다. 해 질 녘도 아닌데 사방이 갑작스레 괴이할 만치 어두침침해졌다. 초립의 챙 너머로 올려다보니 수평선 저편으로부터 먹구름이 센바람을 타고 몰려오고 있었다.

굵은 빗방울이 후드득 떨어졌다. 연유야 어찌됐든 도둑비나 마른비도 아니고 올해 처음으로 맞는 제대로 된 모다깃비였다. 이담이 축축한 공기를 들이마시며 반쯤 헤쳐져 있던 초립의 끈을 마저 풀어 늘어뜨렸다. 짭조름한 물방울이 벌어진 입속으로 마구잡이로 흘러 들어왔다. 상투머리의 늙은 사내가 쏟아지는 빗속에서 먼 바다를 응시했다. 이물 좌측에 앉아 노를 젓고 있던 사공 하나가 어찌해야 하나 질문하는 모양으로 우두머리 사내를 돌아보았다.

"이상하구려."

---

* 진상 올릴 말들을 확인하는 절차

늙은 사내가 일단 그대로 계속 가자는 듯 노잡이들에게 손을 저으며 말했다.

"저 앞 바다는 저리도 평탄한데, 이렇게나 급작스럽게 파고가 높아지고 비가 들이치다니."

세찬 빗소리에 취기가 깼는지 정자각에서 퉁퉁한 사내 하나가 갈지자로 걸어 나왔다. 사복시 관원 최기였다. 퉁명스럽게 혼잣말을 하며 그가 주섬주섬 바지춤을 끌렀다.

"뭍에서는 기우제를 지내며 난리를 쳐도 내리지 않더니 난데없이 바다 한복판에서 웬 비야, 비는."

그의 가랑이 사이에서 뿜어져 나오던 오줌발이 빗물과 함께 바다 속으로 섞여 들어갔다.

"시원하다."

캭, 난간 밖으로 머리를 내밀고 기가 가래침을 뱉었다. 상투머리의 늙은 사내가 혀를 찼다.

"저리도 불경하다니."

그때 기가 벌러덩 뒤로 넘어진다 싶더니, 철썩 뱃전을 넘어 들이닥친 파도에 휩쓸려 바다로 굴러 떨어졌다. 우두머리 사내가 고함을 지르며 달려갔다.

"사람이 물에 빠졌다! 당장 밧줄을 가져와라."

뱃사람 몇이 소란을 떨어 대며 허둥지둥 선상을 뛰어다녔다. 이담이 멍하니 입을 벌리고 허공을 향해 떨리는 손끝을 들어 보였다.

"영감님, 저길 보시오. 구름 위로 솟아오른 저것은 대관절 어떤 바다짐승입니까."

우뚝 그 자리에 멈춰 선 늙은 남자가 근육질의 건장한 어깻죽지를 비틀며 되돌아섰다. 시커먼 먹구름 위로 솟구쳐 올라 거대한 몸을 꿈지럭거리던 그것, 사슴뿔에 낙타 머리를 하고, 조개 배에 잉어 비늘이 돋아 있으며, 매의 그것처럼 날카로운 발톱을 구부려 쥐고 있던 그 짐승은 바로, 용이었다! 신선처럼 긴 수염을 휘날리던 청룡이 큼지막한 대가리를 뱃머리로 들이대면서 듣는 이의 피를 얼어붙게 할 만치 길고 사나운 포효를 내질렀다. 종놈 하나가 그 기세에 놀랐는지 선 자세로 오줌을 지렸다.

성난 파도 속에서 관선은 금방이라도 침몰할 듯 위태롭게 뒤흔들렸다. 상투머리 영감이 머리 위로 두 손을 마주 잡고는 납죽 엎드렸다.

"청룡이시여, 용왕님이여, 노여움을 푸소서."

그 옆으로 뱃사람들이 열을 지어 바닥에 이마를 찧어 댔다. 수면 밖으로 얼굴만 내민 채로 허우적거리던 기의 모습은 어느새 물살에 떠밀려 가고 없었다.

"비나이다, 비나이다, 부디 저희의 무례를 용서하옵소서."

청룡이 흰자위를 희번덕거리며 썩썩 열기를 머금은 숨을 뿜어냈다. 돛대 꼭대기가 까맣게 그을렸다. 이순휘를 비롯해 관원들 모두 머리를 조아리고 기도를 올렸다. 난간에 한쪽 팔을 대고 있던 이담만이 고개를 빳빳이 들고 구름 사이를 노닐며 갈기를 휘날리고 있던 검푸른 용을 쏘아볼 뿐이었다. 산방산에 산다는 청룡, 저놈이 내가 상대해야 할 적이렷다.

그 순간 모량이 버선발로 갑판으로 걸어 나왔다.

"남해를 지키는 용왕님이시여."

모량이 용을 향해 양팔을 치켜들었다.

"허락해 주소서. 가엾은 인간들이 무사히 바다를 지날 수 있도록. 이렇게 두 손 모아 비나니 아무도 다치지 않도록, 제발, 제발, 자비를 베푸소서."

모량의 애원에도 불구하고, 정수리 위로 불길이 훅 스쳐 지나자 몇몇 사내들은 체면도 잊고 와락 울음을 터뜨리고 말았다. 최후를 예감하고 눈을 질끈 감은 채로 한참을 기다렸지만 그 이상은 아무일도 벌어지지 않았다. 늙은 사내가 머뭇머뭇 눈길을 들었을 때 이담은 온순해진 파도에 떠밀려 온 기를 갑판 위로 끌어올리고 있었다.

"다행히 아직 숨이 붙어 있는 것 같소."

순휘가 꼭지가 타 버린 갓을 벗고 불길에 닿아 바스러진 머리카락을 움켜쥐며 허탈하게 웃었다. 뱃사람들이 기를 돌려 눕히고 두루마기를 둘러 체온을 유지하게 했다. 모량이 금방이라도 울 것 같은 낯으로 비틀거리며 돌아섰다.

이담이 다가가 그를 부축했다.

"저 용인가?"

"그렇소."

무감한 눈으로 이담을 응시하며 모량이 말했다.

"용서하셨소, 이 배가 자신의 영역을 침범한 것을. 우리가 제주목에 다다를 때까지 곁에서 지켜 주실 거요."

관선은 이튿날 오후 먹물을 들인 듯 거무튀튀한 바위가 늘어선 해안가에 뱃머리를 댔다. 별도포였다.

절체절명의 순간을 함께 넘겼기 때문인지 아니면 용을 설득해 그 노기를 누그러뜨린 모량을 남모르게 경외한 까닭인지, 이담 일행을 대하는 추쇄경차관의 태도는 눈에 띄게 나긋해져 있었다. 제주 목 관아로 가 뱃길에 심란해진 마음도 추스를 겸 하룻밤만 쉬다 가라는 순휘의 설득에도, 이담은 하선하는 즉시 그대로 노정을 이어 가기를 고집했다. 어차피 산방산은 걸어서 반나절 거리에 위치해 있다고 하니 역마를 빌려 타야 할 연유도 없었다.

"……더군다나 지난해 화마를 입어 무너진 관부를 한창 재건 중이라 하지 않았습니까. 역사를 하느라 가뜩이나 어지러운 마당에 저희까지 폐를 끼칠 수야 없지요."

챙겨 둔 보퉁이를 짊어지고 이담이 공손하게 고개를 수그렸다. 순휘는 더 이상 이담을 만류하는 것은 자신의 아집임을 알아차렸다. 바람이 휘몰아치는 해안가에서 이담과 모량은 그들과 작별을 고했다.

"부디 그 뜻을 이루시길!"

순휘가 이담의 어깨 너머에서 외쳤다. 섬 바람은 험악했다. 시종일관 묵묵하게 이담을 쫓아오던 모량이 가쁜 숨을 내쉬며 잠시만 쉬어가기를 청했다.

"기력을 회복할 시간을 좀 주시오."

주저앉아 종아리를 두드리던 모량이 어디가 불편하기라도 한지 엉덩이를 들썩거리더니 주춤거리며 보따리를 더듬었다.

"볼일을 보고 와야겠소. 약조하시오. 저 절구 모양의 돌 뒤로는 절대 넘어오지 않겠다고."

"그러지."

심드렁하게 대꾸하며 이담이 구멍 뚫린 암흑색 바위에 털썩 드러누웠다. 선상에서 산적이며 증돈*같이 떠돌이객으로서는 좀처럼 접하기 힘든 귀한 음식들을 한껏 대접받은 덕분인지, 배 속이 흡족하리만치 든든했다. 굶주리지 않은 사냥꾼이란 과연 가당키나 한 존재일까, 자문하면서 이담이 모량이 사라진 곳을 넘겨보았다. 적지 않은 시간이 흐른 성싶은데, 모량은 돌아올 기미가 없어 보였다.

잡생각을 물리치려는 듯 제 뺨을 세게 한 번 후려갈긴 이담이 몸을 일으켜 모량이 오지 말라고 신신당부한 길쭉한 돌 뒤편으로 어슬렁어슬렁 걸어갔다. 입술을 오므려 익숙하지도 않은 휘파람까지 불어 대면서.

물이 고여 있던 바위의 틈새에서 꺅, 날카로운 비명이 날아들었다.

"어딜 넘어오는 거요?"

이담이 재빠른 손놀림으로 직령의 고름을 풀었다. 모량이 넘어갈

---

* 찐 돼지고기

듯 고함을 질러 댔다.

"말해 보시오. 지금 대체 뭘 하려는 작정이냔 말이오!"

이담이 직령을 벗어 엉거주춤하게 무릎을 맞대고 서 있던 모량을 향해 휙 집어 던졌다.

"그것으로 아래를 가리고 나오시오. 바지에 묻은 달거리의 흔적을 없애느라 이미 다 젖었지 않았소."

탓하려는 기색일랑 없이 다감한 어투로 이담이 나직하게 말을 이었다.

"옷가지가 마를 때까지 여기서 볕이나 쬐다 갑시다."

널따란 바위에 한쪽 다리를 세우고 누워 이담이 풀을 질겅거렸다. 감은 눈까풀 위로 수그러지는 오후의 볕이 느껴졌다. 이담의 직령을 허벅지에 두른 채로 모량이 멋쩍게 그의 옆으로 기어 올라왔다. 말문을 열기 전까지는 다소나마 망설이는 듯했으나, 터져 나온 목소리는 단호하고 강단 있었다.

"언제 알아차렸소?"

눈을 뜨지 않은 채로 이담이 대답했다.

"처음 만나던 날. 나이가 나이이니만큼 사내였다면 관례를 하지 않았을 리 없었으니까. 여직 머리를 땋아 댕기를 드리우고 있다니 어딘지 수상쩍다 생각했어. 거기다, 그런 들꽃 향기를 풍기는 사내란 존재하지 않거든."

시간이 흐르는 줄도 모르고 둘은 하늘을 올려다본 채로 나란히 누워 있었다. 모량이 윗니로 꽉 짓누르고 있던 입술을 풀어 주었다.

"내가 어찌하여 이 임무에 동행하게 됐는지 궁금하지 않으시오?"

"말해 보시오."

이담이 허리를 들썩여 모량과 마주 본 자세로 모로 누웠다. 이담의 검은 눈동자가 모량을 똑바로 바라보았다. 복이 타는지 마른침을 삼키며 모량이 말을 이어 갔다.

"죽은 어머니를 종종 꿈속에서 마주하오."

모량이 손톱 밑살을 뜯었다.

"불운이 닥쳐올 것이다 내게 미리 경고하는 거요. 그렇게 살아남았소. 도적들이 사당에 불을 놓았을 때도, 유일한 혈육인 언니를 역병으로 잃고 어느 양반 댁 첩으로 팔려 가기 직전에도, 어머니는 피눈물을 흘리며 내 팔을 붙들고 늘어지셨지. 말씀이 들리지는 않으오. 고통 속에서 어머니는 기를 쓰고 내게 뭔가 언질을 전하려 하시지만, 그것이 무엇인지 당시에는 전혀 알아차릴 수 없지. 내내 곱씹으며 골똘하는 수밖에. 이번에는 또 무슨 일이 일어나려나, 나는 무사히 살아남을 수 있을까, 길고 긴 밤을 걷잡을 수 없는 고통 속에 뜬눈으로 지새우면서."

모량이 습관적으로 손톱을 쥐어뜯자 이담이 그, 아니, 그녀의 손등을 제 손으로 뒤덮었다. 모량의 뺨이 순식간에 홧홧해졌다.

"그날도 어머니가 내 앞에 나타나셨소."

조금 떨리는 듯하던 모량의 목소리가 깊어졌다.

"역시 온 힘을 다해 내게 경고하려 하셨지만, 어떤 말씀을 하시려는지 알 수는 없었소. 그때 어머니의 머리 위로 구름을 가르며 날아

오르는 용이 보였지. 등은 짙푸르고 배는 눈처럼 새하얀 청룡이었
소. 뒤이어 불타오르는 땅과 마르고 갈라져 먼지만 날리는 강바닥,
기갈에 시달리다 쓰러진 갖은 생명들과 활시위에 목이 졸린 가엾은
소년 따위가 두서없이 떠오르다 사라지더군. 오수에서 깨어나 보니
암자에 누가 찾아와 있었소. 마침 이 근방을 지나다 내가 금수들과
대화를 나눌 줄 안다는 풍문을 듣고는 바쁜 걸음을 돌렸다더군. 대
전 상선 내관 방손순, 그의 말을 들으며 확신하게 됐지."

이담의 손을, 모량이 슬그머니 밀쳐냈다.

"반드시 그 용을 살려야 하노라, 어머니는 당부하고 싶었던 거요.
그렇지 않으면 이 세상에 더 크고 끔찍한 비극이 닥치리라고. 어머
니는 내게 이 능력을 대물림해 주신 분이오. 이 땅 위에 미천한 생
명이란 없다고 일러 주셨지. 하물며, 하늘의 기운을 물려받은 신령
한 존재를 살육하는 짓 따위를 눈 뜨고 지켜보셨을 리 없소. 내관
영감께는 당신을 성심성의껏 돕겠노라 약조했지만 나는 실은 정반
대의 계획을 품고 여기까지 온 거요. 나는 당신이 그 용을 죽여 염
통을 꺼내 가도록 두고 보지 않겠소. 청룡을, 우리를 긍휼히 여긴 이
섬의 용왕님을 살려 내고야 말겠다는 뜻이오."

이담이 흔들리지 않는 시선으로 모량을 바라보았다. 모량이 초조
한 듯 물었다.

"말해 보시오. 당신은 이제 어찌 할 거요?"

"어떻게든 내게 주어진 임무를 완수하기 위해 노력하는 수밖에."

이담이 담담하게 상체를 일으켰다.

"옷이 말랐나 보군. 그만 출발합시다."

정처 없이 헤매는 와중에 빛은 서서히 옅어졌다. 대기에 어둠이 풀어지고 달이 잿빛 구름을 물들이며 의뭉스러운 낯을 드러냈다. 보름이었다. 불그스름한 흙길을 무작정 걸어가던 그들은 돌담 너머로 절을 올리듯 납작하게 엎어진 초가집을 발견했다. 두터운 이엉 지붕을 굵은 띠로 눌러 가로세로로 얽어 놓은 모양이 흡사 풍신이 두는 장기판처럼 보였다.

모량이 불빛이 어른거리는 문가로 다가가 섰다. 더운 계절임에도 해가 지고 난 뒤라 으스스하니 추웠다.

"저, 계십니까."

안에서는 달그락거리는 소리가 새어 나오는데, 야속하게도 답하는 음성은 들려오지 않았다. 모량이 결례를 무릅쓰고 낡은 문짝을 당겨 열었다.

"길 잃은 나그네들이오. 주인장, 죄송하지만 하룻밤만 재워 주시지 않겠소?"

등잔불 하나 켜 놓고 방 안에 들어앉아 있던 이는, 이가 빠져 볼이 홀쭉하게 들어간 나이 지긋한 노파였다. 귀가 잘 들리지 않는지 노파가 문가로 당겨 앉으며 새된 음성으로 동문서답했다.

"무산 일로 여까지 왔수꽈. 안트레 들어옵서, 혼저, 들어옵서. 마참 잘 됐수다. 저녁이나 먹엉 갑서."

노파는 설명도 없이 모량의 손목을 끌어 방 안에 앉혀 두고 부엌으로 나갔다. 아랫목에 머쓱하게 쪼그려 앉은 채로 모량이 이담에게 가만히 속삭였다.

"들어와서 저녁이나 먹고 가라는 뜻인가 보오. 이렇게 신세를 져도 될는지."

얼마지 않아 반상을 들고 방 안으로 들어온 노파가 뜨뜻한 몸국*에 조밥을 곁들여 차렸다. 이담은 후루룩 소리까지 내 가며 맛있게 한 그릇을 비웠다. 한쪽 무릎을 세우고 앉아 노파는 그 모습을 흐뭇하게 지켜보았다.

"어드레 가는 길이꽈?"

노파가 모량의 손을 쥐고 손등을 두드렸다. 젖먹이의 그것처럼 치아가 빠져 헤벌어진 노파의 입속으로 연분홍 잇몸이 고스란히 들여다보였다.

"산방산을 찾아가고 있습니다."

모량이 고개를 조아리고는 공손하게 대답했다.

"거간 용 사는 데 아니우. 무산 일로 감수꽈?"

"그게, 특별한 사연이 있는 건 아니고, 그저, 산방산의 산세가 아름답다고 하여……."

모량이 노파의 눈을 차마 바라보지 못하고 변명을 늘어놓았다. 옛 기억이 떠오르는 듯 노파가 입술을 우물거리며 고개를 끄덕였다.

"내 똘 하나가 있었우다. 곱들락 호고 요망진 지집아이였지 마씸. 갸 살아 있을 때 산방산으로 자주 놀러 가구 했수다. 그만 씨집두

---

* 돼지고기 육수에 김치, 메밀가루, 미역귀, 모자반 따위를 넣고 끓인 국

가기 전에 잠녀 일을 호다 바당에 빠져 부러서. 그 일만 생각하민 부에 나서 살 수가 엄수다. 허이고, 불쌍헌 내 새끼."

모량의 손을 붙들고 노파가 눈물을 글썽거렸다. 모량은 콧등이 시큰해져 노파의 앙상한 어깨를 끌어안았다. 노기가 끓어오르는 듯 노파가 주름져 쪼글쪼글한 낯을 더욱 험상궂게 찡그리며 목청을 돋우었다.

"용! 그 노마 용은 아무 짝에도 쓸모 없수다. 아모도 살려 주저 않아 마씸. 이 몸을 봅서. 용왕, 누구 밥 먹여 줄 용왕님이라누."

모량은 밤늦도록 뒤척이며 쉬이 잠들지 못했다. 안개가 채 걷히지 않은 새벽녘, 노파는 모몰죽*을 끓여 내놓고 밭을 매러 일찍이 문지방을 넘었다. 감사의 표시로 이담이 동전 몇 닢을 부뚜막에 올려두었다. 그날 아침, 물을 여러 번 끼얹어 가며 숫돌에 날을 갈아 벼린 식칼은 가죽 칼집 속으로 밀려 들어가며 그르릉 섬뜩한 포효를 흘렸다.

검은 돌산을 오르며 이담은 한동안 잊고 지내던 스승의 말을 되새겼다.

"두려움의 냄새를 퍼뜨리지 마라. 약한 자들이 풍기는 굴종의 체취는 산들바람에도 멀리까지 흘러가기 십상이니."

날이 저물도록 산을 헤매고 다녔으나 용은 어디에 숨었는지 자취를 찾을 수 없었다. 신통력을 발휘해 숨어 사는 굴의 입구가 보이지

---

* 메밀죽

않도록 감추어 둔 까닭일는지도 몰랐다. 바위에 엉덩이를 얹고 숨을 고르던 와중에, 이담이 팔을 뻗어 모량의 머리를 묶고 있던 푸른색 비단 댕기를 풀어 버렸다.

뺨을 때리는 머리칼을 넘기면서 이담이 찌푸린 눈으로 모량을 주시했다. 짭짤한 바닷바람이 모량의 향기를 사방에 실어 날랐다.

"이게 무슨 짓이오?"

"야수에게, 젊은 여인의 체취만큼 유혹적인 미끼는 없을 터."

이담이 슬슬 식도의 손잡이를 그러쥐었다.

"이제 곧 나타날 것이다, 그대의 왕이."

바로 그때, 그 말을 엿듣고 있기라도 한 것처럼 암암하게 솟아나 있던 바위 뒤편으로 청룡이 휙 대가리를 쳐들었다. 꼬리가 사납게 치켜 올라간 눈 안에서 붉은빛을 띤 동자가 번득거렸다. 피를 갈구하듯 칼집에서 뽑혀 나온 은회색 식칼이 악귀처럼 울어 댔다. 칼의 기세에 압도된 이담이 용을 향해 본능적으로 이끌려 갔다.

그때 둘의 싸움에서 한 걸음 물러나 있던 모량이 돌연 이담의 앞을 막고 달려들었다.

"네놈은 무슨 연유로 나를 찾아온 것이냐."

쉭쉭거리는 소리를 내면서 모량이 기괴하게 입꼬리를 비틀었다. 그것은 분명 용의 음성, 그 말인즉슨 저 괴수가 모량의 영육을 가로채 조종하고 있다는 뜻이렷다.

"네놈을 사냥해 그 심장을 꺼내 먹으려고 하지."

이담이 굴하지 않고 쏘아붙였다.

"이놈이 감히!"

용이 콧구멍을 벌름거리며 불기운이 깃든 숨을 뿜었다. 이담이 뜨거운 대기를 베어 내면서 잽싸게 바위 뒤로 들어가 숨었다. 용이 이담과의 대결에 신경을 빼앗긴 사이, 잠시나마 그의 위력에서 벗어난 모량이 눈물을 글썽이며 엉금엉금 돌바닥을 기어갔다.

"영험하신 분이여, 용왕님, 제주의 왕이시여, 제발 비를 내려 주옵소서. 당신은 가문 땅을 적실 수 있는 능력을 갖추고 있지 않사옵니까. 부탁하옵건대, 측은지심을 베풀어 불타오르는 산천을 굵은 빗방울로 식혀 주시오."

그 말을 끝맺기 무섭게, 까무룩 정신을 놓고 쓰러진 모량이 이내 눈을 까뒤집어 흰자위를 드러낸 채로 발딱 자리를 박차고 일어났다.

"순리를 거스르는 것이 어디 그리 쉬운 일이더냐. 그래, 내 너희가 바라는 대로 잔재주를 부려 조선 곳곳에 작달비를 내리게 할 수는 있지. 허나 그 다음에 들이닥치는 건 풍요로운 수확이 아니라 더 끔찍한 가뭄과 길고 혹독한 겨울뿐이야. 한 치 앞도 내다보지 못하는 미욱한 존재들아, 세상의 이치란 그런 것이란다. 더 쓰면 한참 모자라게 되고, 결국 구멍 뚫린 주머니에는 한 줌의 재물도 남아 있지 않게 되지."

용의 설득에도 이담은 눈썹 한 올 움직이지 않고 담담하게 식칼의 손잡이를 바로 쥘 뿐이었다.

"되돌리기에는 늦었네. 순순히 염통이나 내놓으시지."

오만방자한 이담의 대꾸에 분기탱천한 용이 길길이 날뛰며 마구잡이로 불을 내쏘았다. 바윗돌 틈에 어렵사리 뿌리를 내리고 있던 풀들이 하얗게 녹아 흩어졌다. 껑충 허공으로 뛰어오르며 가까스로 화염을 피한 이담이 어깻죽지에 걸치고 있던 각궁을 풀어 화살을 메겼다. 청람색의 단단하고 두터운 비늘이 화살의 촉을 가볍게 튕겨 냈다.

용이 기세등등하게 목을 부풀리며 이담을 향해 앞발을 휘둘렀다. 맹금류의 그것과도 흡사한 뾰족한 발톱을 피해, 이담이 다급하게 숨을 곳을 찾았다. 해쓱한 낯으로 늘어져 있던 모량이 남은 기운을 짜내 이담을 향해 고함을 질렀다.

"가슴을 겨냥해야 하오. 역린으로부터 일곱 자 아래, 거기가 급소요. 다른 데를 아무리 쑤셔 댄다 한들 그분을 쓰러뜨리지는 못할 거요. 칼을 세워 그곳을 깊숙이 찔러 벌려야만 비늘을 깨부수고 심장을 꺼낼 수 있을 거요."

금방이라도 이담을 물어 삼킬 듯 아가리를 크게 벌리고 용이 혀를 날름거렸다. 찰나에 가까운 그 순간을 놓치지 않고, 바위를 디딘 이담이 날렵한 몸놀림으로 용의 구부러진 몸을 타고 올라갔다. 용이 이담을 떨어뜨리고자 발악하며 몸을 뒤틀었다. 이담이 화살 하나를 꺼내 수염 난 입술 옆에 다짜고짜 박아 넣었다. 용이 노기를 주체 못 하고 꿈지럭거리며 사나운 울음을 뿌려 댔다.

화살 하나에 생사를 걸고 대롱대롱 매달려 있던 이담이 입에 물고 있던 칼을 왼손으로 옮겨 들고 다리를 천천히 좌우로 흔들었다. 역린으로부터 일곱 자 아래라……, 이담의 눈길이 용의 턱밑에 거꾸로 나 있는 기다란 비늘에 가 닿더니 눈대중으로 일곱 자가량을 거슬러 내려갔다.

모량이 무릎 사이에 머리를 파묻고 천지신명께 간청했다.

"저 사내를 살려 주시오. 저자를, 부디, 죽게 내버려 두지 마오."

저기다, 바로 저기야. 땀이 쏟아져 게슴츠레하게 눈을 뜬 이담은 관자놀이처럼 활기차게 맥이 뛰는 용의 가슴 정중앙을 노려보았다. 다리의 반동을 이용해 펄떡 뛰어오른 이담이 용의 목 언저리에 그악스럽게 엉겨 붙었다. 용이 이담을 떨구어 내려는 일념으로 제 뱃가죽을 향해 시뻘건 불길을 쏟아 부었다. 이담의 소맷자락에도 불길이 옮겨 붙었다. 머릿가죽이 타들어 가는 듯 뜨거웠다.

최후를 감지한 용이 앞발을 휘두르며 발악했다. 혼신을 다한 모량의 기도 소리가 끝 간 데 없이 드높아졌다.

"하늘이여, 땅이여, 위대한 바다님이시여, 간청하건대, 그를 다치게 하지 마시오."

이담이 젖 먹던 힘을 다해 몸을 던져 용의 가슴팍에서도 바로 그 지점, 심장 박동에 따라 세차게 뛰노는 손바닥 남짓한 급소를 향해 식칼을 내리꽂았다.

용이 지르는 고통스러운 비명이 천지를 몸서리치게 했다. 가슴에 칼이 꽂힌 용은 낚싯바늘에 주둥이가 꿰매어진 물고기처럼 격렬하게 바동거리며 땅 위로 나가떨어졌다. 바위의 울퉁불퉁한 표면마다 시뻘건 피가 웅덩이처럼 고였다.

저고리를 선혈로 물들인 모량이 광기에 차 일갈했다.

"들어라, 어리석은 자들이여. 내 힘을 앗아 가 당장의 기갈을 면할 수 있을지는 모르나 그대들, 결국은 점점 더 가난해질지어니 내 자식은 살아남아 염통을 꺼내 먹은 자들, 그 자손의 자손들까지 대대손손 저주하리라."

그때 그들이 발 딛고 서 있던 땅 아래가 지진이라도 난 것처럼 요동치더니, 연녹색의 그보다 작고 날씬한 용 한 마리가 통곡하듯 꺽꺽거리며 수평선 너머로 쏜살같이 날아갔다. 거친 숨을 몰아쉬며 긴 목을 드리우고 있던 용의 몸뚱이는 여전히 매끄럽고도 따스했다.

이담이 박혀 있던 식칼의 날을 비틀었다.

"미안하오. 더 많은 이들을 살리기 위해 자신을 희생한다고 생각해 주구려."

용이 눈알을 움직여 이담을 올려다보았다. 이담은 신중한 태도로 비늘을 뜯어 내고 가슴 가죽을 열십자 모양으로 갈라 벌렸다. 붉은 염통은 탐스러운 보석처럼 갈빗대 안쪽에 비밀스럽게 들어앉아 그때까지도 힘차게 뜀박질하고 있었다. 이담은 식칼을 들고 흠집 하나 나지 않도록 조심스럽게 심장을 도려낸 다음, 그것에 흰 종이를 한 번 휘두르고는 그 위에 다시 비단 천을 덮었다.

눈물을 머금어 축축하게 번들거리던 용의 눈이 총기를 잃고 흐려졌다. 밀물에 부풀어 오르고 썰물에 축 처지기를 반복하던 사체가 돌처럼 단단하게 굳어 버렸다. 모량이 처연한 눈초리로 그와 마주 보았다.

"나는 여기에 남겠소."

주먹을 쥐고 턱을 되든 채로 모량이 단호한 말투로 뇌까렸다.

"사당을 지어 죽은 용의 넋을 위로하겠소. 당신에게 용의 저주가 닿지 않도록 춤추고 노래하며 빌고 또 빌겠소."

보퉁이에 용의 염통을 담은 이담이 말없이 뒤돌아섰다.

"그리고 기다리겠소, 당신을."

이담은 답하지 않았다.

"돌아와 주오. 당신이 타고 오는 배가 풍랑에 휩쓸려 난파하지 않도록, 매일 기도를 올릴 테니."

느린 걸음이나마 멈추지 않고 터덜터덜 이담은 산방산을 걸어 내려갔다. 꽃향기를 머금은 바람이 아련하게 휘몰아치다 사그라졌다.

* * *

솥 안에서 물이 끓었다. 이담의 속눈썹에 맺혀 있던 땀방울이 앞치마에 떨어져 거뭇한 자국을 만들었다. 이담이 두 손으로 신중하게 우유 접시에 담가 놓았던 염통 조각을 꺼내 들었다. 비린내를 잡기 위해서였다. 고기에서 배어 나온 선홍색 핏물이 새하얀 우유 속에서 어딘지 모르게 주술적으로 보이는 무늬를 그려 내고 있었다. 표면에 끼어 있는 희끄무레한 지방층은 칼로 벗겨 내고, 그것을 또 토막 내 그 안에 얽혀 있던 불필요한 기름들까지 깨끗하게 제거한 뒤였다.

여기까지는 소 염통을 손질하는 방법과 별반 다를 바가 없었다.

이담이 알기에 그분은 우심적*을 무척이나 즐기는 분이었다.

장을 바른 후에 불 냄새가 배도록 직화로 굽는 것이 여염집에서 흔히 따르는 염통구이의 방법일 것이나, 오늘만큼은 조금 색다른 조리법을 따르기로 했다. 먼저 체에 받쳐 수분을 뺀 용심을 물과 소주, 대파, 양파, 후추 등과 함께 팔팔 끓여 익혔다. 불그스름하던 고기가 갈색으로 완전히 변한 뒤에는 건져내, 지글지글 달아오른 철판에 기름을 두르고 편으로 썬 마늘을 넣고 볶다가 거기에 간장, 설탕, 파, 달걀, 생강즙, 참기름 따위를 섞어 만든 양념을 쏟아 부었다. 오묘한 풍미를 위해 산초가루를 뿌린 다음 씹는 느낌을 더하고자 잣가루와 호두 부순 것까지 올리고 나니, 허리가 부러질 듯 뻐근해도 마음만큼은 뿌듯하게 벅차올랐다.

곁들일 술로는 석탄주를 골랐다. 차마 목구멍으로 넘기고 싶지 않은 그 감미로운 향이 용 심장 고기의 강한 맛과 상성이 다른 남녀처럼 기특한 조화를 이룰 것이라는 의도에서였다.

앞치마를 벗고 머릿수건을 푼 이담이 호족반을 들고 앞서가는 궁녀의 뒤를 따랐다. 이담이 자신도 모르게 콧구멍을 크게 부풀렸다. 훈김과 함께 모락모락 피어오르는 냄새에 용의 모든 것이 담겨 있었다. 그 거대한 몸뚱이, 먹고 자고 누빈 기억이, 산방산의 검은 바위 동굴과 남해 바다, 자맥질을 하다 올려다본 푸른 하늘의 싱그러움과 한입 가득 머금고 오독오독 소리를 내며 껍질째 씹어 먹었던

* 소 염통 구이

새우의 비릿한 고소함, 갈기를 쓰다듬던 바람의 애무와 가슴골을 찍어 내리던 칼날의 서늘함, 단말마의 비명, 마침내 용의 생 그 자체가 한 줄기 김으로 변해 복도를 꽉 채웠다.

"기다리겠소, 당신을."

이담의 얼굴께로 꽃향기를 실은 바람이 스쳐 지났다.

"당신이 타고 오는 배가 풍랑에 휩쓸려 난파하지 않도록, 매일 기도를 올릴 테니."

가당치 않은 소망, 이담이 눈까풀을 내리깔고 아랫입술을 깨물었다. 그사이 양옆으로 발이 쳐진 복도가 끝나고 서릿발 같은 외침과 함께 너른 미닫이문이 불시에 열어젖혀졌다.

"전하, 서 숙수이옵니다."

"들라 하여라."

비단 방석에 비듬하게 기대 앉아 있던 사내가 기다리고 있었다는 듯 상체를 일으켰다. 듬직한 풍채에 너른 어깨, 끝이 가지런하고 풍성한 눈썹, 봉황의 그것처럼 그윽하게 찢어진 눈매까지, 조선에서 가장 높으신 분, 대왕 이도는 호방한 대장부였다. 읽고 있던 서책을 내려놓으며 그분이 이담을 꿰뚫어 볼 듯 깊은 시선으로 마주쳐 왔다.

"어서 오시게."

이담이 머리를 수그리며 큰절을 올렸다. 왕은 요식적인 절차 따윈 상관하지 않겠다는 듯 어서 일어나라 손사래를 쳤다.

"듣자하니 꽤나 고생을 하였다고. 자네가 겪었다는 그 일들에 대해서는 상선에게 상세히 전해 들었네. 아침 내내 어찌나 떠들어 대

던지 귀가 아플 지경이었다니까. 어쨌거나 그동안 수고가 많았네."

그분이 옅은 미소를 띤 채로 기립하고 있던 상선 방손순을 흘끔 올려다보았다. 상선이 겸연쩍어하며 달아오른 낯을 숨겼다.

"고생이라니요. 천만의 말씀입니다."

"그래, 거두절미하고 어디 맛이나 볼까. 냄새가 기가 막히는군. 실은 자네가 문밖에 와 섰을 때부터 알아차리고 있었다네. 고기 향이 어찌나 좋던지. 술은 무엇으로 골랐는가?"

"석탄주이옵니다."

"첫 잔은 자네가 직접 따라 줄 수 있겠나."

무릎을 꿇은 채로 두 손으로 술병을 받쳐 쥐던 이담의 눈꼬리가 가늘게 떨렸다. 맛을 아는 주인을 모시는 것만큼, 숙수로서 황홀한 일은 없었으니까. 지밀상궁이 어쩔 줄 몰라 하며 만류의 말씀을 올렸다.

"전하, 궁의 법도에 어긋나는 일입니다. 기미를 보기 전에 음식을 젓수시다니요. 만에 하나 옥체에 탈이라도 나면 어찌하시겠습니까."

콧구멍을 타고 올라오는 석탄주의 향취에 감탄한 왕은 흡족하다는 듯 고개를 끄덕이며 덥석 은젓가락을 집었다.

"궁의 법도라, 그런 걸 일일이 따지자면 나는 이 고기에 결코 젓가락을 대면 안 될 걸세."

거리낌 없는 태도로 염통 고기 한 점을 집어 뜯어보던 왕이 그것을 코앞에 가까이 갖다 대고는 킁킁거리며 냄새를 맡았다.

"빛깔도, 향기도 썩 훌륭하군. 우심에 비할 것이 못 돼."

미처 말리기도 전에 잘 익은 고기 조각이 왕의 기다란 혀에 말려 입속으로 들어갔다. 지밀상궁이 안타까운 한숨을 내쉬며 궁둥이를 뒤로 뺐다.

"과연, 놀라운 맛이야. 대단히 신선하고 향기로워. 혹시 산초를 넣었던가? 잣이며 호두가루 덕분에 씹는 느낌도 아주 좋군. 게다가 이렇게 고소하고 부드럽다니. 서이담, 자네의 솜씨는 역시 대령숙수의 명성에 걸맞을 만하이."

왕이 다시 용 염통 요리 한 조각을 집어 혀 위에 올려놓았다. 상선 영감이 무심결에 침을 꼴깍 삼켰다. 그 밖에는 누구도 숨소리조차 내지 못했다. 침소 안에는 왕이 고기 씹는 소리만이 넉넉하게 메아리칠 뿐이었다. 용심 구이의 풍미를 음미하는 왕의 표정이 시시각각 뒤바뀌었다. 그릇 위에 수북이 쌓여 있던 고기는 마지막 한 점을 남겨 놓고 순식간에 동나 버렸다.

쉴 새 없이 턱을 움직이던 그분은 딱 하나 남은 고기 조각을 집어 난데없이 이담의 입 앞으로 쓱 들이밀었다.

"그대가 죽인 괴수 아니더냐."

이담이 고개를 들어 잣가루가 흩뿌려진 먹음직한 고기 한 점을 노려보았다. 콧속으로 잘 구워진 고기의 달고 고소한 냄새가 흘러들었다.

"자네가 드시게. 그게 이치일 걸세."

쏟아지는 만류의 시선 속에서, 이담은 무엄하게도 유혹을 이기지 못하고 은젓가락에 끼워져 있던 그것을 날름 집어삼키고 말았다.

한낱 숙수 따위가 왕의 음식을 같은 저로 받아먹다니! 불경한 광경을 눈앞에서 목도한 상선이 웃전 앞에서 호통을 치지 못해 답답한 듯 으득 이를 갈아 댔다. 왕이 유쾌하게 웃으며 젓가락을 내려놓았다.

아, 이것은 인간이 먹을 수 있는 음식이 아니야. 불덩이라도 삼킨 듯 목구멍이 얼얼하고 식은땀이 흘렀다. 머리가 빙글빙글 도는 듯해 이담이 움츠러드는 어깨에 힘을 넣은 채로 꽉 쥔 주먹으로 마룻바닥을 짓이겼다.

그때 턱수염을 쓸어내리며 만족스러운 미소를 머금고 있던 왕이 야장 자락을 휘날리며 비단 방석을 박차고 일어났다. 그의 체취가 돌변해 있었다. 이도가 날듯이 너른 보폭으로 문턱을 넘어 돌계단을 밟고 내려갔다. 궁녀들과 내관들이 폐하, 앞다투어 외쳐 대며 우르르 몰려 내려갔다. 신을 찾아 신을 겨를도 없이 이담이 허청거리며 서둘러 그들을 뒤쫓았다.

밤하늘은 구름 한 점 없이 그윽하게 검푸르렀다. 별들이 총총 빛났다. 버선발로 박석을 밟고 선 왕이 하늘을 우러러보며 너른 소매통에서 두 팔을 뽑아 올렸다.

"느껴지지 않나, 이 기운이. 내 몸속으로 폭포수처럼 힘차게 흘러들어오고 있네. 아, 인간이란 정녕 무지한 존재였어. 천지간을 가로지르는 이런 힘을 여태까지 모르고 살았다니. 이담, 자네는 그 용을 똑똑히 보았겠지. 산방산 골짜기의 청룡, 천년 묵은 그 괴수는 이제 여기에 있네. 내 심장 속에서 팔팔하게 살아 꿈틀거리고 있어."

왕이 자신의 가슴팍을 억세게 두드렸다. 섬뜩한 어둠 속에서도 그의 두 눈은 선명한 붉은빛으로 넘실거리고 있었다. 이담은 숨이 끊어지기 직전 식칼을 그러쥔 자신을 올려다보던 용의 눈동자를 뒤늦게 되새김했다. 아, 뜻 모를 장탄식이 새어 나왔다. 북한산 자락 위로 시커먼 구름이 까마귀 떼처럼 하늘을 뒤덮으며 몰려들고 있었다.

춤사위 비슷하게 팔을 저으며 왕이 껄껄 웃어 젖혔다. 먹구름이 짙어지더니 이담의 뺨 위로 굵고 차가운 물방울이 떨어졌다. 눅진한 비 냄새, 아니, 이것은 후각을 마비시킬 만치 아찔한 피 냄새, 금방 잡아 딴 금수의 배 속에서 모락모락 피어오르는 강렬한 날것의 냄새였다.

"비님이여, 이 땅을 적셔 주소서. 여린 나뭇잎을 부서뜨리고 맷돌에 구멍을 낼 만큼 거세게 빗발치시어 내 가엾은 아이들을 살리시고, 죽어 가는 가축들의 목을 축여 주소서."

왕의 음성이 천지를 호령하며 쩌렁쩌렁하게 퍼져 나갔다. 동시에 굵은 빗줄기가 사정없이 떨어지기 시작했다.

빗물이 박석의 이음매 위로 콸콸 넘쳐 흘렀다. 대궐 밖, 먼 데서 아이들의 웃음소리가 꽹과리 소리와 함께 요란하게 터져 나왔다. 한 벌밖에 없는 베옷이 비에 흠뻑 젖는데도 개의치 않고, 맨발에 짚신을 꿰고 나온 백성들이 대로를 차지하고 서서 목청이 터져라 연호하고 있었다.

"비야, 비가 내린다. 임금님 만세. 용왕님 만세. 비다, 드디어 비님이 오셨어!"

야장의의 매끄러운 결을 타고, 빗방울이 뚝뚝 떨어져 내렸다.

목을 뒤로 젖히고 한참 동안 빗줄기에 몸을 맡기고 있던 왕이 내관들의 호들갑을 이기지 못해 내키지 않은 걸음을 뗐다. 돌계단을 밟고 올라가던 왕의 시선이 이담의 낯을 찾아 날아들었다. 단 한 점의 고기를 나눠 먹은 것만으로 이담은 왕이 느끼는 혼란을, 그 광기와 환희, 슬픔과 두려움을, 열십자로 그어져 심장이 꺼내어진 용의 텅 빈 가슴 속처럼 훤하게 들여다볼 수 있었다. 용의 저주가 언젠가는 실현되고 말 것임을, 확신할 수 있었다.

조선 땅에 비님이 내리고 있었다.

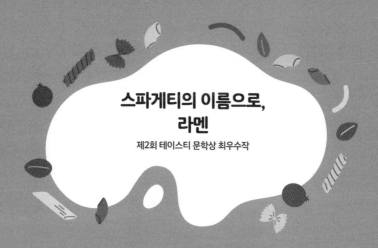

스파게티의 이름으로, 라멘

제2회 테이스티 문학상 최우수작

한켠

요리는 못하고 미식은 좋아한다. 외식을 하기 위해 돈을 벌고, 월급을 타면 어느새 한 달이 흘러갔음을 실감하는 '한달살이 인생'이다. 첫 소개팅에서 파스타 맛에 눈을 떴다. 소개팅 상대는 다시 만나지 '않'았지만 입맛은 남아서 가끔 월급날 '스페셜 런치'로 파스타를 사 먹곤 한다. 내 글이 '월급날의 파스타' 같은 별미였으면, 하는 마음으로 쓰고 있다.

매운 해물 파스타와 알리오올리오

국수는 언제 먹여 줄 거냐? 그 소리만 아니었으면 시작도 안 했겠죠. 저처럼 평범한 사람이 드라마에서 재벌 2세들이나 하는 계약결혼을 할 줄은…… 저도 몰랐어요. 계약으로 시작했다가 발목 잡혀서 진짜 결혼하는 식으로…… 혹시 내 인생에 로맨틱코미디를 찍을지도 모르겠다…… 하는 상상을 하긴 했는데, 지금은 「화차」나 안찍으면 다행인 신세가 되었네요.

저희 친가가 시골이거든요. 설 연휴에 내려갔더니 노인네들이, 아니, 어르신들이 언제 결혼하냐고 한마디씩 하시더라고요. 지방은 수도권보다 결혼을 일찍 하거든요. 제 또래 사촌들은 이미 다 애가 있어서, 뭘 모르는 애를 덥석 엎드리게 해서 세뱃돈이랍시고 뻥을 뜯어 가고 있고요. 남의 집 귀한 딸들 하나씩 데리고 와서는 시골집 부엌에서 기름 냄새에 절어서 전 부치라고 부려 먹고 있고요. 큰어머니는 저희 어머니한테 며느리가 손이 야무져서 편하다고 자랑질을 하시고요. 그 꼴을 보고 있으니 여기저기 친척 결혼식에 불려 다니시며 축의금을 상납해 오신 저희 부모님이 저더러 결혼하라고 난리치시는 것도 뭐, 이해는 가요. 친척 어르신들은 자식들이 둘 아니면 셋인데, 저는 외동이라 그렇잖아도 축의금을 반이나 3분의 1밖에 돌려받지 못하는 데다 아예 안 하면 그마저도 못 돌려받으니까…… 하긴 해야죠. 거기다가 아버지 정년퇴직이 올해거든요. 퇴직하시기 전에 받아 내셔야죠.

부모님은 여자는 다 거기서 거기, 사람 사는 거 다 똑같으니 지금 만나는 여자 있으면 결혼을 해 버리라고 하셨는데…… 제가 초식남, 뭐 그런 거라서요. 모태솔로 아니고 초식남이요. 퇴근하고 와서 영화 하나 보면서 맥주 마시고 자고 출근하고 그게 일과였는데, 연애 같은 귀찮은 거 했겠어요? 지금 보시면 아시겠지만, 제가 되게 평범하잖아요? 누가 막 연애하고 싶어 할 스타일 아니잖아요? 외로운 거요? 사람은 다 혼자 왔다가 혼자 가는 건데요. 부모님은 맞벌이셨고 스무 살 때부터 자취를 해서 혼자인 데는 아주 익숙해요. 자식이요? 이 헬조선에서 제가 물려줄 거 없고, 월급 받아서 사교육에 투자하고 저축 못 하는 삶도 싫고, 제가 저 하나 건사하기도 귀찮은 인간인데, 와이프랑 자식을 책임지진 못하겠더라고요. 솔직히 아버지의 퇴직이라는 데드라인하고 부모님이 신혼 전셋집에 좀 보태 주신다는 것만 없었으면 결혼 같은 거 안 했을 텐데…… 마침 전세 재계약 시즌이 되었는데 전세가 정말 미친 듯이, 제 연봉보다 더 올라서…… 그래, 전세금을 좀 도움을 받자, 싶었어요.

그래서 생각해 낸 게 '계약결혼'이었어요. 계약결혼을 해서 전셋집을 받고 이혼, 아니, 계약 해지를 하자. 근데 제 주변에 여자사람 친구들을 생각해 보니…… 그런 미친 제안을 받아들일 또라이는 없더라고요. 그리고 지인들 사이에 알려지면 뒷담화 안주로 오를 일이잖아요, 이런 건. 그래서 데이팅 앱을 깐 거라고요. 설마…… 했는데 바로 알림이 와서, 맘 바뀌기 전에 연락을 했어요. 소개팅 약속 잡는 거랑 똑같았어요.

친구한테 물어보니까 소개팅할 때는 파스타를 먹이래요. 그래서 백화점 맨 꼭대기층의 파스타 집에 갔죠. 그날 비가 와서 사실은 짬뽕을 먹고 싶었는데…… 첫인상요? 그냥 무난했어요. 저더러 고르라기에 저는 매운 해물 파스타를 시키고 여자분한테는 무난하게 알리오올리오를 시켜 드렸죠. 네, 마늘 오일로 볶은 하얀 파스타요. 사실은 제가 그것도 먹고 싶었거든요. 비가 오니까 마늘향 나는 거. 반씩 나눠 먹었어요. 해물 파스타는 짬뽕은 아니었지만 소스도 자작자작하고 오징어랑 홍합도 통통해서 먹을 만은 했어요. 대화요? 소개팅에서 흔히 오가는 대화였죠. 영어 회화 기초반에서 배우는 문답 있잖아요. 주말에 뭐 해요? 가족은요? 무슨 일 해요? 어디 살아요? 취미는요? 그런 거죠.

주말에 여행도 안 가고 취미도 없고…… 저 못지않은 집순이였어요. 이름은 '스테파니 황'이고 재미 교포 2세랬어요. 부모님은 두 분 다 미국에 계시고. 직업은 이탈리안 레스토랑 셰프래요. 이상하지 않았냐고요? 교포 2세니까 한국 이름이 없을 수도 있다고 생각했고, 교포라서 말이 좀 어눌한가 보다 싶었죠. 그리고 레스토랑 오너도 아니고 셰프가 영업할 일 없으니 명함도 없을 수 있고……. 소개팅에서 재직 증명서 떼어 보고 그러진 않잖아요. 그리고 사실…… 호감이 생겼어요. 레스토랑을 나와서 카페에 가서 커피를 마시고 케이크를 먹고 했는데, 네, 그냥 평범한 소개팅 코스였어요. 그런데 파스타를 꼭꼭 씹어 먹으면서, 아메리카노를 무슨 위스키 마시듯이 음미하면서, 케이크를 그렇게 황홀한 표정으로 먹는데…… 반했죠. 사실 제가 한 건 돈 쓴 거밖에 없는데 상대방이 너무 감동하니까. 맛이요? 솔직히 저는 잘 모르겠더라고요. 그게 그 정도로 맛있는 건가. 그냥 파스타는 서양 국수고 커피는 쓰고 케이크는 달고……. 그때는 아, 역시 셰프라서 미각이 예민한가 보다 했어요. 어렸을 때 생일에도 케이크를 못 먹었다길래 이민자라서 부모님이 바쁘셨구나하고 생각했죠. 그 후로 두세 번 더 만났어요. 그냥 평범했어요. 한강에서 치맥도 먹고 영화도 보고. 근데 이 여자가 너무 해맑게 좋아했어요. 이렇게 여유 있게 데이트란 걸 해 보는 건 처음이래요. 정말 열심히 사는 사람이구나 했죠. 어른이 되면…… 내가 아무리 열심히 해도 보상을 받지 못하는 경우가 많은데, 대단한 이벤트를 해 주는 것도 아닌데, 이런 평범한 데이트에 너무 설레면서 좋아해 주니까, 네, 그래서 좋아했던 것 같아요. 그래서 계약결혼 얘기를 꺼내는 게 조심스러웠어요.

결혼에 드는 모든 비용은 내가 부담하고, 축의금은 반씩 나누고, 혼인 신고는 하지 않고 1년 후에 헤어지자. 주변에는 성격 차이로 헤어졌다고 하자. 제가 내민 계약 조건은 그거였어요. 인신매매 같은 거 아니고 나 나름 건실한 생활인이라고, 주민등록이랑 재직증명서까지 보여 줬어요. 그걸 왜 그 서류로 증명했냐고요? 그럼 뭘로 증명해요?

뺨 맞을 각오를 하고 이를 악물고 있었는데, 스테파니는 좀 생각할 시간을 달라고 하더니 그날 저녁에 만나자고 했어요. 그러더니 계약 조건에 하나를 덧붙였어요. 자기 종교를 존중해 달라고. 자긴 사실 스파게티교 교도래요. 그 신도를 '파스타리안'이라고 한대요. 이상하지 않았냐고요? 그때 머리에 뭘 쓰고 나오긴 했죠. 주방 도구요. 그…… 면발 건지는 체 같은 거요. 근데 그땐 설마 머리에 그런 걸 쓰고 다니는 사람이 있을 거란 생각 자체를 못 했으니까…… 그냥 특이한 모자라고만 생각했어요. 그리고 그땐 맘 바뀌기 전에 붙잡는 게 중요했기 때문에 무조건 오케이했어요.

결혼 준비하면서 이상한 거 없었냐고요? 부모님이 자꾸 스테파니를 스파게티로 헷갈렸던 거 빼면 일반적인 결혼이랑 똑같았어요. 처가 쪽 친인척이나 친구나 직장 동료는 안 만나 봤냐고요? 친구는 다 미국에 있다고 했고요. 제 직장 동료도 결혼식장에서나 봤는데요. 결혼식을 하는 주말에는 레스토랑 영업을 해야 해서 직장 동료는 못 온댔어요. 친인척도 다 미국에 있댔어요. 상견례를 하려고 했는데 그때 마침 미국에서 트럼프가 당선되어서 외국인들 입국 금지 시키고 그럴 때라서요. 장인장모님이 시민권자 아니고 영주권자라 서…… 혹시 상견례나 결혼식 참석하러 나온 사이에 트럼프가 미국에 못 돌아오게 할까 봐 불안하다고 해서 나오지도 못하신대요. 아, 그런 얘긴 당연히 스테파니가 했죠. 상견례도 국제전화로 했어요. 기계랑 친하지 않으셔서 스카이프나 페이스타임이나 그런 거 안 하신대요. 아직 피처폰을 쓰신대서 영상통화도 못 했고요. 장모님이랑 저희 부모님이 통화하셨는데 되게 과묵하신 분이라고…… 그러시더라고요. 결혼 준비하면서 중간중간 불안해하는 거 같긴 했는데 누구나 결혼 전엔 생각이 복잡하잖아요. 그래서 그런 줄 알았죠. 싸운 적은 있었어요. 신혼여행을 파리로 갈까 했는데 단호하게 해외로는 안 가겠대요. 그때 의심했어야 했는데…… 제가 농담조로 '스테파니 황'이 아니라 '스테파니 흐엉' 아니냐. 혹시 한국 사람 아니고 불법체류자 아니냐. 왜 해외 가는 걸 싫어하냐. 이랬더니 인종차별주의자냐고 화내서요. 미국 살면서 백인들한테 인종차별 당했나 보다, 해서 얼른 싹싹 빌었어요. 하필 그즈음에 파리에서 폭동이 나서 한국인 단체 관광객이 탄 버스가 공격당하고 그래서 이래저래 신혼여행도 취소해 버렸죠.

토마토 미트볼 파스타

신혼여행 안 간 게 더 좋았어요. 휴가 기간 동안 출근 안 하고 하루 세 끼를 스파게티…… 아니, 파스타를 먹었어요. '요섹남'이라고 아시죠? 요리하는 섹시한 남자요. 그런 게 되어 볼까 했는데 첫날에 면을 '알덴테'로 삶질 못해서 바로 부엌에서 쫓겨났어요. 안단테? 음악 용어 같은데…… 음악처럼 부드럽게 삶으면 되나? 이러면서 푹푹 삶았거든요. 아는 척하지 말고 그냥 물어볼 걸 그랬죠. 알고 보니 그 반대로 심지가 살아 있게 면을 익히는 거래요. 제가 먹기엔 그냥 덜 익힌 면발 같기는 했는데 뭐 그렇대요. 그 이후로 그냥 청소빨래나 전담했죠. 혼자 살 때도 하던 거라 딱히 뭐 달라진 건 없었어요. 여자 속옷도 보다 보니까 익숙해지고…….

아무리 계약결혼이지만 중고딩들 우정 반지 같은 저렴한 반지에 프러포즈도 없었던 게 미안해서 선물 사 주겠다고 하니까 각종 요리책에, 요리 도구에, 식자재들을 사더라고요. 여전히 그 채반은 뒤집어쓰고요. 벽에는 꽃게……가 아니라 스파게티교의 상징이라는 미트볼을 품은 면발 괴물 그림을 그려서 걸고요. 식전 기도는 '예수님의 이름으로, 아멘'이 아니라 '스파게티의 이름으로, 라멘'이라고 했어요. 이상하지 않았냐고요? 저도 처음엔 사이비 아닌가 했는데 나름 귀엽던데요? 금토일이 안식일인데 그 이유는 스파게티교의 창조주가 4일간 창조하고 3일은 술 취해서 쉬어서 그렇대나…… 8계명도 있었는데 대충 교리가 '웬만하면 남한테 뭐 시키거나 강요하지 말고 너도 맘대로 살아라.' 이런 거라서 파스타 먹이는 거 빼고는 저한테 딱히 뭘 강요하지도 않고요. 아, 그 8계명도 원래는 10계명이었는데 창조주가 술 먹고 두 개를 잊어버렸는지 잃어버렸는지 그래서 그렇대요. 그리고 파스타가 너무 맛있었어요. 그걸로 길들인 거죠, 저를.

시작은 토마토 미트볼 파스타였어요. 생토마토를 갈아 넣어야 한다는데 토마토가 나올 철이 아니어서 방울토마토를 제철보다 비싸게 주고 사서 강판에 갈고요. 토마토에는 바질을 넣어야 한다는데 집에 화분 같은 거 안 키웠으니까 말린 바질 가루를 대신 넣고요. 날이 따뜻해지면 창가에 바질 화분을 놓자고 했어요. 요리할 때마다 뜯어서 쓰겠다고요. 바질은 일년생 식물이니까 헤어질 때 깔끔하게 화분을 버리고 갈 수 있겠다…… 그러더라고요. 그때 바질 말고 다년생 허브를 키웠어야 했는데…….

셰프라서 역시 달랐어요. 냉장고 열어 봤자 주말에 왕창 볶아서 볶음밥 만들어서 얼려 두고 평일에 꺼내 먹는 볶음밥 재료밖에 없었는데 그걸로 미트볼을 만들어 내더라고요. 제가 평소에 요리를 했냐고요? 볶음밥밖에 안 해 먹었어요. 그게 그나마 솜씨 없어도 그럭저럭 빠르게 요리해서 먹을 만하니까요. 설거지거리도 별로 안 나오고. 굶거나 인스턴트로 때우는 거는 30대가 되니까 몸이 망가져서요. 냉장고에 정말 기본적인 채소랑 간 고기밖에 없었는데요. 다진 채소를 팬에 볶고 그걸 다진 고기에 넣고 소금 후추 대충 넣고 치대더니 동그랗게 빚어서 팬에 식용유 두르고 구웠어요. 여기까지는 그냥 뭐 엄마가 명절날 했던 동그랑땡이었는데요. 굽다가 버터도 넣고 화이트와인도 넣어서 또 굽다가 물 좀 넣고 뚜껑 닫아서 익히고서 먹어 보라는데 와, 육즙이 입안에서 나오는 게 중국식 만두 같기도 하고요. 그 미트볼에 토마토소스랑 바질가루랑 마늘이랑 넣고 또 끓이다가 파스타 면 위에 붓고 치즈가루 뿌려서 오이피클이랑 맥주랑 먹는데, 어렸을 때 피자집에서 먹었던 케첩 맛 나는 토마토 파스타는 불량식품 맛이었고 이게 진짜다, 싶었어요. 하여튼 정말 황홀한 맛이었어요. 배가 고파서 맛있었을 수도 있어요. 그거 만드는 데 세 시간쯤 걸렸으니까요. 이상하지 않았냐고요? 진짜진짜 맛있었다니까요? 조미료도 안 넣었는데? 아, 셰프가 시간이 오래 걸린 거요? 하나하나 요리책 뒤적여 가면서 요리한 거요? 레스토랑에서는 분업이 되어 있고, 파스타 종류는 많고, 그래서 뭐 어쩌고저쩌고 변명하긴 했지만…… 어디에나 '일못'은 있는 거니까요. 셰프라고 했지, 일 잘하는 셰프라곤 안 했거든요. 일 못하는 셰프도 있을 테니까. 변명하는 스테퍼니한테 사실 저도 일을 못하는 직장인이라고 고백했어요. 파스타가 너무 맛있어서 맥주를 많이 마셨더니…… 말이 술술 나오던데요.

열정, 도전 정신 그런 건 없으니 가늘고 길게 가는 직장에 취업하려고 했고, 시험은 잘 봐서 어찌어찌 공기업에는 입사했는데, 사회성이 부족하다 보니까 회식에서도 어색하고 외부 사람 만나도 뚱하고…… 보고서는 잘 만드는데 승진은 결국 다면 평가 결과로 하니까 사람들하고 친해야 승진을 하겠더라……. 근데 이건 내가 성격이 꽁한 것도 있지만 부장 그 새끼가 처음부터 나는 제치고 동기 놈만 끼고 도니까…… 아니, 제가 내년도 목표치에 0을 하나 더 붙인 되게 사소한 실수를 하긴 했어요. 근데 그거 팀장이 검토할 때 잡아냈어야 하는 거 아니에요. 그죠? 팀장님도 잘못이 있는데 왜 나만 갖고 잡아먹으려 드냐고요! 뭐 그런 거죠. 좋았어요. 일러바칠 사람이 있어서. 근데 들어 주는 사람 입장에서는…… 제가 맨날 불평불만만 해 대서 지겨울 수도 있었을 거예요……. 그래서 나가 버렸나…….

가정폭력이요? 저 그런 사람 아닙니다. 말다툼도 없었어요. 밤에는 어땠…… 저기요, 저 아직 젊고 건강하거든요. 고부갈등이요? 만나야 갈등이 생기죠. 혹시나 부모님께 실수로라도 이거 사실 계약결혼이라고 말하면 안 되니까 제가 스테파니랑 부모님이 만나는 걸 철저하게 막았어요. 부모님께 스테파니 연락처도 안 알려 드렸고요. 바쁜 사람이라서 시부모님께 안부전화 드릴 시간 같은 거 없다, 기대하지 마시라고 했고요. 며느리한테 할 말 있으시면 저한테 하시라고, 제가 전달하겠다고 했어요. 며느리가 셰프인데 반찬 가져다주신다는 핑계로 우리 집에 오실 필요 없다……. 결혼하더니 갑자기 싸가지 없는 아들이 된 거죠. 근데 회사에 결혼하신 분들께 이런 얘기했더니 최고의 남편이라고 하던데요?

없어진 건 없었어요. 혼인신고는 안 했으니까 한국 국적 취득하고 가출…… 그런 건 아닐 거 같고요. 남겨 둔 것도 없이 자기 짐 싹 챙겨서 나갔어요. 조리도구랑 요리책도 가지고 나갔죠. 사라지기 직전에 누구랑 연락하고 그런 거 없었냐고요? 연락 오는 사람도 없고 연락하는 사람도 없었어요. 없어진 것도 없는데 왜 찾으려고 하냐고요? 사랑요? 연애결혼 아니고 계약결혼이었다니까요? 주변에는 1년도 되기 전에 이혼을 좀 빨리 했다고 둘러대면 되겠죠. 그런데 왜 찾냐고요? 걱정되어서요. 혹시나…… 혹시나…… 어디서 사고라도 당했는데, 그래서 어디 중환자실에라도 있는데 한국에 연락할 사람이 없으면 제가 찾아가야 하니까요.

경찰은 한국 이름을 모르니 조회도 할 수 없고 이런 건 단순 가출로 여기는 분위기라서요. 서울 시내 이탈리안 레스토랑은 한 번씩 거의 다 가 봤어요. 직원 중에 스테파니 황은 없대요. 「올드보이」에서처럼 스테파니가 해 줬던 맛을 찾으려고 레스토랑마다 파스타를 먹어 보기도 했는데 그 맛이 안 나더라고요. 저는 뭘 더 해야 할지 몰라서 연락드렸어요. 한번 찾아봐 주세요. 뭐라도 나오면 연락 주세요.

봉골레

내 이름은 전일도. 탐정이다. 나도 안다. 지금 이 패션은 탐정이라기보단 드라마에 나왔던 저승사자로 보인다는 거. 카페에서 차만 마시고 있는데도 주변에서 도촬을 하고 몰래 손가락질하면서 웃고 있지만 어쨌거나 나는 탐정이다. 고졸 20대 초반 여자 탐정이라고 하면 의뢰인들이 신뢰하지 않으니까 얼굴을 가리는 챙 넓은 검은 페도라를 쓰고, '탐정은 역시 베이지색 트렌치코트!'지만 꽃샘추위에 포기하고 그나마 단정해 보이는 검은 모직 코트를 걸치고 나와서는 아침부터 빈속에 커피는 속이 쓰리니 카모마일티를 마시고 있을 뿐이다. 숫기 없고 사회성 부족하다면서 말은 엄청 많은 의뢰인의 사연을 이어폰을 끼고 반복재생하면서.

의뢰인에게 받은 '장모님'의 번호로 전화했더니 어떤 여자가 받았다. "저기 혹시 스테파니 황……."이라고 하자마자 여자는 앙칼진 목소리로 "아니라니깐요! 저번엔 어떤 남자가 스테파닌지 뭔지 찾던데, 아니라고요!" 하고서 끊어 버렸다. 하긴, 미국 교포 폰 번호가 010으로 시작하는 게 이상하긴 했어. 다른 사람 핸드폰 잠깐 빌려서 자기가 미국에 있는 친정 엄마인 척했겠지. 그러니까 과묵할 수밖에.

'조금이라도 이상한 게 있으면 의심해 봐라. 의뢰인도 완전히 믿지는 마라.'

부모님은 이것이 불륜 남녀를 잡는, 아니, 사건을 해결하는 첫걸음이랬다. 우리 부모님은 두 분 다 탐정이시다. 남들은 흥신소인지 심부름센터인지 그렇게 부르지만. 엄마는 지금의 내 나이 때 남자 친구가 바람피우는 현장을 잡다가 재능을 발견하여 이 길로 들어서셨고, 아빠는 대대로 이런 일을 하는 집안이었으니 내가 가업을 잇고 있는 셈이다. 고려 왕족이었다던 아빠 쪽 조상님은 조선 개국 후 화를 피하려고 왕씨를 전씨로 바꾸고 신분세탁하여 살다 보니 누군가로부터 숨어 사는 것, 숨어 사는 누군가를 찾아내는 게 적성에 맞았던 모양이다. 조상님들은 조선시대에는 잘나가는 추노꾼이었고 증조할아버지는 일제강점기와 6·25 때 활약했다. 그때는 서로 찾고 숨고 암살하고 복수하던 시대여서 일감이 많았다고 한다. 누구 편이었냐면…… 그냥 돈 많이 주는 의뢰인 편이셨다. 그러다 보니 몰래 양쪽에서 의뢰를 받고 독립투사 찾는 순사와 악질 순사 찾는 독립투사를, 남북 군인들을 서로 맞닥뜨리게 했던 적도 한두 번이 아니었댔다. 의욕 있고 일 못하는 사람이 제일 무섭다더니…….

할아버지는, 불륜 탐정이셨다. 아빠는 할아버지에게서 일을 배웠고, 저 여자 일 잘하니까 꼭 잡아야 한다며 엄마와 아빠의 결혼을 적극 지지하신 분도 할아버지셨다. 언젠가 나랑 영화 「국제시장」을 보고 나온 할아버지는 아련한 눈빛으로 이러셨다.

"다들 중동 가서 모래바람 맞으면서 오일머니 벌 때가 참 좋았어……. 남편은 외국 나가서 돈 부쳐 주고 마누라들은 돈 많고 남편 없으니 바람나고…… 그때 참 열심히 벌었지……. 그걸로 집 사고 차 사고…… 아, 요즘 애들은 왜 해외 가서 적극적으로 노력을 안 한다냐? 대한민국이 텅텅 빌 정도로 한번 해 봐야지! 다 어디 갔냐고 하면 다 '중동 갔다'고 해야 응, 바람도 많이 피우고, 우리 손녀 일거리도 많아지는데!"

……이러니 내가 소년 탐정 김전일처럼 할아버지의 이름을 걸고 뭘 할 수가 없다.

엄마와 아빠가 만난 건 어느 호텔이었다. 엄마는 아내, 아빠는 남편 쪽 의뢰를 받고 서로의 맞바람 현장을 미행하던 중이었는데 자꾸 마주치는 상대측 탐정이 신경 쓰였고 그러다가 눈이 맞았다. 결국 의뢰인 부부는 이혼하고 탐정 커플은 결혼했다. 나와 쌍둥이 오빠가 태어난 것도 엄마아빠가 잠복근무하던 차 안이었다. 애는 나오려 하는데 불륜 남녀가 나올 생각을 안 하니까, 아빠는 방에 쳐들어가서 한창 흥이 오르려던 남녀를 잡아다가 차에 태우고 병원으로 달렸다. 불륜남은 얼결에 산부인과에서 남의 애가 태어나는 동안 기다려야 했고, 그러다가 자기 애가 태어날 때의 감정이 되살아났는지 부인에게 돌아가서 싹싹 빌고 아직까지 이혼하지 않고 살고 있다고 한다.

그때 태어난 쌍둥이 오빠는 지금 군대에 있다. 여비서와 바람피운다는 사장님 뒤를 밟고 있었는데 이 사장님이 수상한 낌새를 눈치채고 조폭을 풀어서 거꾸로 오빠를 미행하는 바람에…… 교도소와 군대 중 어디로 피하는 게 더 안전할까를 고민하다가 입대를 한 거다. 의뢰인한테 위험 수당도 제대로 받아 내지 못했다고 입대 전날까지도 오빠는 아쉬워했었다.

입시나 필기시험은 내 적성이 아니었는지 나는 학창 시절부터 시험만 보면 탈락이었고, 경찰 공무원 시험도 1차에서 탈락해서 결국 부모님과 조상님들 따라 자격증도 사무실도 필요 없고 메신저와 카메라 기능 있는 스마트폰만 있으면 아무나 할 수 있는 탐정이 되었다.

내 첫 사건은 남편의 불륜 증거를 잡아 달라는 아내의 의뢰로 시작되었다. 아무리 미행을 해도 불륜은커녕 성실하게 회사와 집만 오가길래 의뢰인에게 따졌더니 증거가 없으면 나더러 불륜녀인 척 연기를 해서 증거를 만들어 내란다. 헐…… 날 뭘로 보고? 남편에게 누명을 씌우라고? 내가 탐정이지 사기꾼이야?

의뢰인의 말을 녹음해서 남편에게 내밀자 이혼 소송은 의뢰인에게 불리하게 돌아갔다. 의뢰인의 남편에게 받은 돈으로 모자와 트렌치코트를 사서 신나게 거울 앞에서 패션쇼를 하고 있는데 의뢰인의 전화가 왔다. 자기 애가 다른 남자 자식으로 크는 게 꼴 보기 싫다는 이유로 남편이 아이 양육권을 가져가서, 아이는 자기 부모에게 맡겨 놓고 방치하고는 아이 엄마에게 보여 주지도 않는다고. 자기가 남편의 불륜을 조작해서라도 이혼 소송을 유리하게 끌고 가려고 했던 이유가 뭐였는지도 모르면서 왜 그랬냐고 악을 써 댔다. ……말을 해 줬어야 알지?

어쨌건 첫 번째 사건에서 배운 건 쓸데없는 짓은 하지 말자는 거였다. '이 아저씨 아내가 혹시나 가정폭력을 피해 가출했거나 진정한 사랑을 찾아 떠났는데 내가 찾아내면 어쩌지?' 하는 생각은 하지 말자……. 지금은 그 여자 걱정할 때가 아니라 의뢰인 정신 상태를 걱정해야 할 때다. 대체 머리에 뭘 뒤집어쓰고 온 거야?

"아, 이거요? 스파게티교 교도들 모자인데요. 그 면발 건지는 채반요. 별로 눈에 안 띄죠? 그죠?"

엄청 잘 보이는데요. 지금 사람들이 저승사자 같은 탐정이랑 채반 쓴 의뢰인 한 번씩 쳐다보고 가는데요.

"아, 네⋯⋯. 근데 그거는 왜 쓰고 나오신⋯⋯."

"제가 그동안 스테파니를 모르고 있었단 생각이 들어서요. 스테파니를 찾으려면 스테파니 입장에서 생각해 봐야 할 거 같아서. 스테파니가 했던 대로 이거 쓰고 다니는데 생각보다 남의 눈이 신경쓰이네요."

나는 그 순간 망설이던 마음을 잡았다. 이렇게 해서라도 찾고 싶어 하는 사람이 잘못될 리 없다.

"저기요, 여기 말고 어디 딴 데 가서 얘기하시면 안 될까요?"

"점심시간이니까 파스타 드시러 가실래요?"

"비싸지 않고 손님 많지 않은 데로 갈까요? 서울 시내 웬만한 파스타 집은 다 아신댔죠?"

그 채반남, 아니 의뢰인과 간 파스타 식당 앞에는 횟집에서나 볼 법한 수조가 있었다. 살아 있는 해산물을 써서 신선하다고 했다. 회도 아니고 파스타가 싱싱할 필요가 있나⋯⋯ 싶었지만 무식해 보일까 봐 고개를 끄덕거렸다. 모시조개가 입을 벌리고 있는 파스타가 나왔다. 조개가 질기지 않고 맛있긴 한데 걸리적거려서 귀찮았다. 나는 먹기 전에 먼저 조개껍데기에서 조개를 빼내기 시작했는데 의뢰인은 면 한입, 조개 하나씩 먹고 있었다.

"스테파니 씨는 왜 하필 그날 집을 나가셨을까요? 그날 밖에서 무슨 일 있었대요? 식당 이름이 뭐라고 했었죠? 그날 찾아가 봤어요?"

"모르겠어요. 일하던 곳 이름이 '라 미아 까사', 이탈리아어로 '나의 집'이란 곳이었다고 그랬는데 찾아보니까 그런 데는 없더라고요."

"혹시 그날이 뭐 특별한 날 아니었어요? 아님 아침에 크게 싸웠다거나……."

"사실은 그날 프러포즈를 하려고 했는데…… 스테파니는 아마 몰랐을 거예요. 반지는 잃어버릴까 봐 옷 주머니에 넣고 절대 안 보여주고 촛불은 그냥 부엌 냄새 빼려고 향초 좀 샀다고 했고 꽃다발은 행거 사이에 잘 숨겨 놨거든요."

"반지 잃어버릴까 봐 계속 확인하셨죠?"

"어떻게 아셨어요?"

의뢰인이 눈을 크게 떴다. 넘어온다, 넘어와. 이 눈빛, 의뢰인 처음 만나서 "와이프하고 무슨 문제가 있으신가요?"라고만 했을 때 봤었다. 뻔하지. 불륜 탐정 전일도를 찾아왔으면 뭔가 가정에 문제가 있는 사람이었겠지. 그게 뭐 대단한 추리라고.

"청국장도 아니고 파스타만 요리하는 부엌에 냄새날 게 뭐 있다고 향초를 사셨어요? 꽃은 뭘로……?"

"장미요."

"집 안에 장미향이 났겠네요? 하……. 차라리 오늘 밤에 프러포즈할 테니까 너무 감동받지 말라고 대놓고 말씀을 하시지 그러셨어요."

"그랬으면 아무 일 없었을까요?"

의뢰인이 울먹거렸다. 울면서 파스타 먹으면 목에 걸리겠다. 뭔가 국물 있는 걸 먹었어야 했나.

"프러포즈 이벤트는 어떻게……?"

"일단 저녁에 제가 집에서 까르보나라를 요리하고요. 제가 이 이벤트 때문에 쿠킹 클래스를 수강했다니까요. 그리고…… 음…… 입술에 크림이 묻으면 키스를……."

드라마 너무 많이 보셨구나. 거품 키스나 크림 키스는 제발 현빈만 합시다.*

"그리고 눈 감으라고 하고 방에 들어가면 촛불이 하트 모양으로 있고, 제가 반지와 꽃을 주면서 결혼해 달라고……."

네, 네, 창의성이라곤 정말 하나도 없네요.

"대체 왜 그런 이벤트를……?"

"드라마에서 보면……."

"너무 식상한 이벤트인데요. 스테파니 씨가 좋아하는 게 그런 거였어요?"

"스테파니가 좋아하는 건 파스타밖에 없었어요. 맨날 요리책만 보고 부엌에서 요리하고…… 제가 밖에서 일하고 들어와서 집에서 또 요리하면 질리지 않냐고 했더니 자기가 좋아하는 거라서 안 질린대요. 그래서 까르보나라를 넣은 건데…… 너무 식상해서 도망간 걸까요? 이 남자랑 살면 내 인생도 재미없겠다 싶어서?"

그놈의 크림 키스.

"스테파니 씨 마음은 제가 모르고요. 프러포즈받기 전에 사라졌으니 뭔가 프러포즈랑 실종이 관련 있을 수도 있겠네요. 그 전에 혹시 스테파니 씨한테 무슨 얘기한 거 있어요? 결혼 이후 계획이라거

---

* 드라마 「시크릿 가든」에는 현빈(김주원 역)이 카푸치노를 마시던 하지원(길라임 역)의 거품 묻은 입술에 키스하는 명장면이 있다.

나……."

"결혼을 해도 애는 안 낳고 싶다…… 난 지금처럼 친구처럼 사는 게 좋은데 다만 더 친해졌음 좋겠다…… 혼자 살 땐 몰랐는데 함께 영화 보고 같이 얘기하고 밥 먹으면서 얘기하는 게 재미있는 거 같다. 결혼이란 게 별거 있나. 그냥 둘이 한집에서 살면서 일상을 함께 사는 게 결혼이지. 공기업은 정년이 보장되는 편이니까 나랑 결혼하면 안정적으로 살 수 있을 거다, 설레진 않겠지만 편안한 사람이 되겠다……. 이 중에 뭐가 문제였을까요?"

"이게 무슨 문제집 푸는 것도 아니고…… 의뢰인님 잘잘못 가려서 벌을 주겠다는 거 아니고요. 단서를 찾는 거예요. 그런 얘기 할 때 스테파니 씨 반응이 어땠어요?"

"그냥 뭐…… 웃으면서, 끄덕거리면서 들었죠……. 생각해 보니까 맨날 저만 말하고 스테파니는 듣기만 했네요. 이럴 줄 알았으면 스테파니한테 네 얘기 좀 해 보라고 그럴걸……. 그럼 단서를 찾을 수 있을 텐데……."

띄엄띄엄 말하는 게 수상하다. 문제가 없어 보이는데 집을 나간 게 더 이상하다.

"이런 실종에서 제일 유력한 용의자는 남편인 거 아시죠?"

의뢰인은 포크로 조개껍데기를 처리하느라 버벅댔다. 종업원에게 젓가락 있냐고 하려던 순간, 의뢰인이 들리지도 않게 작은 목소리를 냈다.

"사실은…… 제가 스테파니한테 살짝, 아주 살짝 연봉을 물어봤어요. 아니, 맞벌이니까…… 그럼 공과금도 같이 내야 하니까……
연봉이 꼭 많아야 하는 건 아닌데…… 그래도 제가 부담스러울 정
도는 아니어야 하니까…… 그러니까 얼굴이 시뻘게지더니 아직 많
이 못 번다고 하더라고요. 우리의 계약이랑 자기 재산이 무슨 상관
이냐고 성질내고. 그래서 제대로 물어보지도 못했어요."

뭔가 돈에 얽힌 문제가 있구나. 의뢰인은 젓가락 대신 나이프로
조개껍데기를 누르고 포크로 살을 분리했다.

"근데 원래 계약 기간이 1년이었잖아요. 결혼하실 때 계약금, 그
러니까 축의금은 주셨을 거고, 잔금은 언제 주시기로 했어요?"

"네? 그냥 결혼식 끝나고 축의금 절반 나눠서 깔끔하게 정산 끝
냈는데요. 진짜예요. 약속대로 딱 5대5로 나눴어요. 거기엔 불만이
없을 거예요."

"원래 계약할 때 돈 일부 주고, 계약 완료 때 잔금 주는 거 아니에
요? 그래야 확실하게 계약 이행을 하죠. 위약금은요?"

"위약금 그런 거 없었는데요."

"결혼계약서 내놔 보세요."

결혼계약서는 내가 본 중에서 최고로 허술했다. 계약을 이행하면
스테파니가 받을 혜택만 있고 위반시 불이익은 없었다. A4용지에
프린트한 계약서는 위변조하려면 PC에서 그냥 타이핑만 해도 될 것
같았다.

"법적으로 보호받을 계약은 아니지만 겁주는 차원에서 공증이라
도 받아 두시고, 그리고 도장 찍으실 거면 인감증명서도 첨부하시

고 도장을 마지막에만 찍으시면 안 되죠."

나와 의뢰인 사이의 계약서 두 부를 나란히 펼쳐 두고 문서를 넘겨 가며 앞뒷장에 도장, 문서 두 부에 도장 반쪽씩 들어가도록 현란하게 도장을 찍어 대고 마지막에 이름 옆에 쾅 찍고 계약서를 나눠 가졌다. 이 의뢰인, 진짜다. 진짜로 '일못'이었어. 착수금에서 내 몫의 파스타 값을 계산하고 나오면서 잘하면 이 '호갱님'에게 성공 사례금을 더 받아 낼 수도 있겠다는 생각을 했다.

"저…… 탐정님? 별다른 의도는 없는데요."

"네?"

"탐정님이 만약 스테파니였다면…… 저랑 결혼, 어떻게 생각하셨을까요? 그렇게 싫었을까요? 말없이 사라져 버릴 정도로?"

"저기요, 이건 단순히 결혼하기 싫어서 야반도주한 게 아닐걸요. 결혼하기 싫었으면 위약금도 없겠다, 그냥 집 나가면 되는데 왜 '실종'되었을까요? 그러니까 그만 좀 자책하시라고요."

로제 파스타

"그러니까 지금이라도 노량진 가서 경찰 공무원 시험 준비 하라니까. 경찰이 싫으면 그냥 9급 공무원이라도 준비하든가."

"엄마도 내가 시험이랑 안 친한 거 알잖아."

"너도 아직 시험에 미련이 남으니까 스트레스 받아서 이상한 짓

하는 거잖아."

"이상한 짓이 아니라 의뢰인의 종교 생활이라고."

"염병하네. 이게 종교면 나도 칼국수교 교주 하겠다."

기껏 주말 점심에 크림 파스타는 느끼하니까 토마토 파스타를 드시겠다는 엄마와 사건 해결을 위해 크림 파스타를 먹어 봐야겠다는 내 의견을 절충해서 마트에서 사 온 반조리 로제 파스타를 데워 놨더니, 엄마는 요리하는 내내 등 뒤에서 잔소리하시고 지금은 식탁에서까지 '대화' 중이시다. 결혼이라는 건 크림과 토마토를 절충한 로제 파스타 같은 거 아닐까 하는 철학적인 생각을 좀 하고 있었는데.

"스파게티의 이름으로, 라멘."

"너 진짜 머리에 그 이상한 채반을 뒤집어쓰고 먹을 거 앞에서 주문은 왜 외우고 난리야?"

그러고 보니 스테파니, 의뢰인, 나까지 최소 세 명이 채반을 머리에 뒤집어쓰고 있다. 이거 알고 보면 신종 포교 활동 아냐?

"아, 엄마가 탐정은 타인의 시선에서 보고 타인의 마음으로 살아 봐야 한다며. 그래야 이것들이 어느 호텔에서 무슨 짓을 할지 예상할 수 있다고."

"불륜은 그렇지. 근데 너 그동안 불륜 탐정으로 홍보해 놓고 지금은 실종 탐정으로 업종 변경하겠다며. 공부도 탐정도 진득하게 안 하고 자꾸 왔다 갔다 할 거야?"

"미혼이 불륜 탐정이라니까 자꾸 꽃뱀으로 오해해서 한번 갔다

온 척했는데 그것도 안 먹히더라고. 아니, 의뢰인들은 대체 자기네들은 결혼 다 망쳤으면서 왜 남보고는 결혼하래. 비혼 여성은 불륜 탐정 하기 진짜 힘들어."

"남편 있는 여자가 안전해 보이니까 그렇지. 그래야 자기 남편한테 꼬리 안 칠 거 같고."

"보니까 남편이 있건 없건 바람피우는 덴 상관없던데. 근데 엄마는 맨날 「부부클리닉-사랑과 전쟁」을 현실판으로 보면서 결혼할 생각이 들었어? 엄마는 왜 결혼했어?"

"낭만적인 버전 아니면 현실적인 버전?"

"둘 다."

"낭만적인 버전으로는 니네 아빠가 결혼하면 절대 바람은 안 피우겠다고 해서 그랬고."

진짜로 바람을 피웠는지 아닌지는 모르겠지만 지금까지 한 번도 걸리신 적이 없긴 하다. 하긴, 엄마는 아빠보다 일 잘하는 탐정이니까 아빠가 바람을 피웠으면 바로 걸려서 팬티 바람으로 길거리를 달려야 했을 것이다. 엄마의 의뢰인 중에는 여자들이 많았는데, 여자들은 남자들과는 달리 아주 조용하고 은밀하게 증거를 수집해 줄 것을 요청하는 편이었다. 바람을 피우는지 확인은 하고 싶은데 이혼은 못 하겠고, 그러니 남편이 미행을 당하고 있는지, 사진을 찍히고 있는지 모르게 해 달라는 것이었다. 남편에게 딴 여자가 없다는 것을 확인해 달라는 의뢰인도 있었는데 엄마가 사진이 담긴 봉투를 내밀자 봉투도 뜯지 않고 이건 자기 남편 아니라고 박박 우겼다. 엄마는 펑펑 우는 의뢰인의 손을 잡고 휴대폰에 담긴 나와 오빠의 사진을 보여 주며 "아유, 나도 애 키우는 엄만데……."라며 사건을 수임하곤 했다. 그러니 남편 쪽으로부터 의뢰받아서 단순하게 돈 받고 미행하고, 사진 찍는 걸로 끝나는 아빠보다는 어려운 일을 하는 엄마가 일을 더 잘할 수밖에 없다.

"현실적인 버전으로는 니네 아빠랑 부부 탐정으로 동업하면 더 잘 벌 수 있을 것 같았고, 내 돈만으론 부족하니까 남편 돈이랑 합쳐서 집을 구해야겠다 싶었고, 탐정이 정규직 월급쟁이도 아닌데 혹시나 사고가 나거나 병에 걸리거나 했을 때 안전망이라곤 가족밖에 없겠다는 생각도 들었고. 그러니까 너는, 결혼을 안 할 거면 연금 나오고 4대 보험 되는 경찰 공무원이 되라고!"

"노량진 장수생보다는 탐정이 낫다니까!"

"누가 장수생 하래! 공무원 하랬지! 탐정보다는 공무원이 낫잖아!"

"탐정이 뭐 어때서! 경찰이 해결 못 하는 틈새를 메워 주는 게 탐정인데!"

"그건 네가 공무원 시험 합격할 자신이 없으니까 핑계 대는 거 아냐? 사립탐정 합법화도 언제 될지 말지 모르겠구만."

"아니라고! 공무원, 공무원, 꼰대 같은 소리 좀 그만해!"

"네가 탐정은 뭐 제대로 하기나 해? 공부하기 싫으니까 괜히 탐정하겠다고 장난치듯 돌아다니는 거지."

"엄마는 내가 해 준 파스타 먹고 나하고 싸우고 싶어?"

"넌 그동안 내가 해 준 밥을 몇 끼를 먹었는데 대들어?"

"아오, 진짜……. 내가 돈 벌어서 반드시 독립하고 말 거야. 나 없이 재미없게 살아 봐."

"해라 해, 이 물정 모르는 것아. 네 돈으로 방 한 칸 얻을 수 있나 봐라."

내가 돈이 없지, '가오'가 없냐. 방문을 쾅 닫고 부동산 직거래 사이트며 각종 방 구하기 앱을 들여다보면서 내 돈으로 구할 수 있는 '살 곳'을 알아보는데…… 전세가 올라서 결혼했다는 의뢰인이 이해되었다. 돈도 없고 가오도 없는 불쌍한 내 인생. 나도 누구랑 계약결혼을 해야 하나……. 어느새 검색 조건에 스테파니가 받았다는 돈을 체크하고 방을 보고 있었다.

집을 나가려면 제일 먼저 나가서 살 곳을 구해야 했다. 스테파니가 가지고 나간 돈이란 게 아주 큰 금액은 아니어서 그 돈으로 거주할 수 있는 동네를 특정하고 그 동네 직거래 사이트에서 'pastarian'이란 ID를 발견하고 급히 택시…… 아니, 버스를 탔다. 버스에서 알바 구직 앱에 접속했다. 자, 이 동네에서 알바 구하는 파스타 집이 어디 있나 보자. 셰프라면서 돈을 받고 나서야 요리책이며 조리기구들을 사 들이기 시작했다고 했을 때부터 이상했다. 아니, 근데 이 동네 공인중개사 아저씨는 날 왜 이렇게 이상하게 보는 건데?

"요새 그런…… 모자 맞나? 그런 거 쓰고 다니는 게 유행인가 봐요? 얼마 전에 온 아가씨도 그런 거 쓰고 다니던데."

헐? 급하게 나오느라 채반을 뒤집어쓴 채로 나왔나 보다. 얼른 벗으려다가 마음을 바꿨다. 나는 셜록 홈즈다……. 셜록은 변장도 잘

하고 연기도 잘했다……. 셜록은 이것보다 더한 분장도 했었다…….
나는 탐정이다……. 절대 쪽팔리지 않다…….

"아, 이거 파스타 동호회 회원들이 쓰는 건데요. 저희 동호회 언
니가 여기 공인중개사님 추천해 줘서 왔어요. 중개사님이 너무 좋
은 방을 알아봐 주셨다고요. 그 근처에 방 나온 거 있어요?"

"그럼, 있어요. 그 아가씨 뭐 요리사라고 해서 환기 잘되는 집으
로 골라 줬지."

환기 잘되는 집이 아니라 외풍 엄청 들어오는 방이었다. 여기에
비하면 의뢰인의 아파트는 궁궐이었다. 그 좋은 신혼집 놔두고 왜
뛰쳐나왔을까?

"중개사님, 여기서 영업 오래 하셨죠? 이 동네 맛집 좀 추천해 주
세요. 기왕이면 파스타 잘하는 집으로요."

"여기 계약하려고요?"

"계약은, 어…… 제가 파스타를 좋아해서 동네에 파스타 맛집이
꼭 있어야 되는데요."

"……이 동네엔 파스타 그런 거 없는데…….."

"파스타 말고 스파게티는요?"

"역 근처 마트 푸드코트에 가면 파는데, 이 가격에 이런 집 없어
요. 스파게티 먹고 오면 이 방 나간다니까요."

이 가격에 이렇게 후진 방구석이면 집주인 양심이 없는 거겠지.
마트 푸드코트에는 돈가스와 오므라이스, 스파게티 등등을 팔고 있
었다. 소스는 케첩 맛이 나고 면은 뻑뻑한 '불량식품맛' 토마토 스

파게티를 먹으면서 주방을 흘긋 봤다. 스테파니는 사진 찍히는 걸 싫어해서 의뢰인이 가지고 있는 사진은 웨딩사진뿐이었다. 그러니까 지금 저 '쌩얼'의 주방 노동자가 풀메이크업한 내 스마트폰 속 여자와 같은 사람이라는 거지? 나는 참을성 있게 푸드코트 마감 시간까지 기다리고, 또 기다리고, 기다렸다.

"헬로? 셰프 스테파니? 아 유 프롬 아메리카? 아 유 파스타리안?"

채반을 쓴 채 장난기 가득한 얼굴로 영어를 하자 피곤한 얼굴로 퇴근하려던 스테파니가 멈칫했다.

"안녕하세요. 제 이름은 전일도, 탐정이죠. 남편분 의뢰로 왔는데요."

명란 파스타

"언니, 알리오올리오에 뭐 넣을 거예요?"

"피곤하니까 간단한 거. 손 많이 안 가는 걸로."

"베이컨?"

"식상한데? 간단하면서도 특별하면서도 맛있는 거."

"명란젓? 명란 파스타로 할까요? 어렸을 때 엄마가 참기름에 마늘이랑 무쳐 주면서 조금씩만 먹으라고 눈 부릅뜨고 있던 그 명란을 왕창 때려 넣어서요."

"비싸지 않을까?"

"형부라고 해야 하나……. 언니 남편이 돈은 팍팍 써도 된댔어요.

언니 찾는 데 쓰는 돈은 안 아깝대요."

엄마가 말하길 탐정은 친화력이 좋아야 한댔다. 영업까지 뛰어야 하는 프리랜서의 삶이란 게 그렇지, 뭐. 셜록 홈즈도 여자들에게 인기 많았다고 했다. 나는 어느새 스테파니를 언니라고 부르며 도망 못 가게 연행을, 아니, 팔짱을 끼고 사이좋게 장을 보고 있었다.

"언니, 남편분이 지질, 아니, 츤데레*인 건 알죠?"

"나쁜 사람은 아니었지."

"근데 왜 계약 기간 다 안 채웠어요?"

"……청혼을 하려고 하더라고. 결혼하기 싫었어.

"저 같으면 기왕 이렇게 될 거, 반지는 받고 도망가겠어요. 티파니던데."

그 티파니가 실버라서 환금성은 좀 떨어진단 말은 안 했다. 환기가 잘되는, 아니, 외풍이 심한 집에서 황은영, 아니, 스테파니 황은 채반을 머리에 쓰고 면을 삶았다. 심지 가운데 하얀 부분이 샤프심만큼 있게 삶아야 한다는데, 이게 무슨 '알덴테' 같은 소리야. 어쨌든 스테파니가 면을 삶는 동안 나는 좁아터진 방구석에서 마늘을 편 썰고 명란젓의 막을 벗겼다. 스테파니는 프라이팬에 올리브유를 두르고 마늘을 볶고 명란을 볶았다. 저 팬이랑 올리브유까지 바리바리 챙겨 나올 정신이 있었으면 반지도 훔쳐 가지고 나올 수 있었을 텐데. 스테파니는 덩어리가 풀린 명란에 면을 넣고 후추를 갈아

---

* 일본에서 유래한 유행어로 상대에게 호감이 있으면서도 겉으로는 쌀쌀맞게 행동하는 유형을 가리키는 말

서 뿌려 가며 마저 볶았다. 후추 가는 기구까지 알차게 챙겨 나오셨구나.

나와 스테파니는 스트립댄서와 맥주 폭포가 있는 천국에 갈 파스타리안이니까, 명란 파스타를 놓고 맥주 한 캔씩을 깠다. 돈 아끼지 않고 왕창 넣은 명란이 짭조름해서 맥주랑 잘 어울렸다. 입안에서 명란도 톡톡 터지고 맥주도 쏴 하니 청량해서 기분이 좋아졌다. 스테파니는 내가 "음." 하고 감탄사를 내며 먹방BJ 못지않은 리액션으로 먹는 모습에 더 기분이 들뜬 것 같았다.

"아, 역시 맛있다. 여기 오고 나서 명란 파스타 먹으려다가 비싸서 명란 대신 주방에 김치 남은 거 조금 가져다가 양념 씻어서 넣어 먹었는데. 그것도 짭짤한 맛은 있었지만 짝퉁 명란 파스타였어."

"의뢰인도 그랬어요. 자기가 옛날에 먹었던 토마토 파스타는 불량식품이었고 언니가 해 준 토마토 미트볼 파스타가 진짜였다고요. 언니가 파스타로 자길 길들였대요. 언니 파스타 진짜 맛있어요. 완전 셰프 같아요. 진짜로 미국에 있을 때 셰프였던 거예요?"

스테파니가 남은 맥주를 원샷했다.

"미국은 무슨 미국. 제주도도 못 가 봤는데. 셰프는 무슨 셰프. 그냥 마트 푸드코트에서 즉석식품 같은 파스타나 볶으면서 주방 아줌마로 인생이 끝나겠지."

방금 전까지 즐거웠던 것 같은데, 성공 사례금이 눈앞에 다가왔던 것 같은데, 이 언니 갑자기 왜 울어? 주사(酒邪)가 있었나? 그러고 보니 발음이 약간 외국인처럼 어눌한 이유를 알았다. 울 때 보니까 이빨이 두어 개 비어 있었다. 썩기 전에 치료하거나 임플란트를 할 돈이 없었나 보다. 나는 엄마가 의뢰인들에게 그랬던 것처럼 스테파니 언니를 안고 토닥였다.

"아니에요. 이렇게 맛있는데. 언젠가 꼭 셰프가 될 거예요."

"어른이 되면, 이루지 못할 꿈이란 건 희망 고문이야. 나 그 남자 꼴 보기 싫어. 왜 나한테 그 맛있는 파스타란 걸 먹여서, 왜 내가 해 주는 파스타를 먹고 그렇게 좋아해 줘서, 왜 내가 셰프라는 거짓말에 의심 없이 속아 줘서, 내가 진짜로 셰프가 되고 싶게 만들어! 난 그냥 하루하루 알바해서 먹고살기 급급했는데, 왜 나한테 요리책이랑 재료들을 살 돈이랑 알바 안 해도 되는 시간을 줘서, 나도 내가 셰프가 되고 싶다는 게 개꿈 같아서, 이름도 속이고 다 속이고 이런 웃기지도 않는 스파게티교 교도라고 우기고 다니는데 왜 그것까지도 다 믿어 줘서!"

언니 남편이 좀 허술해서 의심 없이 사람 잘 믿을 거 같더라고요. 혹시 다시 같이 살게 되면 어디서 사기 안 당하게 잘 단속해요.

"언니 남편이 요새 머리에 채반 쓰고 다니는 거 알아요? 언니 마음을 알고 싶다고."

언니가 머리에 쓰고 있던 채반을 벗어서 집어 던졌다.

"우리 부모님은 나 어릴 때 맨날 싸우느라 나한테 웃어 준 적이 없는데, 그 새끼는 내 부모도 아니면서 왜 내 마음을 알고 싶대? 왜 내 요리가 맛있다고 웃어 줬을까. 왜 나한테 요리 잘한다고 했을까. 살면서 뭘 잘한다는 소리 들어 본 적이 없는 내가 요리라는 걸 하고 싶게. 날 왜 찾아, 그 인간은? 같이 잘 여자가 없대?"

"걱정이 된대요. 혹시 중환자실에 누워 있어서 연락이 안 되는 거라면 한국에 지인도 가족도 없으니까 자기가 가 봐야 한다고."

"중환자실에 있으면 더 찾지 말아야지. 진짜로 시민권 있는 미국 교포면 건보 가입이 안 되어 있어서 병원비 엄청나게 나올 텐데."

언니 남편은 그것까지는 미처 생각을 못 한 거 같던데요.

"병원에 오면, 자기가 내 법적 보호자 행세라도 하게? 혼인신고는 본인 없이도 할 수 있으니까 혼자 하고서?"

결혼하기 싫다더니, 많이 알아보셨네?

"나한테 꿈이란 걸 꾸게 했으면 계약 기간 끝날 때까지 꿈속에서 살게 해 줘야지. 왜 내 연봉을 묻고 프러포즈를 하려고 해? 내가 내 입으로 이런 구질구질한 현실을 까발리게 하려고 '진짜 결혼'을 하려는 거야? 이렇게 헤어질 거라면 그냥 1년 동안 살고 나를 스테파니로, 셰프로 안 채로 헤어지는 게 나았잖아. 나 그 남자 진짜 싫어. 지는 잘 먹고 잘 살아서 내 자존심 따위는 모르잖아."

"이렇게 끝날 거면, 아예 처음부터 그 데이팅 앱에 가입을 하지 말걸, 그런 생각 안 들어요?"

"가입하면 100퍼센트 당첨 경품을 준다고 해서 그랬지, 그때는."

"이렇게 카톡을 보내면 될까요? 좀 봐 주세요. 탐정님이 여자니까, 스테파니의 마음으로."

"아니, 카톡은 성의 없어 보이잖아요. 손글씨 쓰시라고요. 연예인들도 물의를 일으키면 손글씨로 반성문 쓰잖아요."

"제가 편지나 메일에 트라우마 있어서요. 자신이 없는데…… 저번에 메일에 '번거롭게 해 드려서 감사합니다.'라고 써서 고객님이 열 받아서 항의 전화 했고요. 팀장님 메일 복사해서 붙여넣기 하다가 '안녕하세요, 누구누구 팀장입니다.'라고 메일 보내서 팀장님한테 혼나고요. 또……."

이러다가 의뢰인이 사고 친 얘기만 듣다가 끝나겠다. 회사에서 낸 사고만 모아도 천 일 동안 세헤라자데처럼 스테파니에게 얘기해 줄 수 있을 것 같다.

"밤새도록 생각 많이 하셨다면서요. 스테파니 씨 잡아야겠다면서요. 일단 손편지 쓰시고, 찍어서 저한테 카톡 보내시면 수정해 드릴게요. 그럼 되겠죠?"

내가 탐정이지, 빨간펜 선생님이냐. 난 탐정이지, 커플 매니저가 아닌데 중간에서 내가 왜 이러고 있지? 빨간펜 학생이 보내온 손편지는…… 악필이었다. 이 아저씨, 일도 못하고, 프러포즈도 못하고, 글씨도 못 쓰잖아! 어쨌든 빨간펜 선생님이 아닌 탐정의 마음으로 해독한 암호, 아니, 악필은 오글거리다가 의뢰인의 근거 없는 자신

감에 웃기다가, 현실 감각에 로맨틱이 사라질 뻔했다. 어쨌거나 잘 썼다고 우쭈쭈 의뢰인을 칭찬해 줬는데, 뒤이어 날아온 카톡에 한숨이 나오고 말았다.

"근데 스테파니한테, 그…… 돈은…… 액수를 정확히 쓰는 게 좋을까요? 얼마면 될까요? 어제 통장 정리를 해 보긴 했는데 결혼하고 전세금 올려 주느라 여윳돈이 많지는 않은데……."

프러포즈는 현빈 스타일이더니 지금은 원빈이세요? 원빈이 「가을동화」에서 '얼마면 되니'를 한 게 대체 언젯적이냐.

"아, 그냥 일단 만나서 말없이 편지랑 반지나 주시라고요."

의뢰인은 스테파니와 처음 만났던 이탈리안 레스토랑에서 약속을 잡았다. 나는 챙 넓은 페도라를 써서 얼굴을 가리고 몰래 옆 테이블에 앉아 크림소스 파스타, 아니, 생크림 까르보나라를 주문했다. 의뢰인은 채반을 쓰고 나타났다. 스테파니가 웃었다. 의뢰인이 마주 웃으며 까르보나라를 주문했다. 아, 제발 크림 키스만은……! 의뢰인이 편지와 반지를 꺼내자 스테파니의 얼굴이 굳어졌다.

"저는 사실 스테파니 황이 아니고요. 셰프도 아니고요. 파스타리안도 아니고요."

"제가 부르는 애칭은 '스테파니'고요, 제 입맛에는 셰프가 한 것보다 맛있었고요, 저는 파스타리안이 되었고요."

스테파니는 까르보나라가 나와도 표정을 풀지 않았다.

"저는, 다시는 만나지 말자는 말씀을 드리려고 나왔는데요. 웨딩 사진도 버려 주시고 연락처도 삭제해 주세요."

"그럼, 오늘은…… 이렇게 만났으니까 마지막으로 저한테 하고 싶은 말 다 하세요. 그동안 너무 저만 말하고 스테파니 씨 얘기를 안 들어서요. 이제는 다 들어 줄게요."

"……그동안 고마웠어요. 파스타 사 줘서, 저 칭찬해 줘서, 저한테 웃어 줘서, 잘해 줘서, 꿈이란 게 있다는 게 비참한데, 행복하기도 했어요. 현재만 살았던 저한테 미래란 걸 생각해 보게 해 줘서 고마웠어요. 돈 잘 버는 진짜 셰프 만나서 제대로 결혼해서 잘 사세요."

채반을 쓴 의뢰인이 묵묵히 까르보나라만 우물우물 삼켰다. 면 한입에 물 한 모금씩 마시는 걸 보니 느끼하고 느글거려서 먹기 힘든가 보다. 피클로는 부족하고, 맥주 한잔이 절실해 보였다. 스테파니는 파스타에는 입도 안 대고 반지는 껴 보지도 않고 의뢰인이 땀난 손으로 만지작거려서 구깃거리는 손편지를 읽었다.

스테파니 씨, 당신을 만나서 전 이전과는 다른 사람이 되었어요. 변화를 싫어해서 이사도 안 가고 전세금을 올려줘 가며 같은 집에 계속 살던 제가, 도전이 싫어서 공기업 입사 이후 한 부서에서만 계속 재미없게 일하는 제가, 이전의 저라면 하지 않을 일들을 하려고 합니다.

첫째, 일도 못하고 불평만 많고 다른 사람 일러바치기만 하지 않고, 스테파니 씨에게 매일매일 고맙고 사랑한다고 하루에 세 번씩 말할게요. 맛있는 파스타를 해 줘서 고맙고 나랑 만나 줘서 고맙고, 스테파니 씨가 스테파니 씨여서 고마워요. 사랑해요.

둘째, 저는 정년퇴직이 꿈이었는데, 저도 꿈이란 걸 찾아볼게요. 저는 스테파니 씨가 꿈이란 걸 갖고 있는 게 예쁘고, 부러웠어요. 일단은 좋은 남편이 되는 게 꿈이고요. 퇴근해서 영화 보고 맥주 마시고 자는 것 말고 다른 걸 해 볼게요. 스테파니 씨가 이 편지를 읽고 감동받는다면 작가가 되고 싶을 것 같기도 해요. 사랑해요.

셋째, 위험이 싫어서 저금리에도 원금 보전되는 적금과 정기예금만 하고 있는 제가, 스테파니 씨에게 투자란 걸 하려고 해요. 어차피 애도 없고 취미도 없고 부모님은 공무원 연금이 나오니 용돈 안 드려도 되어서 돈 쓸 데가 없어서 투자하는 거니까 부담스럽게 생각하지 말아 주세요. 스테파니 씨는 요리에 소질이 있으니까 조금만 요리를 배우고 경험을 쌓으면 분명히 셰프가 될 거예요. 제가 '라 미아 까사'의 첫 번째이자 마지막 손님이 되고 싶어요. 혹시 셰프가 안 되더라도 평생 저만의 셰프로는 남아 주세요. 혹시 우리가 헤어진다면 꼭 셰프가 되어 주세요. 손님과 셰프로 만날 수 있게. 사랑해요.

고개 숙인 채 묵묵히 까르보나라 한 접시를 비우던 의뢰인이 크림소스 묻은 얼굴을 들었을 때 스테파니가 의뢰인의 입술에 키스를 했다. 스파게티의 이름으로, 라멘.

레스토랑을 나오면서 카톡 프로필을 수정했다. 내 이름은 전일도, 구 공시생 겸 불륜 탐정, 현 실종 탐정이죠. 누구든 무엇이든 찾아 드립니다.

류엽면옥

제2회 테이스티 문학상 우수작

조동신

2010년 단편 「칼송곳」으로 제12회 여수 해양문학상 소설 부문에서 대상을 수상하며
등단했고, 이후 한국추리작가협회에 가입하여 활동 중이다. 발표한 작품으로 단편
「포인트」, 「크리스마스의 왕」, 「검은 학 날아오르다」 등과, 장편 『까마귀 우는 밤에』,
『내시귀』, 『금화도감』, 『필론의 7』 등이 있다.

1932년 1월 말의 어느 추운 날 아침이었다. 아침의 정적을 깬 것은 처마의 고드름이 녹아서 떨어지는 소리가 아니라 어느 면옥* 문을 두드리는 소리였다.

"문 열어!"

"뉘기요? 아니, 무슨 일이라요? 아직 영업 시간 아닙네다."

누군가가 문을 열었다. 면옥은 늘 새벽까지 영업하기 때문에 점원들은 오전 내내 잠을 자야 한다. 그 때문에 갑작스러운 방문은 방해가 되었다. 문이 열리자 확 밀고 들어온 이들은 다름 아닌 순사들이었다.

---

* 麵屋, 국수 파는 가게

"중머리* 어디 있어?"

"석규야! 중머리들 다 나오라고 해라!"

곧 중머리들이 나왔다.

"이 중에서, 밤에 매화관으로 배달 간 사람 누구야!"

"요정 매화관요? 접니다!"

중머리 중 한 명이 나서며 말했다.

"이름!"

"류엽입니다."

"류엽이라고? 너를 진용석 남작 살인 혐의로 체포한다!"

"네, 네?"

잠이 순식간에 달아났다.

"무, 무슨 일입니까, 제가 살인이라니요? 진용석 남작? 그게 누굽
니까?"

"너, 새벽에 매화관으로 냉면 배달 갔다고 했잖아!"

"배, 배달은 갔지만, 살인이라니요!"

류엽이 항의했지만, 순사들은 순식간에 그를 끌고 나갔다.

본정통** 종로경찰서의 김찬규 경부는 출근하자마자 살인사건 소
식을 듣고 현장으로 달려갔다. 청계천에서 별로 떨어지지 않은 곳
이었다. 간밤에 눈이 많이 와서 땅이 미끄러웠다.

---

* 냉면 배달부
** 오늘날의 종로

"죽은 사람이 누구지?"

"진용석 남작입니다. 조선인으로서 작위 받고 평안도랑 경성에서도 우리 경찰에 몇 번이나 협력했던 사람입니다."

"그래? 이거 큰일이군."

"요즘 들어 경찰에 협력하기 위해 불령선인*들을 색출하는 일을 하고 있었다고 했습니다. 혹시 그 일 때문에 당한 건지도 모르겠습니다. 주머니 속에 권총까지 가지고 있는데, 그만 당했군요."

"그래? 흉기는 뭔가?"

"단단한 돌 같은 것으로 머리를 맞았습니다. 피해자가 털모자를 쓰고 있었는데 그걸 덮어씌워 시야를 가리고 때렸군요. 그래서 피가 많이 나지 않았습니다."

"그런데 밤에 눈이 꽤 왔는데, 시체 위에는 눈이 쌓이지 않았으니 피해자가 죽은 건 눈이 그친 후라는 말이 되잖아. 범인이 자기 발자국을 빗자루 같은 것으로 다 지웠구만!"

"그런 것 같습니다."

빗자루로 눈을 쓴 것 같은 흔적이 곳곳에 남아 있었다.

"눈이 몇 시쯤에 그쳤는지 알 수 있나?"

"혹시 면옥에 가서 물어보면 되지 않겠습니까? 면옥은 늘 새벽까지 영업하기 때문에 알지도 모릅니다."

"잠깐, 이거, 류엽이라고 적혀 있는데?"

---

* 不逞鮮人, 일본을 따르지 않는 조선인

남작의 주머니에서 발견된 수첩 마지막 장에는 류엽(柳葉)이라는 글자가 있었다. 버들잎이라는 뜻이다. 그 외에 담배쌈지도 보였다. 여기 서서 담배를 피우던 도중에 당한 모양이다. 타다 남은 성냥도 몇 개 떨어져 있었다.

"버들잎?"

"경부님, 저기, 저 면옥 말입니다."

김 경부도 금방 알아차릴 수 있었다. 골목길을 따라 몇 번 돌아서 가자 류엽면옥이라는 간판이 나왔다. 그보다도 흰 종이 다발을 걸어 둔 막대기가 먼저 눈에 띄었다.

면옥은 대개 막대기에 흰 종이 다발을 걸어서 깃발처럼 세워 둔다. 면발을 표현하기 위해서다. 하지만 동경 유학생 출신인 김 경부의 눈에는 꼭 빗자루를 걸어 놓은 것처럼 보였다. 촌스럽기는, 일본의 노렌*보다 훨씬 못하다.

"류엽면옥이라……."

"방금 알아봤는데, 피해자가 저편에 있는 요정……, 이름은 매화관이라고 합니다. 거기서 어제 밤새 친구들이랑 술을 마시고 해장으로 냉면을 먹었답니다. 그런데 냉면을 시킨 곳이 바로 류엽면옥이랍니다. 진 남작이 냉면 먹고 갑자기 볼일이 있다고 먼저 나갔는데, 그게 마지막이었답니다."

"거 참, 이리 추운데 왜 냉면을 먹나."

---

* 暖簾. 일본에서 가게 문 앞에 간판처럼 늘어뜨린 베 조각. 원래는 찬바람을 막기 위한 용도였으나 가게의 표시 비슷하게 되었다.

김 경부는 자신도 일본인처럼 굴기로 단단히 결심한 터라 불평하듯 말했다. 사실 냉면은 겨울 음식이다. 냉면의 주재료인 메밀과 무가 가장 맛있을 때가 겨울이기 때문이다.

전날 밤이었다. 중머리들이 가장 바쁠 때다. 밤늦도록 술 먹고 노는 사람들이 많은 요정에서는 마무리 음식으로 냉면을 먹는 손님들이 많은데, 요정에서 냉면을 따로 만들지는 않기 때문에 배달을 시키기 때문이다.

"석규 아직 안 왔제? 버들아! 니는 매화관 가라우! 20그릇이다! 이제 배달은 끝이다!"

"알겠습니다."

버들이, 류엽의 별명이다. 그는 늘 그렇듯 먼저 가게 이름이 새겨진, 두꺼운 옷을 입었다. 그리고 자전거 짐받이에 육수가 가득 든 큰 주전자를 싣고, 면과 고명만 담은 그릇을 목판에 얹은 채 한 손에는 목판, 한 손에는 등불을 든 채 자전거를 타고 요정인 매화관까지 달렸다. 육수를 부어 가지고 가면 무겁고 쏟아질 염려도 있을 뿐 아니라 면이 붇는다.

따라서 중머리 일을 하려면 목판을 들고 가기 위해 반드시 팔 힘을 기르고, 자전거도 곡예사처럼 잘 타야 했다. 물론 나중에 반죽꾼이 될 때를 대비해 팔 힘을 많이 길러 두면 좋다.

"어이, 덕주!"

"아, 자네도 왔어?"

매화관 뒷문에 거의 다다랐을 때, '청파관'의 중머리인 손덕주를 만날 수 있었다. 그 역시 배달을 다니면서 알게 된 사이다.

"자네는 몇 그릇이야?"

"20그릇, 자네는?"

"10그릇."

"우리가 이겼네! 두 배니까."

류엽은 씩 웃었다. 조선 왕실이 문을 닫은 후 대령숙수*나 궁녀들이 궁에서 나와 차린 식당이 경성 시내에 꽤 많았는데 청파관도 그중 하나로, 류엽이 일하는 면옥과는 비교도 되지 않을 정도로 컸다. 이곳에서 궁중식 냉면을 팔았기 때문에 여기에 배달을 시키는 사람도 많았다.

"그런데 자네는 왜 주전자가 두 개야?"

류엽이 물었다.

"배동치미 냉면을 따로 주문하시는 손님이 좀 많아서 그래. 알지? 우리 반죽꾼 어른이 황제 폐하가 드시던 면 반죽하셨던 거."

"들었지."

배동치미 냉면은 고종 황제가 즐겼던 야식으로서 담글 때 배를 많이 넣어 단맛을 낸 동치미 국물을 육수로 쓰며, 숟가락으로 떠내 저민 배를 고명으로 올린다는 점이 특징이다. 육수와 고명은 소주방에서 만들고 면은 궁 밖에서 사서 삶았다. 이제는 청파관의 주력

---

* 궁중 요리사

상품 중 하나가 되었다.

류엽은 매화관에 도착했다. 기생 한 명이 나와 육수 주전자를 들었고, 류엽은 냉면 쟁반을 든 채 안으로 들어갔다. 손덕주는 다른 방으로 들어갔다.

"냉면 왔습니다."

"수고 많았네. 류엽면옥이라고 했지? 저기, 배동치미 냉면은 팔지 않나?"

손님 중 젊고 꽤 잘생긴 사람이 물었다.

"네? 우리 가게는 평양식 냉면 전문점이라 그건 취급하지 않습니다."

"아, 그런가? 그런데 자네는 말씨가 평안도 말씨가 아닌데? 대개 평양식 냉면 가게면 평안도 출신인 사람들이 낸 거잖아."

"하하, 우리 주인어른이랑 주방 분들은 다 평양 출신입니다. 저는 경성에서 났고요."

그 남자는 류엽에게 냉면 값을 내밀었다. 중머리 일이 힘들긴 했지만 좋은 점 중 하나는, 요정에 배달 가면 돈 많은 손님이 자신의 호기를 자랑하듯 따로 수고비를 넉넉히 준다는 점이었다.

"다음에 한번 가서 먹어도 되나? 메밀로 만든 국수는 배달시켜 먹기보다는 만들자마자 먹는 게 더 맛있는 법이니 말일세."

"하하하, 물론입니다."

류엽은 뜻밖에 돈을 많이 받아, 좋은 기분으로 목판 두 개를 옆구리에 끼고 나왔다. 이렇게 배달 마치고 손은 가볍고, 주머니는 꽉 채운 채 돌아갈 때가 제일 편했다. 어차피 그릇 가지러 다시 와야 했지만.

류엽이 자전거에 타려 할 때 손덕주가 나왔다.

"자네 이번에 수고비 꽤 받았나?"

"뭐?"

"얼굴에 드러나 있네."

"하하하, 손님 중에 우리 집에서 배동치미 냉면 하냐고 묻는 분이 있더라고. 그분이 수고비를 좀 넉넉히 주시더라."

"배동치미 냉면? 있다고 했어?"

손덕주가 놀라며 물었다.

"없는 걸 어떻게 있다고 하나. 그건 궁중식 냉면 전문점에서 하고, 우리 집은 평양식 냉면 전문점이라고 했지. 그런데 왜 그리 놀라?"

"아, 아니야. 혹시 진 남작 아닐까?"

"진 남작? 누구야?"

"아, 자넨 모르겠구만."

류엽은 진 남작이 누군지 몰랐지만 손덕주는 알고 있었다. 진 남작이 가끔 접대나 연회를 위해 청파관을 찾곤 했다.

"참, 자네 그 소식 들었어? 며칠 전에 어느 양복점에서 냉면 80그릇을 한 사람이 시간 안에 배달할 수 있을지 없을지 내기했던 거."

"세상에, 80그릇? 성공했대?"

"성공했으니 하는 얘기지."

"우와, 대단하다. 나도 80그릇은 도저히 못 하겠는데, 우리 석규 형님이나 호준이 형님이라면 모를까."

"호준이 형님은 자네 가게 반죽꾼이잖아?"

"그전에는 중머리였거든."

"참, 우리 오랜만에 시합하지 않겠어?"

"시합? 까짓것!"

시합이라면 자전거 달리기를 말했다. 어둡고 미끄러운 데다 좁고 굴곡이 많은 골목길에서 자전거로 시합하기란 위험했지만 류엽은 어지간히 자전거에 자신이 붙은 터라 당장 승낙했다. 손덕주와 그는 앞서거니 뒤서거니 하며 달렸다.

류엽이 면옥으로 돌아오니 발대꾼*이 반죽틀에 남은 반죽을 모으고 있었다. 이 반죽에 소금을 넣고 삶은 것을 분떡이라고 하는데, 이 또한 별미다. 냉면의 마무리 음식이자 면옥 직원들의 일과의 마지막이라 할 수 있었다.

"기룡이 형님은 퇴근하셨나요?"

류엽이 물었다. 도기룡은 고명꾼**이었다.

"방금, 오면서 마주치지 않았간?"

앞잡이***인 맹선기가 나오며 대답했다.

"못 뵈었는데요."

"기분 좋아 보이는데, 뭐 수고비 세게 받았다?"

"시합해서 이겼습니다."

---

* 면을 뽑아 삶는 사람

** 냉면에 고명 얹고 육수 붓는 사람, 오늘날의 주방장

*** 삶은 면을 찬물로 헹구는 사람

"또 자던거 시합? 위험하다 하지 않았네?"

"그래도 가끔 그런 재미도 있어야 좋죠. 그리고 저기 청파관 말인데요, 요즘 고종 황제께서 드셨다던 배동치미 냉면이 인기랍니다. 우리도 배동치미 한번 만들어 볼까요?"

"괜히 그래 봤자 흉내나 내는 거제. 거 뭐냐, 궁녀나 숙수들이 담그던 그대로 할 수 있갔어?"

맹선기는 핀잔을 주었다.

"분떡 다 먹었으면 자라, 내일도 할 일 쌓였다. 그리고 오늘 청소 좀 불량이었디."

맹선기가 말했다. 그때 반죽꾼인 최호준이 들어왔다.

"어디 가셨어요?"

"응, 뒤꼍 동치미 보고 왔지비."

"전 또 신발 사러 다녀오신 줄 알았네요."

"지금 시간에 무슨 신발을?"

최호준은 그날 오후 실수로 육수 끓이는 아궁이에 신발을 거의 태울 뻔했다.

"근데 왜 니는 내 책을 왜 허락도 없이 읽고 있간?"

최호준이 류엽의 손에 들린 책을 보고 말했다.

"아, 뭔가 해서요! 형님, 그리고 보니, 이 책에 밧줄로 물을 한 바가지 뜨는 법도 있네요."

"밧줄로 물을 어떻게 떠?"

맹선기가 관심을 보이며 말했다.

"물 한 바가지를 얼려서 줄에 묶어 들고 오면 되죠."

"원 녀석, 하긴, 요즘 날씨엔 한 바가지 밖에 내놓기만 해도 다 얼겠다. 그건 그렇고, 이제 자라, 쫌!"

맹선기가 핀잔을 주었다. 그는 교육도 제대로 받지 못한 채 어렸을 때부터 면옥 일만 했기 때문에 까막눈이었다. 류엽 역시 고아였지만 아버지 생전에 글은 배웠기 때문에, 맹선기는 그 점을 질투하였다.

류엽은 설명을 끝냈다.

"그게 답니다! 전, 진 남작이 죽은 줄도 몰랐습니다! 아니, 사람이 죽었는지도, 그 사람이 남작인지 뭔지도 몰랐습니다!"

그가 끌려온 곳은 본정통 종로경찰서 고등계, 독립군 잡는 곳으로 가장 악명 높은 곳이었다.

"자네 이름이 류엽이라니, 이걸 봐! 진 남작이 가지고 있던 수첩이야, 여기에 자네 이름이 나왔어! 거기다가 진 남작이 요정을 나섰을 때, 자전거 탄 사람이 그 뒤를 따랐다는 제보도 있었어!"

"이, 이건 이파리 엽(葉) 자고, 제 이름은 빛날 엽(曄) 자를 씁니다! 우리 면옥 이름이 류엽면옥이니, 우리 면옥 이름 아닐까요? 그, 남작이란 분이, 제가 배달 갔을 때, 우리 면옥 위치를 물었습니다! 그리고 밤에 냉면 배달 다니는 사람이 얼마나 많은데요! 요정 말고도 야식으로 먹는 사람 많아요!"

경성에서 가장 유행했던 외식 음식은 설렁탕과 냉면이었고, 냉면은 배달 음식으로도 인기를 끌었다. 특히 밤새워서 일을 하는 양장점 같은 곳에서 야식으로 냉면을 시키는 사람들이 많았다. 차가운 육수가 졸음을 쫓는 데 좋기 때문이다.

"왜 너희 면옥 이름이 있냐고!"

"모릅니다!"

"중머리가 글을 잘 아나?"

"중머리라도 글로 제 이름 석 자, 아니, 저는 두 자지만, 쓸 줄은 압니다!"

류엽면옥에서 글을 아는 사람은 류엽 자신과 반죽꾼 최호준, 고명꾼인 도기룡, 주인뿐이었다.

"그러니, 진 남작이 왜 너희 면옥 이름을 적었느냐는 말이지! 최근 들어 진 남작이 불령선인이나 백범 김구랑 연락하는 자들을 색출하는 일을 하고 있었는데 그거랑 관련이 있는 것 같다고!"

그해 1월 8일, 한인 애국단* 소속 이봉창이 만주에서 폭탄으로 일본 왕 암살을 기도했다가 실패했다. 그 사건 이후 만주는 물론 경성에서도 독립군 단속이 크게 강화되었다.

"하지만 저는 배달 마치고 곧장 면옥으로 돌아갔고, 그게 답니다. 마지막 주문이었기 때문에 기억합니다!"

"돌아가서 뭐 했어?"

"분떡 먹고 그냥 잤죠! 아마 거기 손님들이 냉면 다 먹기도 전에

---

* 1926년에 김구가 상해에서 조직한 독립군 단체. 주로 일본 요인 암살을 목적으로 활동했다.

잠들었을 겁니다! 면옥 형님들한테 물어보세요! 제가 몇 시에 들어 갔는지! 그리고 중머리가 저 하나만 있는 것도 아닌데, 그 시간에 다른 면옥 중머리가 배달 다녔을 수도 있습니다!"

"너희 면옥 점원들이야 얼마든지 거짓으로 증언할 수 있지 않나? 그 사람들, 다 거기서 먹고 자고 하나?"

"주인어른이랑 고명꾼 형님만 빼고는 다 거기서 먹고 자고 하죠. 그리고 제가 사람을 왜 죽입니까, 그분이 수고비도 얼마나 얹어서 주셨는데……."

"그릇은 언제 찾으러 갔나?"

"아직 가지도 않았습니다. 그릇은 대개 아침에 찾으러 가요. 돈은 그릇 가지러 갔을 때 받기도 하지만 요정도 그렇고, 우리 집도 밤에 영업하는 곳이라서 대개 주문하러 갔을 때 돈을 받고, 그릇은 뒷문 앞에 내놓습니다."

"왜 뒷문이야?"

"우리 면옥에서 가려면 그쪽이 지름길입니다. 중머리 일을 하다 보니 골목길은 눈 감고도 다닐 수 있어요!"

김 경부는 잠시 생각하더니 취조실에서 나갔다. 얼마 후였다. 그 는 아까와는 달리 풀어진 얼굴로 들어왔다.

"운이 좋군! 일어나!"

그는 류엽의 수갑을 풀어 주었다.

"네?"

"청파관의 손덕주란 중머리 알아?"

"압니다. 어젯밤에도 배달 간 요정에서 저랑 마주쳤습니다!"

"그 친구랑 돌아가는 길에 나란히 자전거 타고 갔지?"

"네, 시합했습니다!"

"어떤 사람이 둘이서 시합하는 걸 봤는데, 그 다음에 살아 있는 진 남작을 봤다고 했어. 그때까지 진 남작은 살아 있었다. 따라서, 네가 죽인 건 아니지."

"다, 다행이군요!"

류엽은 지옥에서 다시 천당으로 간 기분이 들었다.

"그 손덕주에게 요정 손님 중 누가 무슨 쪽지를 전달한다든가 하는 걸 본 적 있나?"

김 경부가 다시 물었다.

"본 적 없습니다. 전 육수 부어 주고 나온 게 답니다!"

"바른 대로 대지 않으면 너부터 다시 집어넣을 거다. 경찰서 무서운 줄 모르지?"

"본 적, 없습니다!"

그의 얼굴 표정이 다시 험악해지자, 류엽은 공포에 질렸다.

"좋아, 지난밤에 눈이 몇 시에 그쳤지?"

"한 3시쯤요? 제가 배달 끝내고 돌아갈 때쯤 그친 것 같습니다."

"자네, 의심받기 싫으면 협력해야 할 거야."

"네?"

"요즘 불령선인들이 배달 음식을 이용하여 서로 비밀 편지를 주고받는다는 말이 있어서 말이야. 케케묵은 방법이지."

그러고 보니 조금 의심이 가기도 했다. 앞서 언급했듯 손덕주가 일하는 청파관은 주인이 대령숙수 출신이다. 불령선인은 대개 일본의 식민지 정책에 비판적이거나 독립군과 연계된 사람들을 말하니, 궁 출신이라면 조선 왕조에 대한 충성심이 남아 있어서 독립군을 도울 수도 있을 것이다.

예를 들어 독립군이나 그 협력자가 면옥에서 배달을 시킨 뒤 편지 같은 것을 중머리에게 맡기고, 그 면옥에 독립군이 가면 그 중머리가 슬쩍 편지를 전달한다든지 하는 방식도 가능할 것이다. 단골 면옥을 갖고 있다는 사실은 결코 이상하지 않으니.

더욱이 진 남작이 류엽이라는 이름이 적힌 수첩을 갖고 있는 이유를 짐작하기 어려웠다. 남작이 류엽면옥 쪽을 수상히 여기고 있는지도 몰랐다.

"네 녀석이 말이야, 그 손덕주란 녀석이 어떤 손님을 만나는지 좀 보고 와 줬으면 좋겠어."

"네?"

"그 녀석 아니면 네 녀석이란 말이야! 그리고 진 남작이 그걸 알아보다가 살해된 게 분명해! 요즘 세상에 말썽 일으키고, 사람까지 죽인 녀석이니 잡아야지!"

"저, 전 아니라고……!"

"너 아닌 거 알아!"

"그러면, 손덕주도 아닌 거 아닙니까?"

"이거 봐, 난 살인이 아니라, 밀정 짓 하는 놈 말하는 거야! 물론 밀정이 제 입으로 밀정이라고 하지는 않겠지. 그러니 잘 해. 손덕주 그 녀석이 무슨 짓을 하는지 내게 보고해. 내가 수시로 찾아갈 테니까!"

매일 같은 곳으로 배달 다니는 것도 아닌데 어떻게 수시로 보고할 수 있을까 하는 생각이 들었지만, 일단 그러겠다고 대답할 수밖에 없었다. 경부가 초라한 중머리 한 명 정도에게 무슨 죄를 덮어씌우기는 결코 어려운 일이 아니다.

좌우간 풀려났으니 다행이었다. 류엽은 면옥으로 발걸음을 옮겼다.

문득 예전 생각이 났다. 그는 조실부모하고 떠돌이 생활을 하다가 면옥에 취직하기로 했다. 식당에서 일하면 숙식이 해결되고 기술도 배울 수 있기 때문이다. 그런데 우연이었지만, 들어간 면옥 이름이 자신의 이름과 똑같았다.

면옥 사람들은 류엽을 제외하고는 모두 평양 출신이었다. 평양은 버드나무가 많아서 류경(柳京)이라고도 불리는데, 평양면옥이나 류경면옥은 좀 흔한 이름이라 면옥 이름을 류엽, 즉 버들잎 면옥이라 지었다. 가게 이름과 점원 이름이 같다 보니 면옥 사람들은 그를 버들이라고 불렀고, 나중에는 이웃 사람들까지도 그러기 시작했다.

류엽은 몇 년 동안 일을 배웠다. 처음에는 불 때기, 물 긴기, 식당이랑 뜰까지 청소하기, 그릇 씻기 등등을 했다. 그러다가 주방에 들어가 처음에는 발대꾼, 즉 면 뽑는 사람 중 한 명이 되었다. 국수틀을 끓는 물 위에 올려놓고 반죽을 눌러서 면을 뽑아 바로 삶는데, 틀을 누를 때는 남자 세 명이 필요했다. 2년 가까이 반죽 누르는 일만 하다시피 했다.

그다음에는 중머리가 되었다. 냉면이 배달 음식으로 경성 시내에서 인기를 끌면서 큰 면옥에서는 열여섯 명 정도의 중머리를 두기도 했다. 류엽면옥의 경우는 네 명이었다. 여기서 잘만 하면 반죽꾼으로 승진할 수도 있다.

"어, 버들이, 왔네? 아침에 요란하게 잡혀 가더니, 풀려났간?"

도기룡이 나오며 말했다. 그는 다리가 조금 불편하여 지팡이를 짚고 다녔다. 하지만 아직도 육수와 고명을 모두 손수 만들었다.

"어제 자전거 시합 하길 정말 잘했습니다!"

류엽은 쓰러지듯 자리에 앉았다. 이제 긴장이 풀렸다. 맹선기가 그릇을 하나 들고 왔다.

"동치미 국물 좀 마시고 진정하라우!"

"고맙습니다."

정신이 바짝 들 정도로 차갑고 톡 쏘는 동치미 국물과 따뜻한 방바닥, 이것이 면옥의 가장 큰 매력이라는 점을 류엽은 다시 한 번 느낄 수 있었다.

"그래도 그만하길 다행이다. 컴컴한 방에 불 켜 놓고, 잠도 재우지 않고, 때리고 그런다던데, 어떻게 풀려났간?"

류엽은 간단히 설명해 주었다.

"솔직히 잘됐다!"

최호준이 말했다.

"네?"

"그 남작이 평안도에서 잡은 독닙군이 한둘인 줄 알간? 독닙군

색출한다고 애매한 사람 한둘 잡은 줄 알간?"

앞잡이 맹선기까지 끼어들었다.

"평안도서 유명했제. 정말……, 나한테 랭면 가르쳐 준 스승님도 동생이 독닙군이었다고. 그 때문에 스승님도 경찰서에 잡혀가서 엄청 두들겨 맞고 얼마 못 가 골병들어 돌아가셨제. 거기다 기룡이 형님도……."

"그만들 하고 영업 둔비나 날래 하라. 그나저나, 참, 버들이 넌 아나?"

도기룡이 말했다.

"네? 뭐가요?"

"아니, 그럼 누구란 말이래?"

"무슨 일 있었나요?"

"오늘 아침에 부엌이 온통 물바다였제. 니가 젤 나중에 왔는데, 아무것도 못 봤간?"

"못 봤죠. 전 부엌에 목판만 두고 그냥 들어가서 분떡 먹고 잤습니다."

경찰서에서 조사받았는데, 여기서 다시 조사받는 기분이었다. 하지만 류엽은 경찰서에서나 마찬가지로 이곳에서도 모른다는 대답을 할 수밖에 없었다.

"그나저나, 남작은 어떻게 죽었대?"

"몽둥이나 돌 같은 거로 맞았다던데요?"

류엽은 둔기가 될 만한 걸 갖고 있지도 않았다. 목판 아니면 육수 주전자뿐인데, 육수 주전자로 때릴 경우 내용물을 흘리지 않기란 불가능하며 빈 주전자는 가벼워 둔기로 쓸 수도 없다. 목판 역시 흉기로 쓰기에는 적당하지 않다.

"다녀왔습네다!"

김석규가 들어오며 말했다. 원래는 류엽이 가야 했지만 경찰서가는 바람에 그가 푸줏간에 고기 받으러 다녀왔다. 류엽면옥에서는 소의 사골, 허파, 비장, 콩팥, 천엽을 떨이로 사다가 끓여서 육수를 만든 뒤 육수8, 동치미 국물2 비율로 혼합하여 냈다.

면옥마다 육수를 내는 고기의 종류나 부위, 혹은 고기 육수와 동치미 국물과의 비율 등이 달라 사람마다 자기 취향의 면옥을 고르는 재미가 있었고, 그 때문에 푸줏간에서 손님들에게 면옥을 추천해 주기도 했다.

"날래 육수 둔비하자."

도기룡이 말했다.

점심때가 되자, 류엽면옥에는 사람들이 몰려들었다. 이때는 배달 시키는 사람도 있지만 가게로 먹으러 오는 사람이 가장 많을 때다. 중머리는 배달이 없을 때는 음식을 날랐다.

"3번 밥상에 민자* 하나, 거냉** 하나, 보통 하나요!"

류엽이 주방에 대고 소리쳤다.

"아, 그 3번 밥상 손님들이래?"

---

* 고기를 빼고 사리를 더 넣은 냉면

** 육수를 살짝 데워 미지근하게 만든 냉면, 이 시린 사람을 위한 것

초라한 차림의 그 단골손님 셋은 올 때마다 3번 밥상에 앉았다. 매번 주문은 달랐지만. 냉면 애호가들은 메밀 향이 날아가기 전에 빨리 먹어야 한다며 일부러 주방에서 가장 가까운 자리에 앉기도 했다. 3번 밥상 손님들도 그런 것 같았다.

"나왔습니다."

"고맙소."

세 남자는 말없이 냉면을 먹었다. 그들은 올 때마다 거의 말을 하지 않아서 조금 이상하다는 생각이 들 정도였지만, 그날 아침에 경찰서에 다녀오기까지 한 류엽으로서는 그들에게 신경 쓸 겨를이 없었다.

"저는 그릇이나 찾으러 다녀올게요."

점심시간이 끝나자, 면옥 사람들이 식사할 차례였다. 그리고 저녁 준비 전까지 중머리는 그릇을 찾으러 다녀오곤 했다.

"아니, 버들이 아니야? 종로경찰서 끌려갔다더니, 어떻게 금방 풀려났네?"

마침 지나가다 마주친 손덕주가 류엽을 보고 말했다. 그 역시 그릇을 찾으러 나온 모양이었다.

"자네랑 어제 자전거 시합한 덕에 살았네."

"그래? 자네도 그릇 찾으러 왔나?"

"응. 그런데 말일세, 누가 진 남작을 죽였을까?"

"난 아니야."

손덕주가 말했다. 둘은 마주 보고 웃었다. 류엽은 자신이 풀려난 이유를 설명한 뒤 놋그릇을 목판 위에 차곡차곡 쌓았다. 눈이 내릴 때는 냉면 위에 눈이 떨어지기 때문에 큰 보자기로 목판을 묶어서 다니곤 했다. 배달 마칠 때는 육수 주전자와 목판, 보자기는 다시 가지고 온다.

"그래도 다행이네, 종로경찰서 고등계 갔다가 몇 시간 만에 풀려난 사람이 과연 몇 명이나 될까?"

손덕주가 고개를 흔들며 말했다. 종로경찰서란 그만큼 악명 높은 곳이었다.

"그러게 말일세."

"진 남작 아버지가 평안 감사였던 거 알아?"

조금 자리에서 떨어진 후, 손덕주가 말했다.

"아, 들었네."

"그래서 그런가, 평안도에서 백성들을 과하게 쥐어짜서 그 돈으로 벼슬 높이고, 나중에 왜놈들 들어온 다음에는 거기에 협력해서 작위까지 얻었대."

진 남작은 경찰에 협력해서 평안도서 독립군을 잡는 데 힘썼다더니, 부자가 대대로 백성들을 괴롭히며 출세한 집안이라는 생각이 들었다.

매화관에 가자, 머슴이 나와서 그릇을 내주었다.

"그런데 진 남작 말입니다. 어제 냉면 드시지 않았나요?"

"왜 그런 걸 묻죠?"

"제가 배달 마치자마자 금방 나가셨다는 말을 들어서요."

"하긴 그래서 좀 이상하다 했죠. 냉면 좋아하시는 분이 별로 드시지도 않고 그냥 나가셔서……."

머슴이 말했다.

"거기다, 그 새벽에 누굴 또 만나러 가는지 뒷문으로 나가셨죠. 그리고 저기 저편, 저 내리막길에서 시체로 발견됐고. 골목이 복잡해서 이래저래 헤매는 것 같더군요."

"그렇다면, 그 길로 살해되었다는 말이 되는군요."

류엽은 잠시 생각한 뒤, 그에게 다시 물었다.

"혹시, 우리 면옥이랑 청파관 말고 다른 데 주문한 적은 없나요?"

"없습니다. 대개 손님들이 찾는 게 궁중식 냉면 아니면 평양냉면이니까요."

류엽은 그때 생각났다. 진 남작은 죽기 전에 자신에게 배동치미 냉면에 관하여 물었다. 혹시 그 냉면에 뭔가 의미가 있을까 하는 생각이 들었다.

"진 남작님이 냉면을 자주 시키셨나요?"

"물론입니다."

그렇다면, 진 남작은 류엽면옥에서는 배동치미 냉면을 팔지 않는다는 사실을 알 것이다. 그런데 웬일로 류엽을 떠보듯 그런 질문을 했을까.

사건 현장에 가 보니, 이미 시체는 치워졌고 분필로 된 표시만이 남아 있을 뿐이었다.

'대체, 무슨 일이 난 거야. 냉면도 먹는 둥 마는 둥 하고 나갔다가

돌아오지 않았고, 결국 살해당했으니…….'

현장 주변에는 빗자루, 아니, 정확히 말하면 먼지떨이 비슷한 것으로 눈을 쓸어낸 흔적이 보였다. 류엽 자신도 겨울에 늘 가게 주변 눈을 치웠기 때문에 금방 알 수 있었다.

'현장 주변의 발자국을 쓸어서 지운 이유는, 신발에 무슨 표시가 있거나 다리가 불편하거나 해서 그런 걸까?'

류엽은 부엌으로 돌아와서 가마솥을 다시 보았다. 육수를 한번 만든 다음에는 물론 가마의 재를 치워야 했다.

"버들이 형, 뭐 해요?"

발대꾼 중 한 명이 들어오며 물었다.

"여기, 치웠어?"

"육수 한번 만든 다음에는 늘 재를 치우잖아요. 아궁이에 뭘 잘못 넣기라도 했어요?"

류엽은 밖으로 달려 나갔다. 재는 밖에 버리고, 남은 불티 때문에 화재가 날 염려가 있어 물을 끼얹어 두곤 했다. 그 안에서 숯처럼 되었지만 아직 형태가 남아 있는 대나무 조각을 보자, 류엽은 한 가지 결론을 내릴 수 있었다.

"웬일로 부엌에서 둘이 보자는 거래?"

최호준이 류엽을 따라 들어오며 말했다.

"오늘 반죽 잘 됐나요?"

"뭔 소리? 내 반죽 솜씨 잘 알잖음메?"

"사람 죽인 손으로, 반죽 잘 됐어요?"

"뭐, 뭐라고?"

최호준은 놀라며 반문했다.

"사람 죽인 손으로 반죽 잘 됐냐고요! 형님이 진 남작을 죽였어
요. 분명해요!"

"무, 무슨 소리임메, 내가 범인이라니?"

"그날, 진 남작이 죽은 현장은 매화관에서 우리 면옥까지 오는 길
이랑은 정반대였어요. 그런데 남작은 언제든 우리 가게에 오겠다고
했어요. 그런데, 생각해 보니 누가 현장으로 그 사람을 유인할 수는
있었을 것 같아요."

"어떻게?"

"아시겠지만 면옥이라는 표시는 이렇게, 흰 종이 다발을 막대에
달아서 올리는 겁니다. 형님은 종이 다발을 미리 다른 집에 달아 놓
은 겁니다. 진 남작도 그쪽이 면옥인 줄 알고 그리로 간 거죠. 그리
고 형님은 그쪽 모퉁이에 매복하고 있다가 대번에 그 사람을 쳐 죽
인 겁니다."

"내가, 어떻게 하네?"

"형님은 일부러 다른 중머리처럼 입고 갔습니다. 그리고 냉면 그
릇 회수하고 있는 것처럼 위장했죠! 그리고, 그릇으로 그 사람을 때
려죽였습니다!"

"그릇으로 어떻게 사람을 때려죽이네?"

"냉면 그릇에 물을 가득 담아서 종일 밖에 내놓으면, 요즘 같은

때라면 다 얼어붙죠! 그렇게 되면 같은 크기의 돌덩어리랑 다를 바 없는 흉기가 됩니다! 그걸로 때리면 사람 머리야 가볍게 깨지죠! 이런 방법을 쓸 수 있는 건 형님이 중머리 출신이니까 가능한 겁니다. 중머리가 냉면 그릇을 가지고 다니고, 눈이 그릇에 떨어지지 않게 보자기 같은 것으로 덮어 놓고 다닌다고 그걸 이상하게 볼 사람이 있을까요? 그게 돌덩이처럼 사람을 때리는 데 쓰일 거라고 누가 생각하겠어요?"

"……."

"그리고 그 종이 다발을 빗자루처럼 써서 눈 위의 자기 발자국을 지웠던 거죠! 왜냐고요? 형님은 어제 아궁이 불에 실수로 신발을 거의 태워 먹을 뻔했잖아요! 그렇게 되면, 그 발자국이 남으면 자기 발자국이라는 걸 들킬 수 있으니까요! 원래 눈이 와서 발자국을 다 덮어 버려야 했지만, 제가 돌아올 때쯤에 눈은 그친 다음이었으니까요! 그리고 그 종이 다발은 아궁이에 태워 버렸죠? 그날 아침 부엌에 물이 흥건했던 이유는, 돌아와서 그 얼음을 녹이느라 그렇게 된 겁니다."

"그런데, 그 방법을 왜 꼭 내가 썼다고 하네?"

"청파관의 덕주가 범인이라면, 그런 방법을 쓸 필요가 없습니다. 청파관은 우리보다 훨씬 큰 곳이라서 진 남작은 거기가 어디 있는지 훤히 아니까요! 하지만 우리 면옥은 배달이 주 업무라서 정확한 위치는 잘 모르죠! 그리고 형님이 읽던 수수께끼 책에 밧줄로 물 뜨는 법이 나왔기 때문입니다!"

"그, 그게 무슨……!"

"아시죠? 우리 면옥 사람들, 형님이랑 저랑, 주인어른이랑, 기룡이 형님만 제외하고는 전부 까막눈인 거! 기룡이 형님은 다리가 좀 불편해서 매복하고 있다가 사람을 죽이기는 힘들죠. 거기다, 무엇보다도 기룡이 형님이나 주인어른이 범인이라면 범행 끝나고 그 종이 다발 달린 막대기를 자기 집에 가져가서 없애거나 했겠죠. 그 물 담아서 얼린 그릇도요! 그런데 그걸 왜 우리 가게에서 처분했을까요? 그릇 하나 정도 없어진다고 금방 눈에 띄는 것도 아닌데! 거기다, 기룡이 형님은 그날 아침 부엌에 물이 흥건하다고 사람들 모아서 뭐라고 했는데, 기룡이 형님이 범인이라면 그렇게 하는 건 제 무덤 파는 행위죠!"

류엽은 타다 남은 대나무를 꺼내 보였다.

"거기다, 제일 큰 증거는 이겁니다! 우리 면옥에서 땔감으로 대나무를 쓰지는 않죠? 이게 그 막대깁니다!"

"……!"

"그러니 그걸 저지른 사람은 형님뿐입니다! 거기다, 시체에는 눈이 쌓이지 않았어요. 그런데 제가 면옥에 올 때쯤에 눈이 그쳤죠. 그러니 형님은 제가 들어온 다음에 얼른 자전거를 타고 다시 나가서 일을 저지르고 돌아온 겁니다. 형님도 중머리 출신이니까 자전거로 금방 왔다 갔다 할 수 있죠! 동치미 보러 간다, 어쩐다 하고요!"

최호준의 이마에서 땀이 흘렀다.

"형님, 무슨 일을 하신 겁니까?"

최호준은 말없이 종잇조각을 꺼냈다.

"이게, 뭡니까?"

"특별히 만든 편지봉투다. 사실 편지에는 아무것도 없지만 봉투에 보이지 않는 잉크로 써 놓았다. 그 위에 배갈을 떨어뜨리면 글자가 드러나는 거야."

"이, 이게……!"

"그래, 상해 임시정부에 보내는 비밀 편지네. 이걸 보관했다가 슬쩍 단골손님께 드리는 게 일이다. 그리고 그 3번 밥상 손님들이 사실 독립군이다. 그 사람들이 무슨 주문을 한다는 건 어디에 편지를 가져다 놓으라는 뜻이었다. 예를 들어 셋이 전부 같은 걸 주문하면 어디, 두 명만 같은 걸로 시키면 다른 곳에서 보자는 식으로."

"네?"

"이걸 내게 준 사람은 바로 니 친구 덕주제. 배동치미 냉면에서 잣을 빼 달라고 주문하는 사람이 우리 협력자였다. 그 친구가 이 앞을 지날 때마다 담장에 이 편지를 끼워 두고 갔다. 그 남작을 유인하고 종이 다발을 달아 둔 것도 걔다. 죽은 남작, 그놈은 지 아바이(아버지) 닮아서 우리 백성 괴롭히고 빼앗는 데만 선수 아이디, 거기다 덕주 일을 눈치챈 것 같았다. 그래서 내레 손을 썼다."

"맙소사."

류엽은 도저히 믿어지지 않았다. 고아였던 그를 거둬 준 이들은 바로 이 면옥 사람들이다. 그는 이곳이 집이고 점원들을 모두 가족이라 여겼다. 하지만 가족에 대해 생각보다 아는 게 없었다는 생각이 들었다.

"순사들한테 들키기라도 하면, 우리 면옥 문 닫을지도 모릅니다!"

"내레 말하지 않았네? 선기 형님의 스승님도 순사들한테 잡혀서 고문당하다 돌아가셨디. 처음 우리 면옥 들어왔을 때 네 나이보다도 훨씬 어렸을 때 고아 된 선기 형님을 거둬 주신 분인디 말이제. 거기다, 기룡이 형님도 그때 잡혀서 다리가 그 모양 됐제!"

그때였다. 갑자기 주방의 문이 확 열렸다. 들어온 사람은 김 경부였다. 그는 순사들까지 여럿 거느리고 있었다.

"오호라, 그렇게 된 거라 이거구만?"

"버들이 너, 설마, 네가……?"

최호준이 물었다. 류엽은 당황하였다.

"잔물고기를 미끼로 월척을 낚는 방법이다. 그런데 넌 잔챙이는 아니었지만, 오히려 범인을 잡아 주기까지 한 셈이네? 잘해 줬다!"

김 경부가 음흉하게 웃으며 말했다. 순간, 경찰서에서의 일이 생각났다. 그렇다면 그때 살아 있는 진 남작을 본 목격자가 있었다는 말은 그를 풀어 줄 핑계였던 셈이다.

그러고 보니 그 악명 높은 종로경찰서 고등계에 잡혀 들어갔다가 그렇게 빨리 풀려나다니 이상하다고는 생각했다. 순사들이 실적을 올리려고 죄 없는 사람을 고문해 거짓 자백을 하게 하는 경우도 많기 때문이다.

곧 최호준의 손목에는 수갑이 채워졌다.

"혀, 형님!"

"됐다."

류엽의 말에 최호준은 고개를 돌렸다. 류엽은 자신이 큰 잘못을 했음을 느꼈다. 괜히 잘난 척하다가 자신도 모르게 앞잡이(면옥의 앞잡이가 아닌)가 되고 만 셈이다.

류엽은 최호준은 고개를 돌린 반면, 도기룡을 비롯한 면옥 사람들의 눈은 전부 자신을 향하고 있음을 느꼈다. 그전에는 한 번도 느껴보지 못한 감정이 온몸으로 들어오는 것 같았다.

순간, 류엽은 한 가지를 결심했다.

"주인어른."

"왜?"

"이번 달 급료 주지 마세요. 오늘 손해 볼 건 나중에 어떻게든 갚을게요. 끼어들지 마세요!"

류엽은 주인의 대답도 듣지 않고 다시 주방 안으로 들어가 놋그릇을 몇 개 꺼냈다. 그리고 자전거에 올랐다. 최호준은 문밖으로 끌려 나갔다. 그러자 밖에서 대기하고 있던 다른 순사들도 그 뒤를 따랐다.

'내가 이러려고 팔 힘 기르고 자전거 연습했나, 원? 하지만 할 수 없다. 이런 골목길이라면 차도 달릴 수 없고, 순사들보다 내가 나을 거야!'

"저기, 실례합니다."

"뭔가?"

최호준을 차에 태우기 직전이었다.

"냉면 그릇이나 맛보고 가시죠!"

류엽이 굵은 팔로 던진 놋그릇 한 개가 정확히 김 경부의 얼굴에 명중했다.

"뭐야!"

순사들이 놀란 틈을 타, 류엽은 서둘러 놋그릇 두 개를 다른 순사들에게 던지고 자전거로 파고들다시피 한 뒤 최호준을 잡아끌었다.

"형님, 빨리 타세요!"

"뭐야?"

"빨리요!"

순사 한 명이 권총을 뽑아 들었지만, 류엽은 목판을 그에게 확 던져 버렸다. 그리고 자전거 페달을 밟았다.

"일단 튀어요!"

최호준은 놀라긴 했지만 서둘러 자전거 짐받이에 올랐다. 놋그릇으로 얻어맞은 순사가 쫓아오려 했지만 미끄러운 땅바닥 때문에 넘어지고 말았다. 류엽은 미끄러운 길에서 자전거 타는 일에 익숙했기 때문에 그대로 갈 수 있었다.

"막아!"

다른 순사가 뛰어나오며 두 사람을 가로막았다. 류엽은 겨우 피했으나 그가 최호준을 붙잡는 바람에 그만 자신도 넘어지고 말았다.

"에익!"

류엽은 자전거를 번쩍 들어 바퀴로 그 순사를 쳤다. 그는 벌렁 나자빠졌다.

"꼼짝 마! 쏜다!"

순사들이 뒤에서 총을 겨눴다. 류엽은 멈출 수밖에 없었다.

"이, 이런!"

"마지막으로 경고한다! 괜히 일 크게 벌이지 말고 항복해! 잘하면 상도 줄 수 있었는데, 왜 수작을 부리고 난리야?"

류엽은 어쩔 수 없었다. 좀 전에 면옥 사람들이 자신을 보던 그 얼굴을, 그는 평생 잊을 수 없을 것 같았다. 더욱이 친형처럼 생각했던 최호준이 자신 때문에, 그것도 독립운동을 하다가 붙잡혔다는 사실은 그를 행동하게 할 수밖에 없었다. 어차피 성공할 가능성도 적었지만, 이렇게라도 해야 자신의 그 복잡하면서도 답답한 심정에서 벗어날 수 있으리라 생각했다.

"이얍!"

그때, 다른 목소리가 들렸다. 도기룡이었다. 다리도 불편한 그가 맹렬한 속력으로 달려왔다.

"뭐야?"

도기룡이 던진 작은 김칫독이 김 경부의 뒤통수에 맞고 퍽 깨지면서 김칫국물이 사방으로 튀었다. 류엽은 그 와중에도 동치미 국물이 우리 면옥의 생명인데 하는 생각이 들었다.

"버들아! 날래 튀라우!"

맹선기도 뒤에서 달려왔다. 그는 총을 든 순사에게 달려들어 매달렸다. 곧 그들과 순사들의 실랑이가 벌어졌다.

"아니, 가만히 계시라니까! 형님, 타세요!"

류엽은 서둘러 최호준을 끌고 자전거에 올랐다. 이제 류엽면옥은 끝인 건가, 괜히 면옥 점원들까지 화를 당하게 했다는 생각이 들었지만, 멈추기에는 늦었다. 류엽은 자동차가 들어올 수 없는 좁은 골목길로 자전거를 달렸다.

"별수 없습니다. 이젠 가야죠!"

"어디로?"

"어디든지, 독립군한테 가든지, 다른 데로 가든지 해야죠! 이제 저도 불령선인입니다!"

류엽은 페달을 밟은 발에 힘을 주었다.

하던 가닥

제2회 테이스티 문학상 우수작

유사본

서울 출생. 어린 시절 학급문고에 꽂혀 있던 장르소설들과 PC통신 연재 게시판의
다양한 작품들을 접하며 장르소설 읽고 쓰기에 취미를 붙였다. 매 순간 키보드와
워드프로세서의 존재에 감사하는 악필. 서재가 있는 집을 꿈꾸며 오늘도 책과 블루레이
디스크와 게임 타이틀을 택배 박스 그대로 쌓는 중.

쿨하게 주문하려 했다.

"늘 먹던, 늘먹, 늘, 그것 좀요!"

실패했다.

서문은 시뻘겋게 물든 얼굴로 주변을 살폈다. 다행히 손톱만 한 국숫집에는 손님이 아무도 없었다. 구석에 놓인 배불뚝이 TV만 치직거린다. 지금이라도 뛰쳐나갈까, 서문이 속으로 고민하는 사이 국숫집의 사장님이자 요리장이자 지배자인 만장이 부엌에서 머리를 내밀었다.

"누가 개소리 먹이러 왔냐?"

"하, 하하, 안녕하세요."

"……나. 오늘 아직 안 마셨는데? 이게 누구야. 서문이 맞아?"

"서문이 맞아요."

만장의 날카로운 눈은 5년 만에 만난 제자 앞에서 껍질 터진 거봉처럼 커졌다. 서문은 부엌 앞에 어깨를 펴고 섰다. 머리끝부터 발끝까지 멀쩡합니다, 다친 데도 없습니다, 말짱하게 잘 있었습니다……. 그걸 떨지 않고 하나하나 말할 자신이 없었다. 대신 두 팔 벌려 스스로를 내보였다.

"만장은 건강했어요?"

"감기 한 번 안 걸렸다."

"살 좀 찌라니까."

"고기나 한번 사 주고 말해! 막걸리 한 병도 없냐? 빈손이야?"

"억, 죄송합니다!"

서문의 얼굴이 다시 붉게 물들었다. 얼굴 비출 생각으로 머리가 꽉 차서 선물 생각을 전혀 못 했다. 이래 갖고는 금의환향은커녕 돈 떨어진 반항아가 한 푼 달라고 온 모양새 아닌가. 서문은 지금에라도 나갔다 올까 생각했지만 부엌에서 나온 만장에게 붙잡혔다.

주름진 손이 서문의 머리카락을 잡아당겼다.

"머리 언제 깎았냐."

"오늘요."

"어쩐지 좀 봐 줄 만하더라니. 여자 만나러 가?"

"만장 보러 왔잖아요."

"염병. 언제부터 면상을 그렇게 챙겼다구."

염병이라는 말도 오래간만이다. 하지만 발음이 예전 같지 않다. 만장이 늙었기 때문만은 아니었다. 국그릇 같은 곡선으로 웃는 입은 발음을 죄다 흘려보낸다.

서문은 직감했다. 지금이 그 타이밍이다. 쿨한 척 주문하며 들어오는 건 실패했지만, 아직 만장이 웃고 있고 가게에 아무도 없으며 분위기도 제법 부드러운 지금.

'죄송합니다'라고 말할 마지막 기회다.

하지만 만장은 오래 기다려 주지 않았다. 시커먼 장화가 다시 주방의 시퍼런 타일을 밟았다. 도주, 5년간의 방황, 그리고 거기 수반되었을 모든 사건과 감정에 대해 사과하려던 서문은 어정쩡하게 서서 만장의 뒷모습을 바라보았다.

만장이 말했다.

"앉아. '늘 먹던 거' 줄게."

"……네, 만장."

만장의 국숫집 메뉴판은 심플하다. 5년 전에도 그랬고 10년 전에도 그랬다. 아마 20년 전에도 그랬을 것이다. '국수' 하나. 아침에 후딱 준비하는 칼국수 면, 대파, 시판 다시로 만드는 국물, 시간이 남을 때 만드는 계란 지단이 구성품의 전부다.

중국집처럼 벽의 3분의 1을 차지한 배식구 너머로, 서문은 눈을 감고도 만장의 손놀림을 떠올릴 수 있었다. 면 익히는 데 4분, 국물 붓고 파 얹어서 내놓는 데까지 1분, 기분 따라 계란 지단 썰어서 얹어 주는 데 1분. 손님이 그릇을 받아 들고 침 한번 삼키고 젓가락을 들었을 때쯤엔 김이 가라앉았을 만큼 국통 보온 기능도 시원찮아,

성질 급한 사람들은 홀랑 마셔 버리는 데 5분도 걸리지 않는다. 의자 없는 손톱만 한 가게에서 손님들이 국수만 후루룩 먹고 빠져나가는 모습은 꼭 쥐고 흔드는 이쑤시개통 같은 경관이었다. 하지만 지금은 의자가 생겼다. 가게에 어울리지 않는 빨간색 의자들이 예전과 다름없는 가게의 유일한 눈엣가시였다.

"만장. 의자는 왜 깔았어요?"

"단골 노인네들이 이제 다리 아프대서."

"이 가게에 단골도 있어요?"

노선 끄트머리긴 해도 나름 지하철 역 근처에 있는 가게고, 주 고객들은 의자 없는 식당에 불만을 토할 시간조차 모자라게 바쁜 사람들이었다. 서문이 피식 웃자 바로 주방에서 젖은 멸치가 날아와 서문의 콧잔등을 때렸다.

"아욱!"

"입으로 똥 싸러 왔냐? 다 쌌으면 닦아 줘?"

"……아. 만장. 요새 국물 내는 데 멸치도 쓰나 봐요. 장족의 발전 아냐?"

"요샌 재료 있으면 달란 대로 만들어 준다. 보탤 거 있으면 말해."

"오? 뭐뭐 돼요?"

"오늘은 돼지 삶은 거, 중하랑, 계란 장조림 있고, 유부도 있고."

"나 없다고 만장 아주 신났구만? 예전에는 냉장고에 그런 거 없었잖아요."

"만장이라고 부르지 말고 만 셰프라고 불러 봐."

"아, 진짜 TV 드럽게 좋아해! 냉장고에 있는 재료로 아무거나 만들어 주는 것도 드라마 보고 배웠지?"

"어떻게 알았어?"

"만장 생각하는 거야 뻔하잖아요. 셰프도 뭔 놈의 셰프. 만장도 좀 노력해서 그 뭐냐, 맛집 소개 프로그램 같은 데 나가면 셰프라고 불러 줄게."

"사람이 가끔은 자극을 받아야 잘 사는 거야. 안 어울리는 짓도 해 보고, 나한테 좀 버겁다 싶은 호칭도 받아 보고."

만장은 구석에 매달린 앞치마를 두르고는 서문이 처음 보는 냉장고를 열었다. 냉장고가 하도 커서 꼭 뉘 집 대문을 여는 것 같다. 만장은 냉장고를 뒤지며 말했다.

"그래도 서문아. 너는 너무 멀리 갔더라."

흰 비닐로 둘둘 감아 놓은 덩어리가 떨어졌다. 만장은 짜증을 내며 그걸 안쪽에 쑤셔 넣었다.

모로 누운 사람 발모가지가 뱅글 돌아 냉장고 안으로 들어간다.

날 잡고 정리 좀 해야 쓰겠어, 정리……. 그렇게 중얼거리던 만장은 한참 뒤에야 검은 비닐봉지를 찾아서 서문 앞에 의기양양하게 내려놓았다. 냉동육이 되긴 했지만 고기 팩 라벨에는 '1+등급 한우'라고 적혀 있었다.

거의 모든 재료가 나왔다. 가스 불 위에서는 칼국수 면을 삶는 중이고, 소면도 탁자에 올라왔다. 국물은 항상 국통에 담아 놓고 데워 파는 것과 비싼 돈 주고 샀다는 다시. 원한다면 추가해 준다는 것들이 돼지고기 육편, 유부, 삶은 계란, 계란 지단에 얼어붙은 소고기까지.

서문의 코앞에 들이밀어진 재료들에서 냉기가 올라온다.

"너무너무 멀리 갔었지."

자신을 떠난 제자를 향해, 만장은 웃으며 말했다.

"그동안 안 먹은 밥 다 처먹어라."

손님은 좀처럼 오지 않았다.

금요일 저녁. 지하철 역 근처의 싸구려 국숫집에서 끼니를 때우기엔 아까운 시간이다. 서문은 만장의 시선이 도마를 향하거나, 등 뒤의 냄비를 향할 때마다 가게 현관을 흘금거렸다. 먼 곳에서 자가용 라이트가 드물게 지나갈 뿐이었다.

"만장. 장사는 잘 돼요?"

"이 동네는 글렀어. 여긴 권리금도 못 받을 자리라더라. 예금 좀 쌓이나 싶으면 기계 망가지고, 테이블 부서지고."

"그렇죠. 사실 유지하는 것만도 힘에 부치죠."

"남의 일처럼 말하네. 너, 예전에 면 편하게 뽑는답시고 민찌기에 밀가루 반죽 넣어서 망가뜨린 거 기억하냐 못 하냐."

"그런 적도 있었어요? 국수에 고기 들어가지도 않는데 민찌기가 있는 줄은 몰랐……네."

요리 외에도 고기 다질 일은 있다는 생각이 서문의 말문을 막았다. 곧 계란 지단 써는 경쾌한 소리가 서문의 신경을 잡아당겼다.

"중국집 하던 친구가 싸게 넘긴 거였어. 두면 쓸 일은 꼭 생긴다고 말은 청산유수길래 이과두주 세 병에 받아 왔는데, 만두 몇 번 먹고 네가 말아먹었지."

"죄송하네요. 그때도 어리진 않았는데 왜 기억이 안 나지?"

"애들은 원래 자기가 친 사고는 다 까먹어."

"……죄송합니다."

"뭐가 죄송한데."

도마 소리가 멎었다.

냄비가 끓자 만장은 가스 불을 줄이고 돌아왔다. 배식구 너머, 만장은 눈을 텅 빈 도마로 내리깔았다. 마른 손이 지단을 한쪽으로 몰아넣는다.

이제 도망칠 수 없다. 만장은 고해성사의 판을 깔았다. 도마에 쏟아 넣는 시선만이 만장의 배려이리라.

서문은 입을 열었다.

"저는 제 일을 팽개치고 만장에게 아무 말도 없이 떠났습니다. 죄송합니다."

"……이제 완전히 돌아온 거냐? '여기'로."

"아뇨."

"지 좋은 대답만 잘해."

"죄송…….."

"튄 건 아까 사과했으면 끝이지."

만장의 손이 다시 움직였다. 밀폐 용기에 담아 놓은 김을 잘게 찢고 참깨 통을 꺼내며 국수 고명 준비를 한다. 서문의 시선도 멍하니

만장의 손끝을 따랐다. 하지만 만장은 옛 제자가 놀게 내버려 두지는 않았다.

"갔으면 여긴 왜 들렀어."

"그, 그으, 그."

"술 줘? 좀 마시고 말할래?"

"아닙니다! 5년 전, 함께하고 싶은 여자가 생겼었습니다!"

"지금은?"

"그 사람이 내일 결혼합니다."

"누구랑."

"제 친구랑요."

"술 주랴?"

"아닙니다. 혼자 충분히 마셨어요, 예전에."

"염병."

만장은 찬장을 더듬었다. 하지만 손에 잡히는 요리용 청주는 거의 바닥을 보였다. 만장은 신경질적으로 여기저기를 열고 더듬고 다니다가 결국 냉장고를 열어 소주병을 서문에게 던졌다. 서문은 일단 고개를 숙이고 병을 받아 들었지만 뚜껑을 따지는 않았다. 테이블 닦는 데 쓸 소주다.

만장은 벌써 술이라도 한잔한 것처럼 배식구에 기대어 제자를 내려다보았다.

"장가들게 생겼으니 어미인 척 상견례에 와 달라고 하려나 했다. 기우였구만."

"원하신다면 노력은 해 보겠는데 어려울 것 같아요."

"친구 만들었으면 출세한 거지."

"막 가출해서 한참 어리버리할 때 만난 놈인데 같이 엄청 굴렀죠. 결국 저보단 사람 구실을 빨리 하게 되고, 결혼도 하고."

"친구 얘기 하러 온 거야, 여자 이야기 하러 온 거야."

"제 이야기요."

"또 떠들 거 있어?"

"죄송합니다."

"재방송은 안주로도 못 써먹어. 왜 왔냐고."

"……그냥. 만장 보고 죄송하다고 말하고 싶어서요."

"세 번 재탕하면 음식물 쓰레기다."

만장은 거기까지 말한 후 부엌으로 돌아갔다.

치익 소리와 함께 고소한 지방 냄새가 풍겼다. 조개껍질끼리 부딪치는 소리도 난다. 말은 퉁명스럽게 하면서도 국수에는 온갖 귀찮은 짓을 하는 소리를 들으며 서문은 미소 지었다.

서문이 이 가게에 처음 발을 들였던 건 열 살 무렵이었다. 초등학교에 입학한 지 얼마 되지 않아 가족을 잃었고 또 얼마 되지 않아 학교를 제 발로 걸어 나왔으니 그즈음일 것이다. 동화책을 너무 읽었는지, 음식점 사장에게 구박당하면서도 성실하게 일해서 언젠가 인정받고 언젠가는 가게를 물려받는 꿈을 꿨던 것도 같다. 가족도 없어 뵈고 20년 내로 늙어 죽을 것 같은 사장을 찾아 동네 가게를

다 뒤졌고 마지막에 찾은 게 이 집이었다.

만장은 밥도 주고 방도 줬다. 서문이 몇 살인지 듣고는 기겁하며 학교도 보내 주었다. 어쨌든 초등학교를 졸업할 때까지는 절대 땡땡이를 못 치게 했고 덕분에 서문은 사춘기에 접어들어서야 가게의 진실을 알았다. 음식점은 부업이고 사람 백정이 본업이었다. 양쪽 다 출장 서비스 가능.

괴팍한 사장은 자기 일을 숨길 생각도 없어 보였다. 의뢰받은 대상이 가게에 들어오면 서문에게는 문 잠그게 시키고 바로 목을 썰어 국수 대접에 빠뜨렸다. 머리는 대접째로 부엌에 갖고 들어가 설거지하는 김에 벅벅 씻겨서 의뢰자에게 사진부터 보내고, 몸뚱이는 적당히 굴려 창고에 넣어 뒀다가 수거인이 오면 들려 보낸다. 의뢰인이 찾으러 올 때도 있고, 만장의 동업자라는 사람들이 처리하러 올 때도 있다.

대부분 닭 잡듯 칼로 썰었다. 때로는 젓가락을 들었고 가끔은 국수를 썼다. 정신 놓고 주물렀다가 고무처럼 쫀쫀해진 반죽이든 세 묶음에 1000원 하는 시판 소면이든 만장 손에 들리면 흉기였다.

모든 게 맥없이 오가는 국숫집. 국수는 5분이면 손님에게 나가고, 3분이면 배 속에 들어가고, 손님은 10분이면 나간다. 만장은 그게 좋다고 했다. 손님이 오래 있지도 않고, 온탕기 속 국물은 일하느라 잠깐 손 뗀다고 맛이 없어지지는 않으니까. 동업자들 중 고급 한식집 하는 이나 초밥 쥐는 이들이 본업, 부업 양면으로 수입이 더 좋다고는 하는데 자기는 국숫집 버릴 생각이 없다고, 만장은 예전보다 부드러워진 얼굴로 어느새 스무 살을 넘긴 서문에게 말했다.

10여 년간 많이 배웠다. 국수 써는 법도 배우고 사람 다듬는 법도 배웠다. 만장은 가끔 자신의 일을 서문에게 맡기기도 했다. 그대로 살았다면 처음 상상했던 대로 국숫집 사장님의 업무를 죄다 물려받았을 것이다. 본업인 사람 백정도, 뭐가 문제인지도 모르는 채로.

하지만 그 여자를 만나 버렸다.

목표물이라고 받은 사진을 볼 때에도 성깔 있게 생겼다는 생각밖에 들지 않았는데. 가게를 만장에게 맡기고 출장을 나가 햇빛 아래에서 그 여자를 보는 순간 세상이 뒤집어졌다. 여자 옆에서 손을 꽉 쥐는 상상만 자꾸 드는데 도저히 동등하게 설 방도가 없었다. 서문은 노리는 사람 곁에서는 항상 그늘에 숨거나, 천장에 엎드리거나, 책상 밑에 들어가야 했다. 아니면 국숫집 문을 잠그고 홀에 상대를 눕혀야 했다. 그게 지금껏 서문이 배운 사람 대하는 방식이었다.

그래서 서문은 가게를 떠났다. 학력도 경력도 없는 놈이 할 수 있는 일은 많지 않았다. 그래도 아직 한창 나이라고, 잡히는 대로 배우고 일했다. 사람 대하는 법도 처음부터 다시 욱여넣었고 돈 준다는 일은 사람 잡는 것 빼고 전부 따라갔다. 그 과정에서 자신과 비슷한 입장인 친구도 생겼다. 물론 그 친구는 사람 잡는 일은 해 본 적 없었고, 조금 더 사람 같았다. 아마 거기에서부터 차이가 났을 거다. 서문이 이제야 겨우 '안 무섭다'는 말을 들었을 때 친구는 그 여자와 손을 맞잡는 사이가 되어 있었다.

"친구가…… 고생도 나쁜 짓도 많이 했거든요. 저만큼은 아니지만."

"그게 자랑이냐."

"그런데 이번에 결혼하면서, 혼자뿐인 상견례도 하고. 연 끊었던 다른 사람들도 만나러 다니고 하는 거 보니까. 저도, 해결하고 싶었어요. 뭐든지. 예전에 버리고 도망갔던 거. 다 챙기지 않으면, 다시는, 시작도 못 할 것 같아서……."

"뭐를."

"뭐든지요."

입으로는 '뭐든지'라고 말하지만 서문의 머릿속에는 그 여자가 어른거렸다. 화내고, 어처구니없어하고, 무시하고, 어쩌다 웃고, 다른 사람 앞에서 행복해하는 모습들. 이제 잊어야 할 얼굴이다. 다시는 1대1 관계를 맺어서는 안 될 사람이라고 서문의 가슴 한구석이 속삭인다. 뭐든 시작하려면 그 여자부터 잊어야 한다. 청승은 본능인지, 배운 적도 없으면서 어느새 서문은 얼굴을 일그러뜨리고 눈물을 줄줄 뽑아내고 있었다.

"어이구, 야! 육수 뽑지 마! 죽을래? 국물 망치겠네!"

"아, 죄송합니다!"

서문은 눈물을 훔쳤다. 그의 눈물방울이 떨어지던 자리로 대야만한 국수 대접이 들어왔다.

"먹어라."

만장이 국수 대접을 탁 내려놓았다. 서문은 얼굴에 튄 국물을 닦으며 국수를 들여다보았다. 얇게 썬 소고기, 청경채, 바지락이 국물을 가린다. 넣을 수 있는 건 다 넣었나 본데 모양새는 고기국수에 가깝다.

"소 밥이에요? 왜 이렇게 많아."

"다 먹어."

"네이."

서문은 젓가락을 찔러 넣고 휘휘 저으며 내용물을 살폈다. 콧방울이 절로 부풀어 올라 국물을 뭘로 냈는지 냄새를 맡았다. 하지만 이거 바지락이 제법 들어갔겠네, 싶어질 때 뜨끈한 맛이 절로 입안을 가득 채웠다. 국수를 앞에 두고 젓가락을 오래 방치할 수가 없었다.

칼국수 면이다. 너비는 일정하지만 옆으로 세워 놓고 보면 톱니바퀴처럼 울퉁불퉁한 것이 꼬들꼬들하게 씹힌다. 도톰한 부분은 씹는 맛을, 쏙 들어간 부분은 국물을 묻혀 올 것이다. 그 국물은 또 무슨 맛을 낼까. 콧속으로 쉽게 단언할 수 없는 냄새가 뒤섞여 들어온다. 가만 내려다보면 조금 뿌연 국물이라 간을 소금만으로 한 것 같지는 않고, 슴슴해 보이지만 한 숟가락 입에 넣는 순간 가벼운 매콤함이 입안에 퍼진다. 깨알 같은 기름방울들이 실어 나른 매콤함은 무엇으로 만든 건지, 서문은 축축하게 젖은 입술을 손가락으로 훑었다. 젓가락 끝에 바지락 걸리는 소리가 바작바작하다. 자세히 들여다보면 면 사이에 새우나 오징어 썰어 놓은 것까지 걸려든다. 흡사 칼국수 면으로 그물을 던지는 듯한 재미다.

서문은 어느새 국수 가락을 젓가락이 지탱하는 한계까지 끌어올려 입안에 쑤셔 넣고 있었다. 젓가락 끝에 감자도 걸리고 애호박도 걸리고, 딸려 올라오는 바지락도 잡히는 즉시 홀랑홀랑 까 먹는다. 위쪽에 올라가 있던 소고기는 진작에 다 먹어 치웠다. 도대체 무슨 국수라고 말할 수는 없지만 국수가 아니라면 그 무엇도 아닐 메뉴다. 서당개로서의 본능인지 서문은 속으로 이 국수를 메뉴판에 건다면 얼마나 나올지 숫자를 헤아렸다. 만 원 한 장으로는 어림도 없다. 걸어 놓는다면 뭐라고 이름을 지을까, 지금 기본 메뉴가 '국수'니까 이 메뉴는 '만 셰프 국수' 정도 될까. 그런 생각을 하는 동안 국물은 갈색으로 가라앉은 소고기 가루를 남기고 서문의 위장으로 흘러 들어갔다.

빈 구석이 없으니 트림도 나오지 않았다. 서문이 잇새에 낀 청경채를 빼는 동안 만장이 어처구니없다는 듯 말을 던졌다.

"굶고 다녔냐."

"아, 아니."

"국수 더 먹을 수 있겠어? 이번엔 매콤하게 비빔국수 해 줘?"

"됐어요! 살 찌워서 잡아먹으려고?"

"먹긴. 이게 마지막 국수니까 먹을 수 있을 만큼 먹으라고."

"네? 에이, 더는 공짜 국수 안 주려고? 미안해요. 다음에는 진짜 선물 챙겨 올게요."

"국수 필요 없으면 만두라도."

"만장. 만 셰프! 됐다니까요."

"다 먹었어? 만족해?"

"……."

"만족해?"

어느새 만장은 서문의 옆자리에 앉아 있었다.

서문은 반사적으로 만장의 손을 바라보았다. 마르고 주름진 손은 초시계처럼 책상을 똑, 똑 두들긴다. 사형을 선고하는 법봉 소리도 저보다는 인자하게 들릴 것이다.

"마지막이니까, 먹고 싶은 거 있으면 말해라."

만장은 젓가락을 집었다. 못 알아듣는 아이에게 좀 더 친절하게 다가가겠다는 배려인지, 쇠젓가락이 서문 앞에서 똑 부러졌다. 뭉툭하고 구부러진 끝이 서문을 향했다.

"충분히 먹었어?"

"아, 니요. 냉장고에, 뭐뭐 있어요?"

"소면. 아, 만두 있다. 피자집 영감님이 오래간만에 김치만두 만들었대서 얻어 왔지. 춘장도 있으니까 양파랑 고기만 들어간 야매 짜장면도 만들 수 있는데."

"있는 거 다요."

"그래."

만장은 젓가락을 한 번 쥐었다 던졌다. 구겨진 젓가락은 뱅글뱅글 돌다가 벽에 부딪혀 떨어졌다. 서문은 침을 삼키며 위장 상태를 파악했다.

얼마나 먹을 수 있겠는지 묻는 뇌의 질문에 위장은 국물맛 트림으로 대답했다.

만장은 부엌으로 돌아갔다. 혼잣말을 중얼중얼하며 찬장을 열고 냉장고를 열어 재료들을 테이블에 늘어놓았다. 불규칙적인 탁, 딱, 퍽, 쿵 소리는 하나하나가 서문의 가슴팍을 치는 것만 같았다.

뒤늦은 후회가 뱃속에서부터 사지로 흩어진다. 발가락이 차가워지고 손은 덜덜 떨리기 시작한다.

도망쳤던 것은 후회하지 않는다. 하지만 만장의 휘하를 나온 이후로 매일 밤 만장이 아른거렸다. 처음에는 만장에 대한 두려움이, 그다음에는 자신에게 베푼 친절과 가르침에 대한 죄책감이. 몇 년후 그 감정은 기괴한 방향으로 변질되었다. 영화처럼 아련해졌다. 만장도 언젠가는 서문을 용서하지 않을까, 받아 주지 않을까. 아무일도 없었던 것처럼 들어가 건강한 모습을 보여 주면, 평범한 스승과 제자처럼 회포를 풀 수 있지 않을까…….

만용이었으리라.

부엌 안쪽에서 사각사각 소리가 들렸다. 서문은 그 소리를 알았다. 간장 한 종지에 식초 티스푼 하나, 설탕 반 숟갈을 붓고 섞는 소리다. 특별할 것 없는 시판 물만두도 설탕 섞은 초간장에 찍어 먹으면 한도 끝도 없이 들어간다. 첫맛은 새콤하고, 드디어 간장 맛이 퍼진다 싶을 때쯤 만두는 육즙을 쏟아 내고, 다 삼킨다 싶을 때쯤 덜녹은 설탕 알갱이가 만두피에 딸려 까슬하게 넘어간다. 새삼 그 맛을 떠올리며 서문의 혀가 침으로 젖었다. 조금 기다리면 배 속에 만두 들어갈 공간은 생길 듯했다.

서문은 핸드폰을 켜며 말했다.

"만장. 짜장면도 같이 해 주세요."

"남으면 똥구멍으로 먹어."

"입으로 다 먹어요."

만장은 더 묻지 않고 밀가루 반죽을 쥐었다. 환갑도 넘은 나이지만 변한 게 거의 없었다. 고기를 다지는 칼 놀림도 여전하고, 마른 팔뚝은 밀가루를 치댈 때마다 근육이 바짝 오른다. 서문은 가게를 둘러보았다. 디근자 형태의 가게는 부엌까지 포함해도 채 열 평이 되지 않는다. 입구는 겨우 남자 한 명이 통과할 만한 너비. 국적 불명의 발까지 늘어져 있어 밖에서 들여다보기는 어렵다. 그 출구와 먹거리가 나오는 주방 창문은 딱 서로를 마주 본다. 서문이 저 밖으로 뛰어나가는 것보다는 만장이 날린 칼이 뒤통수에 박히는 게 빠를 것이다. 서문은 여기서 수많은 사람들이 죽어 나가는 모습을 보았다. 어디 선 사람이 무엇으로 죽고 어디 죽어 넘어질지가 본능처럼 몸에 박혀 있었다. 정리하는 건 서문의 몫이었으니까.

찜기가 새하얀 김을 뿜었다. 만장은 간장종지를 내려놓고 찜기로 달려갔다. 김을 흩어 놓는 마른 팔을 보며 서문은 정신을 다시 붙잡았다.

사람 잡는 일을 반백 년 가까이 해 왔다는 사람. 서문이 만장의 제자로서 일을 배운 건 고작 10여 년이지만 지금의 서문은 한창 나이의 청년이다. 그리고 만장의 뒤통수를 보고 있다. 서문은 주머니에 든 칼을 만지며 생각했다. 과연 오늘 죽어서 국물을 내는 건 누구일까요.

만장은 끝까지 서문을 손님처럼 대했다. 주방 안으로 들어오라 하지도 않고 직접 간장 종지를 나르고 만두 나르고 재스민 차까지 꺼내 왔다. 만두는 딱 열두 개. 서문이 만두를 네 개째 후루룩 넘겼을 때 만장은 짜장면을 쟁반에다가 담아서 내왔다. 그릇은 없었다.

"만장. 지금 음식물 쓰레기 처리하는 거 아니죠?"

"다 먹을 수 있다며."

"……네. 다 먹을 수는 있죠."

"단무지 없다. 김치 줘?"

"네. 좀 많이 준비해 주셔야 할 것 같네요."

"응?"

"많이."

서문의 어조가 바뀌었다. 테이블 위의 핸드폰이 문자를 받아 한 번 울렸다. 서문은 내용을 확인하지 않았다. 만장이 다시 입을 열었을 때, 주렴이 걷히며 건장한 청년 세 명이 가게 안으로 밀려들어왔다.

"악, 악! 밀지 마!"

"돼지새끼. 살 좀 빼라니까."

"새꺄, 가죽 벗겨질 뻔했잖아."

"이모, 여기 돼지껍데기 구이 돼요?"

세 청년은 만장을 내려다보았다. 정상적인 주문을 할 마음은 없어 보였다. 눈에는 사람을 깔아뭉개는 광기가 번들거린다. 만장은 세 사람의 손을 살폈다. 빈손이지만 굳은살과 흉터로 얼룩덜룩하고 다들 바지 주머니가 길쭉한 물건으로 들어찼다.

"오늘 장사 안 해."

"에이, 왜 그러세요."

맨 앞에 선 청년이 애교 떠는 말투로 만장 앞에 허리를 굽혔다. 굵은 손가락은 애교와는 거리가 먼 손짓으로 만장의 볼을 툭 건드리고 내려갔다.

"우리, 서문이 친구예요. 5년 만에 양어머니 뵈러 가는데 맨손으로 못 들어가겠다고 해서 여차하면 우리가 매상 좀 올려 주겠다고 했거든요. 야, 서문아. 여기 뭐뭐 하나? 밥, 네가 해 줄 수 있어?"

서문은 굳은 표정으로 고개를 저었다. 청년은 피식 웃으며 말을 이었다.

"밥은 혼자 이것저것 잘도 해 먹으면서 내숭은. 아줌…… 이모님. 얘 밥 진짜 잘하는 거 알아요? 시골에 MT 갔더니 혼자서 닭도 잡더라니까요."

"장사 안 해."

"아줌마."

"내가 너네한테 뭘 팔아먹겠어. 알아서 앉아, 어쩐지 서문이가 많이 만들어 달라더만."

"크…… 이러심 고맙죠. 야, 좀 앉자."

손톱만 한 가게에 거한들이 제각기 자리를 잡았다. 체격이 좋은 편인 서문도 세 명을 앞에 두니 고등학생처럼 보였다. 만장은 머리카락 달린 이쑤시개처럼 보일 정도다. 만장은 짜장면 쟁반을 들어 올리며 말했다.

"늬들 들어오면서 문은 왜 닫았냐? 다른 손님 받지 말라고?"

서문과 세 청년은 뒤를 돌아보았다. 주렴으로 절반 가려진 문 밖은 암흑이다. 하지만 약간의 시간이 지나고, 자동차 한 대가 지나가는 게 보였다. 마지막으로 들어온 청년이 만장에게 고개를 돌렸을 때. 열기를 품은 짜장면 쟁반이 청년의 머리에 그대로 쏟아졌다.

비명이 고명에 딸려 목구멍으로 넘어간다.

두 청년은 당황하며 자리에서 일어섰다. 한 명은 물러났고, 한 명은 다가갔다. 그때까지만 해도 만장의 실수를 다그치면 될 거라 생각했을 것이다. 서문, 단 한 명을 제외하고.

서문은 두 청년의 주의를 돌리려 했지만 그의 목소리는 가까이 다가갔던 청년의 비명에 묻혔다. 만장이 차올린 의자가 그의 턱을 들이받으며 난 소리였다. 밖으로 찍 빼물린 혀가 기울어지는 동안 만장은 그 청년의 몸 아래를 통과해 물러났던 청년의 눈앞에 솟아올랐다. 그의 눈에 먼저 보인 건 국숫집 주인의 얼굴 대신 세상을 가로지른 사선이었다. 곧 선은 붉게 물들고, 상황을 파악할 머리도 쪼개져 국숫집 홀에 김을 내뿜었다.

칼을 쥐지 않은 빈손도 칼 잡은 손만큼이나 바쁘게 움직였다. 의자 다리를 잡아당겨 아까 얻어맞은 놈 대가리를 그대로 깔아 바닥에 눕혀 놓고는 탁자의 젓가락을 집어 던졌다. 쇠젓가락이 날아간 곳은 겨우 얼굴을 덮은 짜장면을 다 치우고도 눈가죽이 달라붙어 짐승 같은 소리를 내는 청년의 손이었다. 무협 영화의 고수가 그러하듯, 젓가락이 손등에 박히는 일은 없다. 앞이 안 보이는 청년이 나아갈 방향을 점지해 주었을 뿐이다. 분노한 주먹이 허공을 휘젓고, 눈먼 다리는 전진하다가 마찬가지로 바닥에 자빠진 채 일어나려 바닥을 휘젓던 다리와 뒤엉켜 아래로 주저앉았다. 고기 써는 칼이 한 번 더 움직였다. 오른손은 곤두박질치는 짜장 범벅 대가리를 목에서 떼어 놓고, 엉덩이는 살아 있는 것처럼 버둥거리는 의자에 턱 앉고, 오른손이 다시 바닥에 옴짝달싹 못 하는 등을 내려찍었다.

"으아아아아아악!"

"서문아, 문 좀 닫아."

"아, 아아악! 서, 서문, 서문! 씨, 씨발……!"

"닫아. 동네 시끄럽게."

칼질 한 번으로는 조용해지지 않는다. 의자가 불안정하게 덜그럭거린다. 만장은 중심 잡는 걸 포기하고 남자의 발목을 향해 칼을 던졌다. 칼은 발버둥치는 신발에 부딪혀 엉뚱한 곳에 떨어졌다. 만장은 의자에서 벌떡 일어나 남자의 꼬리뼈를 향해 뛰었다. 비명이 한 번 억, 들리지만 투정이나 마찬가지 수준이다. 아프기나 했을까. 남자는 의자 다리를 잡아 집어 던지고 일어났다. 등에서는 피가 흐른다. 남자는 상처 부위를 손으로 잡아 보려다가 낮은 신음을 흘렸다.

"씨발, 이거, 미친……."

남자는 서문을 쳐다보았지만 서문은 눈도 마주치지 못한 채로 벌벌 떨고 있었다. 남자는 욕을 내뱉으며 칼을 꺼냈다. 갈비도 어렵잖

게 뚫을 수 있는 놈이다. 저런 말라빠진 주인은 바로 등짝까지 꿰뚫어 줄 수 있다.

하지만 막상, 제대로 대가를 받아야 할 만장이 보이지 않았다.

"어디 갔……."

"만두 남았는데. 먹을래?"

만장의 목소리가 주방 안쪽에서 들렸다. 배식구 너머로 찜기를 손에 든 만장이 보였다. 남자는 바로 주방의 파란 타일을 밟아 올라갔다. 도발에 함부로 넘어가지도 않고, 남자는 바로 손에 들린 칼을 휘두를 것이다.

서문은 눈을 감았다.

기세 좋게 올라간 거대한 몸뚱이는 부엌 타일 위에서 음식 폐기물들을 밟고 미끄러졌다. 만장은 웃지도 않고 그걸 내려다보고 있으리라. 내장을 다듬고 뼈를 발라내고, 가끔 다 정리되지 않은 털을 그슬리기도 하는 공간. 만장은 장화 낀 발로 남자의 얼굴을 밟고, 손에 잡히는 것을 들어 순서를 밟을 것이다. 뭐가 잡힐지는 남자의 운에 따라 달라진다. 어느 쪽이든.

서문은 이제야 문을 닫았다.

남자의 비명이 부엌을 울렸다.

가게에 들어가자마자 기습하라고 했는데도 이 멍청이들은 서문의 말을 귓등으로 넘겼고, 서문은 세 청년이 홀에 들어와 만장과 '대화'를 시도하는 순간부터 빌어먹을 현실을 받아들였다. 처음으로 만장에게 반항했던 사춘기 초입에 무슨 일이 일어났는지를 서문의 몸은 아주 잘 기억하고 있었다. 바지 주머니에 챙겨 들어왔던 접이식 칼은 한 번 펴지지도 못한 채 바닥을 굴렀다.

만장은 시체 세 구를 홀에 나란히 눕혔다.

"결혼한다는 친구가 누구야?"

"없, 없어요."

"친하다며?"

"친하니까…… 안 데려왔어요."

"설마 이것들 돈 주고 불렀어?"

"좀……."

"애새끼 어르러 가냐? 전문가 됐다 뭐 해? 돈 모자라면 일 배우는 애들이라도 싸게 쓰든지. 딱 옛날 너 같은 애들."

뭐라 대답해야 할지 몰라 아직도 벌벌 떨고 있는 서문 앞에서 만장은 평이하게 떠들었다.

"너 가출했을 때. 그 여자애 죽이라고 시킨 게 얼마 들었는지 알아? 딱 우리 식당 순수익 두 배다. 그것밖에 안 된다니까. 물론 넌 그 값도 못했지만."

"죄, 죄송, 합……."

"됐다."

만장은 새로 꺼내 온 식칼을 들어 올렸다. 서문은 숨을 힉 삼켰다. 바닥에 놓인 세 청년의 시체가 곧 서문의 미래처럼 보였다.

하지만 만장은 식칼을 반대로 들어 손잡이를 내밀며 말했다.

"가서 국수 좀 썰어 봐라."

서문은 떨리는 양손을 들었다. 만장은 참을성 있게 기다렸고, 칼이 서문의 손에 들어가는 순간 손을 놓고 고개를 홱 돌려 시체들을 한구석에 몰아넣고 홀을 청소하기 시작했다. 서문은 부엌으로 들어갔다. 바닥은 피로 흥건하고, 살가죽인지 뭔지 모를 덩어리들이 그 위를 떠다닌다. 서문은 발끝으로 배수구에 뭉친 쓰레기를 치웠다. 피가 졸졸 흘러 내려갔다.

배식구 너머로 만장이 청소하는 모습을 바라보며, 서문은 몇 번이고 부엌에 손 닿는 물건들과 만장의 가느다란 목 사이 거리를 가늠했지만 답은 나오지 않았다. 가장 희망적인 상상도 단칼에 목이 잘려 나간 서문이 바닥에 누운 모습을 보일 뿐이다. 만장을 죽이는 상상은 서문에게는 아들이 부모를 낳는 상상을 하는 것처럼, 도저히 거슬러 올라갈 수 없는 종류의 것이었다.

만장이 홀을 어느 정도 정리했을 때 서문이 국수를 들고 나왔다.

"다, 다 했어요."

서문은 국수를 내밀었다. 국수 그릇이 지진 난 듯 흔들린다.

"눈물."

"아."

서문은 급하게 국수를 앞으로 밀었다. 눈물이 국수 그릇을 아슬아슬하게 피해 떨어졌다.

"끓이면서는 안 들어갔구?"

확신할 수가 없다. 서문은 고개를 젓다 멈추었다. 만장은 웃지도 않았다. 만장의 손은 국수 그릇을 잡아, 다시 서문의 고개 밑으로 밀어 넣었다. 턱에 아슬아슬 매달려 있던 눈물방울이 퉁 들어갔다.

"먹어."

"만, 만장, 만장……."

"힘 뺐으면 먹어."

겨우 소화됐나 싶었던 잡탕국수가 다시 치밀어 오른다. 서문은 눈물콧물을 삼키며, 옆의 김치를 집어 목구멍을 개운하게 만들고 국수 한 가닥을 집었다. 국물 속에서 생명줄 같은 면발이 하늘거렸다.

"면이라는 건 좋은 날 먹는 거야. 애나 노인네들에게는 오래 살라고 먹이고, 결혼하는 날에는 부부의 연이 오래 이어지라고 먹이고. 처음엔 꼴이 우스웠지. 그리 먹는 게 국수인데, 왜 나는 여기 이러구 있누."

한 가닥을 겨우 삼켰다. 서문은 국물 안을 들여다보았다. 맑은 국물 안에, 손가락 발가락 다 합쳐도 세기 어려울 만큼 면발이 제법 들어 있다. 서문은 두 번째 가닥을 집어 올렸다.

"같이 배웠던 다른 놈은 고깃집 세웠는데, 고기는 좀 그런 맛이 있잖아. 호쾌하게 썰고 자르고. 그놈아는 수거꾼이 늦어도 자기가 처리할 수 있다 하더라고. 분식집 하는 애는 나랑 비슷하대. 회전율이 빠르고 손님 끌어오기 쉬우니까 나름 장점이 있어."

세 번째 가닥을 집었다. 이번에는 좀 길다. 죽죽 집어 올렸더니 벌써 국수 5분의 1 정도는 사라진 것 같다. 서문은 젓가락으로 가닥을 끊었다.

"너 출장 보냈더니 그대로 난 다음에 고생 좀 했다."

서문은 세 번째 가닥을 뱉을 뻔했다.

"당일 성공하고 돌아올 줄 알았고, 실패해도 돌아올 줄 알았고, 사흘 내로는 돌아올 줄 알았고, 돌아올 줄, 돌아올 줄…… 왔네, 우리 서문이. 내가 맞았어, 이 시부랄 것들."

술 한잔 마신 것 같은 목소리. 서문은 만장을 곁눈질했다. 옆에 놓인 건 재스민 차뿐이다.

"……용서받으러 왔어?"

"……네."

"속 오지게 편하네. 용서를 빌러 와도 빚 갚을 게 한 빠께스다."

"읍……."

배 속의 만두가 치밀어 올랐다. 서문은 면을 입에 쑤셔 넣었다. 아직 면은 남아 있고, 그만큼 생명도 남아 있다. 슴슴한 냄새가 코밑에 대롱거렸다.

만장은 젓가락 통으로 손을 뻗어 부엌 가위를 잡았다.

만장.

그렇게 말하려 했지만 목소리는 국수를 매달고 푸들거렸다.

부엌 가위가 서문의 아랫입술에 닿고, 면을 잘랐다.

면이 아래로 떨어지며 국물을 사방에 튀겼다. 서문은 무게를 잃은 면을 물고 만장을 쳐다보았다. 만장은 부엌 가위를 주방 쪽으로 집어 던지며 말했다.

"가."

서문은 자리에서 일어났다. 만장은 시선을 돌리지 않았다. 마른 팔로 턱을 괸 채, 시선은 텅 빈 테이블에 딱 달라붙었다. 서문은 입에 물린 국수 면발을 입에 담았다. 차갑고 끈적한 면발이 입안에 흩어졌다.

뒷걸음질을 치고, 시체에 발이 걸리고, 겨우 중심을 잡았다가 아까 떨어뜨린 접이식 칼을 밟아 넘어지고, 일어나려다 의자를 떨어뜨리는 동안에도 만장은 고개 한 번 들지 않았다.

5년 전의 겨울처럼, 서문은 가게를 나와 달렸다.

"축하드립니다, 사장님!"

축하를 받는 남자는 전혀 축하받을 기분이 아닌 듯했다. 폭발 직전인 얼굴을 애써 오므려 화를 억누르고 악수를 받는다. 손님들은 멋쩍어하며 악수를 하고 뒤로 물러나지만, 또 새로 들어오는 손님들의 반 정도는 저 멀리서부터 훌륭한 결혼식 운운하며 다가와 신부 아버지의 마음에 기름을 부어 댈 것이다.

서문도 괜한 심술이 일어, 그에게 악수를 청하며 '축하드립니다, 사장님. 새신랑이 따님과 아주 잘 어울리던데요?' 소리나 던지려다 멈추었다. 누구에게 심술부린다고 풀릴 속이 아니다. 서문은 따끔한 가슴속을 냉수로 축였다. 한때 자신이 있고자 했고, 어울리지 않는다고 지레 포기했던 자리에 이제는 서문의 친구가 서 있었다.

서문은 손님맞이에 바쁜 친구를 멀리서 바라보았다. 결혼식이라고 메이크업까지 받아 얼굴이 훤하다. 별 볼 일 없던 시절에도 얼굴

하나는 쓸 만했던 놈이고 그건 신부 아버지를 또 열 받게 만들었다. 저놈 어디 기둥서방이나 하던 놈 아니냐고. 하지만 신부 아버지도 찾아오는 손님 면면이나 화환의 글귀를 보면 그리 자랑할 만한 약력을 가진 사람으로는 보이지 않았다. 서문은 한때 그 딸이 암살 표적이 되었던 것도 아버지의 사업 이력 때문이리라 추측했다.

서문은 신부 아버지에게 '신랑 신부가 잘 어울리네요, 천생연분입니다!'라는 인사를 건네려고 자리에서 일어났다. 신랑 자리를 차지한 남자가 서문이 아니라는 것만으로도 그는 세상에 감사해야 할 것이다.

서문이 살짝 축축해진 손을 바지에 닦고 있을 때, 누군가가 손을 잡아끌었다.

"왜 여기에 있어?"

"아, 미친! 깜짝 놀랐네."

그를 아는 척할 사람은 하나밖에 없다. 긴장이 역력한 얼굴의 새 신랑이 서문의 뒤에 서 있었다.

"뭘 놀라."

"너무 잘생겨서. 너네 곧 장인어른은 표정 왜 저러냐? 신랑이 자기보다 잘생겨서 싫대?"

"좀…… 그렇겠지. 아, 아니. 얼굴 말고. 난 마음에 찰 만한 사위는 아니잖아."

"나 같은 사위보단 낫지. 됐다. 가서 손님맞이나 해."

"그 손님, 여기 있네."

친구는 서문을 가리키며 웃었다.

"너 말고는 나한테 올 손님 별로 없어. 왔다 하면 거의 다, 처가 쪽에서, 새신랑 쓸 만한가 얼굴 봐 두겠다고 으르렁거리는 사람들이라, 피곤해 죽겠다."

"죽지 말고."

"살아야지."

친구는 신부 대기실 쪽으로 시선을 보냈다.

"그러려고 열심히 살았는데."

"……저기 있어?"

"어. 인사하고 오지?"

"됐어."

"왜, 친했잖아? 예전에는."

"너네 보러 온 거 아니고 밥 먹으러 온 거거든. 식당 어디냐?"

친구는 피식 웃으며 한쪽 방향을 가리켰다. 이 먼 거리에서도 벽면의 스크린이 닭살 돋는 사진들을 스크린세이버처럼 뒤섞는 게 보였다. 친구가 찔러 주는 식권을 받으며 서문은 중얼거렸다.

"먹다 체하겠네. 어제도 체했는데……."

"잔치국수라도 먹고 가. 그럼 난 인사 간다. 조 사장님! 어떻게 여기까지 오셨어요!"

친구는 순식간에 서문이 모르는 세상으로 들어갔다. 서문은 한 발짝 물러나 예식장의 풍경을 살폈다. 들어올 곳, 물러날 곳, 숨을 곳, 숨길 곳 등을 찾고 각각의 거리를 계산한다. 만장 밑에서 일하던 시절에 붙은 버릇이다. 옛 방식대로 굴러가는 머리를 휘저어 텅 비게 만들고 서문은 한곳을 바라보았다. 신부 대기실. 2층. 15초면 들어갈 수 있다.

서문은 파란색 식권을 쥐고 식당으로 향했다.

흐릿하고, 사람들이 계속 앞을 지나다니는 스크린은 오래 감상할 만한 물건은 아니었다. 저게 내가 아는 신랑 신부인지 구분이 될까 말까다. 서문은 겨우 결혼식 진행 순서만을 확인할 수 있었다. 후반부, '사진 찍게 모여 주세요' 장면을 보면서 서문은 결혼식장으로 되돌아가야 하나 순간 고민했지만 신랑 쪽에도 그럭저럭 사람이 서고, 불균형은 사진기자가 흩어 놓는 모습을 보고 서문은 조금 안심했다.

식당에는 사진을 포기하고 식사를 선택한 이들이 들어오기 시작했다. 서문은 위기감을 느껴 접시를 들고 일어났다. 맛있는 즉석 메뉴 앞에는 줄이 길게 늘어선다. 보통은 튀김을 노리지만, 30분마다 철판에서 구워지는 스테이크도 인기 메뉴다.

사람들 사이에 묻혀 줄을 서고, 치직거리는 소리를 듣는 동안 어떤 불안감이 서문의 뱃속을 간질였다.

만장과 같은 일을 하는 사람들은 어디에든 있다. 서로 다른 간판을 내걸고 그 밑에서는 자기 방식대로 사람을 잡는다. 고기 굽는 이도 있고, 호박과 고구마를 튀기는 사람도 있고, 초밥 쥐어 주는 사람도 있고……

서문의 기억이 흐릿하게 흔들렸다. 저기, 고기 굽는 사람이 고등학교 때 보았던 만장 친구 오 사장이던가. 닮은 사람인지 본인인지. 옆옆 코너에서 밥 볶는 사람도 옆모습이 익숙하다. 어느새 젓가락을 든 서문의 손이 떨리기 시작했다.

"갈비탕 드실 분 있어요? 갈비탕!"

"여기…… 이 테이블에 세 개요."

일부 메뉴는 뷔페, 일부 메뉴는 따로 내오는 모양이다. 건너편 테이블 손님들이 5분 만에 나온 갈비탕을 보고 헛웃음 소리를 냈다. 멀리서 봐도 멀건 국물에 계란 지단 약간, 갈비 한 쪽이 동동 뜬 게 끝이다. 하지만 화내는 사람은 없다. 예식장이 그럼 그렇지, 하면서 그들은 숟가락을 들었다.

"잔치국수 드실 분 말씀해 주세요!"

아르바이트생이 테이블 사이를 오갔다. 이건 그다지 인기가 없는 모양이다. 테이블마다 허탕이다. 결혼식에는 국수가 있어야지, 하고 손을 든 사람들은 손을 내리기도 전 테이블에 올라 온 잔치국수를 보며 웃음을 터트렸다. 플라스틱 용기에 담긴 국수 한 줌. 멀건 국물 안에서 김이 해캄처럼 흐느적거렸다.

서문은 손을 들지 않았다. 들지도 못했다. 국수를 받는 순간, 오늘 아침에 겨우 다 토해 냈던 국수를 다시 게워 낼 것만 같았다. 하지만 시킨 적 없는 국수 그릇이 앞에 놓였다.

"저, 저 이거 안 시켰는데요……."

"안 드셔도 돼."

말이 뚝 잘린다. 아는 목소리다. 서문은 고개를 들지 못했다. 덜덜 떨리는 손으로 옆 테이블에서 나무젓가락을 집어 국수를 찔렀다. 소면을 푹 퍼지게 끓이고, 물에서 건져 두 시간쯤 방치했다가 국물에 빠뜨려 또 방치하는 식으로 탄생했을 밀가루 덩어리들이 춤을 추었다.

서문에게 남은 두 번째 생이다.

밀가루 덩어리 사이에서 접이식 칼이 나왔다.

"두고 갔더라. 잘 챙겼어야지."

"만장……."

"나 ATM 들렀다 갈게, 늦지 않게 와라. 염병, 5년 지나니까 지체 상금이 의뢰비 두 배야."

'끝난 것 아니었나요.'라는 말이 위장에 탁 걸렸다. 다 토해 낸 줄 알았던 국수가 주둥이를 꽉 틀어막았다. 용서는 빌지 못했고, 연은 끊기지 않는다.

서문은 만장을 잡으려 했지만 옷깃도 스치지 못했다. 순식간에 인파가 그들 사이를 메웠다. 서문은 미지근한 국수 그릇에서 칼을 꺼내 들었다. 만장을 찾아 헤매는 시야에는 너무 많은 사람들이 스쳐 지나간다. 코르덴 양복, 구겨진 잠바, 분홍색 원피스, 기저귀 두둑한 면바지. 대부분의 그 사람들에게는 서문도 스쳐 지나가는 사람일 뿐이다.

"국숫집에서는 너 혼자 일하러 왔냐? 만장은 나갔나 보네."

누군가가 중얼거리며 지나갔다. 고개를 돌려도 찾을 수가 없다.

금세 다른 사람이 자리를 채워 버린다.

고기가 철판에 놓인다. 밥이 고추기름을 두른다. 반죽을 입은 호박이 기름에 빠진다.

사방으로 흩어지던 소리, 시선이 순간 한 군데로 모였다. 누군가의 새된 목소리가 상황을 알렸다.

"폐백 끝났나 봐. 저기 애들 온다."

한복을 곱게 차려입은 신랑과 신부가 테이블 하나하나를 거쳐 고개를 숙였다. 이게 누구네 집 둘째고, 이게 어디 사는 숙모다, 하는 설명이 뒤따라간다. 신랑 신부는 모르는 사람 앞에서도 최대한 아는 척 웃었다. 시선과 소리는 다시 자기 영역으로 흩어졌다. 신랑과 신부는 사람들을 헤치고 아는 얼굴을 찾아, 또는 아는 척해야 하는 얼굴을 찾아 식당의 좁은 복도를 천천히 걸었다.

서문은 칼을 쥐었다.

5년 전 떠나보냈던 목표가 다가온다.

군대 귀신과
라면 제삿밥

제2회 테이스티 문학상 우수작

손장훈

B형에 양자리. 드라마, 소설, 영화, 예능, 웹툰을 즐기는 서울 토박이. 사극류 드라마를 선호하며, 좋아하는 작가는 소설 『동의보감』의 저자 이은성이다. 크리스천 베일이 출연하는 영화가 나오면 무조건 챙겨보는 편이지만, 「다크 나이트」 시리즈보다는 마블 시네마틱 유니버스가 낫다고 생각한다. 「무한도전」보다 「런닝맨」이 재미있다고 굳게 믿으며, 웹툰 「선천적 얼간이들」, 「어쿠스틱 라이프」은 대사를 외울 정도로 몇 번씩 보았다.

후루루룩. 면발이 넘어가는 소리가 참 맛깔나다. 고작 라면 따위를 어떻게 저렇게 맛있게 먹을 수 있을까?

"천천히 삼켜."

귀신 주제에.

"제삿밥이 라면이라니 서글프지도 않냐?"

알 게 뭐야, 라는 뜻일까? 녀석은 아랑곳 않고 젓가락에 걸려 있는 면발을 훅훅 분다. 서늘한 한기가 확 밀려온다.

"그래. 너만 행복하면 됐지."

꿀꺽. 꿀꺽. 국물까지 깨끗하게 사라졌다. 이제 저 반합 씻는 것까지 다 제가 해야 합니다요.

"하아, 군생활도 서러운데 이제 귀신 수발까지 들어야 하다니."

조그맣게 투덜거렸다. 들은 걸까? 녀석은 '화 풀어.'라고 말하듯 내 팔에 부비부비 볼을 비벼 댄다. 깨진 뒤통수에서 뇌수가 튀어나와 군복 소매를 찰싹찰싹 때린다. 그만 웃고 만다. 그래, 이 엿 같은 군 생활, 너 아니었으면 어떻게 버텼겠니?

라면을 좋아하는 이 귀신과 만난 건 처음 전입 왔을 때였다. 잔뜩 긴장한 채 내무반에 들어갔을 때 거기에는 두 명의 선임이 있었다. 한 명은 활동복 차림으로 세상 다 귀찮다는 표정으로 반쯤 드러누워 있었고, 다른 한 명은 군복 차림으로 창가 근처 그늘진 곳에 가만히 서 있었다. 활동복 선임이 방구를 한번 뽕 뀌더니만 갑자기 물었다.

"신병, 사회에서 뭐하다 왔어?"

"자영업 하다 왔습니다!"

순간 활동복 선임이 초롱초롱 눈빛을 빛내면서 일어섰다. 군복 선임은 별다른 반응이 없었다.

"오우. 이건 유니크하네. 대학생이 아니야? 청년 사장님? 아이티, 벤처 뭐 이런 거 하다 온 거야?"

"아닙니다! 부모님이 하시는 분식집에서 일하다 왔습니다!"

활동복 선임이 성을 냈다.

"새끼가 헷갈리게!"

어떻게든 수습을 하고 싶어서 큰 소리로 외쳤다.

"라면은 진짜 잘 끓이지 말입니다!"

그렇게 말한 순간, 갑자기 등에 소름이 쫙 돋았다. 뭐지, 하는데 군복 선임이 바로 귓가까지 다가와 있는 것이 아닌가. 분명 방금 전까지 맞은편 창가에 있었는데. 그 선임의 얼굴을 본 순간 오줌을 쌀 뻔했다. 깡마른 얼굴에 주근깨, 짝짝이 광대뼈는 평범하나 그 피부색이 너무 하얬다. 일부러 분을 칠한 것처럼 하얬다. 초롱초롱 빛나는 그 눈망울만 아니었다면 비명을 지를 뻔했다.

"그래서 뭐 어쩌라고, 야. 군대서 이쁨 받으려면 존나 웃기든가, 존나 개념이 있든가, 아니면 존나 예쁜 누나가 있든가 이 셋 중 하나야. 라면 잘 끓이는 게 뭐 잘난 거라고 큰 소리로 '라면은 잘 끓이지 말입니다!' 야? 킥."

다음 순간 기겁을 했다. 활동복 선임이 비웃자 군복 선임이 그를 무섭게 노려봤던 것이다. 옆에서 지켜보는 내가 간담이 오그라들 정도로 이글거리는 눈빛이었다. 저 선임은 편하게 활동복을 입고 있고, 이 선임은 군복에 헬멧까지 착용하고 있는 걸 볼 때 누가 고참인지는 대충 짐작이 가는데, 저렇게 노려봐도 괜찮은 걸까? 그때 행정보급관이 내무반으로 들어왔다.

"충성."

활동복 선임이 일어나 경례를 붙인다. 또 놀랐다. 군복 선임은 상급자가 들어오건 말건 본척만척했던 것이다.

"야! 뚱띠. 너 왜 또 대낮부터 누워 있어?"

"몸이 좀 안 좋아서 말입니다……."

"지랄하네. 야, 저건 뭐야. 신병이냐? 너 할 거 없으면 쟤 데리고 다니면서 미리미리 이것저것 숙지시켜!"

"아, 행보관님. 너무 하시지 말입⋯⋯."

또 놀랐다. 행보관이 그냥 문을 쾅 닫고 나가 버렸던 것이다. 군복 선임이 자신에게 경례를 하건 말건 신경도 쓰지 않는 듯했다. 이 사람, 도대체 정체가 뭐지?

"아이, 씨⋯⋯ 피곤한데⋯⋯. 얘 교육까지 시켜야 하나⋯⋯. 야! 따라와!"

발을 직직 끄는 활동복 선임을 황급히 따라갔다. 군복 선임은 뒤에 남아 있었다. 그의 시선이 내 등 뒤에 꽂히는 게 똑똑히 느껴졌다. 나, 뭐 실수한 거 아니겠지?

"뭐 궁금한 거 없냐?"

앞서 걷던 활동복 선임이 물었다.

"어⋯⋯ 없지 말입니다!"

"아이, 씨⋯⋯ 군대에서, 없으면 끝나냐? 없음 만들어, 인마!"

물론 궁금한 거야 잔뜩 있지만, 고참한테 물어볼 수 있을 만한 건 아무것도 없다. 언제 전화할 수 있습니까? 남는 시간에 개인 공부 좀 해도 됩니까? 아무래도 위험한 질문들뿐이었다. 그러다가 간신히, 아니, '간신히'라는 말은 어울리지 않는다. 조금 전부터 굉장히 궁금했던 거니까.

"저, 아까 내무반에 계셨던 다른 선임⋯⋯."

'분'을 붙여야 할까? 군복하고 활동복, 둘 중 누가 고참일까? 활동복 선임이 뚝 멈춰 섰다.

"저희 소대입니까?"

활동복 선임이 날 뚱하니 쳐다봤다.

"무슨 소리야, 인마."

아, 역시 다른 소대였던 걸까? 아니, 군복도 입고 있고 행보관까지 무시하는 거 보니까 어쩌면 병사가 아닐지도 모르지. 다른 부대의 간부?

"내무반에 누가 있었는데?"

하지만 돌아온 대답은 완전히 달랐다.

"어, 그러니까 군복을 입은……."

"그러니까 뭔 소리냐고. 내무반에 너하고 나 둘밖에 없었는데."

딱 그때까지만 하더라도 그건 평범한 군대 괴담이었을 뿐이다. 누구나 겪는 건 아니지만 듣도 보도 못한 일도 아니었고, 전역한 후 여름밤 술자리의 안주거리로 삼기에 딱 좋은 이야기 그 이상도 이하도 아니었다. 하지만 전입 온 후 처음 경계를 서던 날 상황은 완전히 달라져 버렸다. 한 치 앞도 보이지 않는 스산한 밤에 날벌레한 마리 얼씬거리지 않는 걸 괴이하게 여기며 사수와 근무를 서고 있을 때, 아무 일도 일어나지 않았다. 사수와 경계를 마치고 무사히 복귀한 나는 그저 암구어를 잊어버리지 않았던 것을, 근무표를 용케 외워 놨던 것을, 함께 근무한 사수가 연애한 이야기해 봐라, 노래해 봐라 하는 사이코패스가 아니었다는 것에 행복해하고 있었다. 사수가 첫 근무하느라 수고했다며 라면이나 먹고 가자고 했을 때까지만 해도 이대로 하루가 끝날 것이라고 믿어 의심치 않았다.

"그래도 아들내미, 첫 근무 아무 일 없이 마쳤네?"

사수는 딱 나보다 1년 먼저 들어온, 군칭 '아버지'뻘 고참이라 나를 계속 '아들'이라고 불렀다. 피 한 방울 안 섞였으면서. 하지만 지금은 그것보다 '아버님'이 컵라면을 잘못 끓이고 있는 것에 더 신경이 쓰였다.

"여기가 음기가 아주 강한 땅이래. 죽은 동물 같은 거 묻었다가 며칠 뒤에 꺼내 보잖아? 그럼 썩지도 않는다고. 그래서 그런지 근무 설 때 귀신 보는 애들이 가끔 있거든."

'아버지' 선임은 가루 스프의 봉지를 찍 찢더니 사리 위에 대충 뿌렸다. 설마 저대로 끓는 물을 부으려는 건 아니겠지. 설마.

"뭐, 하긴 귀신이 대수겠냐. 아들. 너도 겪어 보면 알겠지만 이 부대에서 진짜 무서운 건 귀신이 아니야. 뭔지 아냐? 아들?"

"잘 모르겠습니다."

대충 대답했다. 선임이 하도 엿같이 컵라면을 끓이길래 그의 말은 전혀 귀에 들어오지 않았다. 저러면 스프가 표면에만 스며들어 국물의 맛이 제대로 배어 나오질 않는다. 컵라면 위에 스프를 뿌려 준 후에는, 너무 간단한 동작이라 의외로 생략하는 경우가 너무도 많지만, 물을 붓기 전에 반드시 컵라면 통을 붙잡고 몇 번 흔들어 줘야 한다. 그래야 스프 가루가 컵라면 구석구석에 스며들어 면발에 풍미가 골고루 배어들게 되는 것이다.

"이 부대의 주적은 말이야, 너 지금 속으로 북한군 생각했지? 아들?"

지금 네 손의 그 컵라면을 확 뺏어서 직접 컵라면을 어떻게 끓이는지 좀 보여 주고 싶다고 생각하는 중이다.

"아닙니다."

"우리의 주적은 북한군이 아니야. 우리 사단장이지. 이 자식이 아 아주 골 때리는 또라이인데 말이야……."

스프 뿌리는 모습에서부터 짐작했는데 이 선임은 역시나 끓이는 것도 제대로 하질 못했다. 컵라면 뚜껑을 제대로 덮질 않아 열기가 빠져나왔다. 어이, 지금 새어 나오는 하얀 수증기가 안 보여? 빨리 뚜껑 제대로 덮어! 어, 어, 벌써 먹으려고? 아직 3분도 안 됐다고! 이건 110그램짜리 신라면이잖아. 3분 48초를 익혀야 제 맛이 나온 단 말이야.

"……그러니까 사단장이 물어볼 때는 이렇게 해야 해. 알겠어? 어? 붇겠다. 어서 묵어라. 아들."

붇긴 뭘 불어. 제대로 익지도 않았어.

"감사히 먹겠습니다!"

마음에도 없는 인사를 한다. 그래, 어쩌랴. 여기는 군대인데, 사람 사는 곳이 아닌데. 체념하고 한 젓가락 입으로 가져가려는 순간 나 는 두 번째로 그 귀신을 보았다. 새벽 2시에, 형광등이 형형하게 빛 나는 당직 사관실에서, 나 말고도 선임과 꾸벅꾸벅 조는 당직 사관 두 명이나 더 있는 상황에서 귀신이 나타났다. 그것은 천장에 붙어 있었다. 여전히 군복을 입은 채로 창백한 눈자위를 한 채 라면을 먹 는 나를 노려보고 있었다.

"왜, 맛이 없나? 아들? 잘 못 먹네?"

이때만큼은 라면 존나게 못 끓이는 선임이 고마웠다. 그의 말에 간신히 비명을 삼켰으니까.

"아, 아닙니다!"

이유는 모르겠지만 어째서인지 그는 저 귀신을 보지 못할 것이라는 생각이 강하게 들었다. 아니나 다를까, 그는 내가 바라보는 곳, 그러니까 귀신이 붙어 있는 천장을 정면으로 한 번 쓱 훑어보더니 시큰둥하고 마뜩찮은 눈길로 고개를 돌려 버렸다.

"그럼 나는 이만 가서 잔다. 정리까지 깨끗하게 하고 와라. 제대로 안 치우면 저기 처자는 당직 사관 또 지랄한다."

"네, 네! 알겠습니다."

'제발 가지 마세요.'라는 말은 하지 못한다. 여기는 군대니까. 대한민국 남자들만의 공간이니까. 하지만 정말, 정말로 그 순간만큼은 선임의 바짓가랑이를 붙잡고 늘어지며 같이 좀 있어 달라고 싹싹 빌고 싶었다. 단둘이 되자 '그것'은 서서히 형광빛이 작열하는 천장으로부터 내려왔다. 무서워서 오줌을 쌀 것 같았다. 맞을 걸 각오하고 당직 사관을 깨울까. 맹세컨대 고3 때 오버워치를 할까 말까 고민하던 때 이후, 아니, 입대 여행 때 지혜랑 잘까 말까 고민하던 때 이후 그렇게 간절했던 적은 또 없었지 싶다. 그러나 내 인생이 늘 그렇듯 우물쭈물하다 골든타임을 놓쳐 버리게 되었고 그 귀신은 어느새 내 바로 앞에 내려와 섰다. 입고 있는 옷이 군복이라는 것은 확실했다. 그러나 안개인가 아니면 검댕인가 싶은 것이 잔뜩 묻어 있어 겨우 윤곽만 알아볼 수 있을 정도다. 하얗고 창백한 말상의 얼굴은 공포 영화에서 보던 귀신의 얼굴 그 자체였다.

'호러 장르를 만드는 사람들이 정말 고증을 잘했구나. 귀신의 얼굴이 핏기 하나 없이 하얗다는 건 어떻게 알았을까.'

공포를 이겨 내려고 당시 필사적으로 되뇌던 생각이었다. 귀신은 그런 나를 앞에 두고 뭘 할 작정인지 입만 딱 벌리고 있었다. 처음에는 날 잡아먹으려 그러나 싶었는데 내 앞에 선 채 아무것도 하지 않고 한참을 서 있었다. 그렇게 바보같이 입을 벌리고 계속 서 있으니 귀신이라기보다 좀비 같기도 하고. 벌린 입안이 검은색이 아니라 하얀색으로 비춰지는 게 신기하기도 했다. 시간이 흐르는 동안 공포심이 조금씩 희석되며 귀신의 얼굴에도 서서히 익숙해져 갔다. 그러자 귀신의 눈길이 나한테 꽂혀 있지 않다는 사실도 눈치챌 수 있었다. 초점 없는 눈동자가 고정되어 있는 것은 내가 아니라 내 손에 들린 라면이었다. 바보처럼 멍하니 벌린 입, 도무지 떼질 못하는 눈초리. 밤에 야식을 먹을 때면 식탐 강한 남동생이 어느새 잠에서 깨어 나와 식탁 모서리에서 날 바라보며 저런 표정을 짓곤 했다. 하지만 내 남동생은 인간 중학생이고, 저건 군복을 입은 귀신인데 설마.

"머…… 먹을래?"

하지만 불가항력적으로, 무의식적으로 그렇게 묻고 말았다. 그리고 놀라고 말았다. 귀신의 헬멧이 상하로 열렬히 덜그럭거리기 시작했던 것이다.

"먹…… 먹어도 돼."

허락해 줬다. 달리 무슨 수가 있었겠는가?

"좀 불었을 텐데."

그러거나 말거나 귀신의 손은 내 손을 스르륵 통과해 컵라면만 움켜쥔 후 자기 입으로 가져갔다. 후루룩후루룩후루룩. 세상에, 다 불어 터진 라면을 그렇게 절실하게 먹는 사람, 아니, 귀신은 처음 봤다.

"으아아아함! 어, 너 아직 있었냐? 뭐야. 라면 끓여 먹었어? 아, 씨. 냄새."

몇 초 후 뒤에서 덜 깬 당직 사관의 목소리가 들렸을 때 귀신은 어느새 사라지고 빨건 잔태가 남은 컵라면 봉지만 덩그러니 남아 있었다. 그게 나와 귀신의 첫 만남이었다. 보통 고양이나 병아리는 태어나 처음 본 사람을 따른다고 한다. 귀신은 처음 제삿밥을 바친 사람을 따르는 듯하다. 호러 영화에서 절대로 못 써먹을 이 법칙을 첫 만남 이후 몇 주간 절절히 느끼게 되었다. 나를 '라면을 바치는 인간'으로 찍은 듯 그 귀신은 내가 라면만 먹는다 싶으면 어느새 나타나 애달픈 눈길로 나를 뚫어져라 쳐다보았다. 근무 끝나고 선임이랑 먹을 때, 동기들이랑 PX에서 먹을 때도, 몰래 혼자 먹을 때도, 훈련 끝난 후 단체로 배식받을 때도 난 그 귀신을 만날 수 있었다. 그렇게 시도 때도 없이 공양하다 보니 알게 된 사실인데, 그것은 내가 '먹어도 돼.'라고 허락하지 않는 이상 내 라면에 손을 대지 못하는 듯했다. 뱀파이어 소설에서 흔히 등장하는 설정 중에 흡혈귀는 집주인이 허락하지 않는 이상 인간의 집 안으로 들어가지 못한다는 게 있었더랬다. 이 녀석도 그런 건가, 요즘 유행하는 융합인가 하이브리드 비슷한 무언가. 그러는 동안 두려움은 서서히 사라지고 나는 어느새 녀석에게 신라면, 삼양라면 말고 다른 것도 먹여 주고 싶다는 생각을 하게 될 정도로 간이 커졌다. 그래서 어느 날은 PX에서 진짜 우연히, 거의 로또 맞는 것과 비슷한 확률로 발견했던 그것을 귀신에게 바치기로 했다. 그러나 귀신은 펄펄 끓는 국물을 바라보고만 있었다. 평소처럼 붉은색이 아닌 하얀색으로 끓어 넘치는 국물에서 고소한 냄새가 퍼져 나왔다.

"왜 그래? 어서 먹어. 네가 평소 먹던 것보다 배는 비싼 거라고."

한밤중의 생활관, 짙은 어둠이 드리워진 복도에서 귀신의 창백한 얼굴이 서늘한 빛을 발했다. 살짝 경계하는 기색이었다.

"야, 설마 제삿밥 가지고 장난을 치겠냐."

그래도 영 손을 대려는 기색이 없기에 먼저 젓가락으로 면발 한 움큼을 입으로 밀어 넣었다. 담백하고 짭조름한 특유의 맛, 유명한 연예인이 직접 개발한 레시피의 라면이 입에서 확실하게 자기표현을 했다.

"후와아."

그제야 귀신은 멈칫멈칫 반합으로 손을 뻗는다. 그 망설이는 태도에 조금 마음이 상했다.

'뭘 그렇게 망설여. 이미 죽은 주제에 염려할 게 뭐가 있다고.'

정작 걱정하고 망설여야 하는 건 살아 있는 나인데 말이다. 불침번 서야 하는데 몰래 라면을 끓인 게 발각되면 운 나쁠 경우 영창으로 직행할 수도 있다.

"빨리 먹어. 난 네가 먹은 다음 뒷정리까지 다 해야 한다고."

재촉에도 아랑곳 않고 귀신은 아주 조심조심, 시어머니 앞에서 첫술 뜨는 새색시처럼 조심스럽게 하얀 면발을 입안에 밀어 넣었다. 호로록. 꿀꺽. 잠시 침묵이 흘렀다. 먹기 전에도 그랬지만 먹은 후에도 걸신들린 것 같던 지금까지와는 반응이 다르다. 설마 하얀 국물의 라면은 입에 안 맞는 건가? 잠시 후, 귀신의 몸이 들썩거리기 시작했다. 한쪽 어깨가 들썩, 다른 쪽 어깨가 들썩, 곧 허리와 엉덩이가 요리조리 돌아가기 시작했다. 귀신이 춤을 추고 있었다! 만면에 미소를 지은 채 들썩들썩 어깨춤을 추나 싶더니만 곧 라면이 담긴 반합통으로 돌진해 미친 듯이 먹어 치우기 시작했다.

"맛있냐? 맛있나 보네."

귀신이 아주 잠깐 멈추더니 입으로 뭔가 말했다. 이 귀신은 가끔, 아니, 생각해 보면 상당히 자주 뭐라고 말하는 듯한데 전혀 들리질 않았다. 산 자와 죽은 자의 거리라는 걸까. 그래도 이번만큼은 딱 두 음절의 단어라 입 모양만으로 알아맞힐 수 있었다. 입을 옆으로 쫙. '라', 그리고 다시 동그랗게 모으고 '면'. '라아면!' 녀석은 그렇게 외치고 있었다. 어깨춤을 추면서, 라면을 정신없이 퍼먹으면서 말이다. 나도 모르게 웃음이 나왔다.

"그래. 많이 먹어라."

그나저나 꼬꼬면이 뭔지 모르다니 이 귀신은 아무래도 상당히 오래전에 죽은 것 같았다. 어쩌다 죽은 걸까? 사고사? 병사? 혹시 의문사? 이 녀석의 어머니나 할머니가, 어디선가 어느 부대 앞에서 피켓을 들고 아들을 돌려 달라고 외치고 있는 것은 아닐까? 몸에 저

흐릿한 검은 안개인지 얼룩 같은 것만 없었어도 정체를 어느 정도 짐작해 볼 수 있었을 텐데. 그렇게 생각하는데 귀신 녀석이 어깨춤을 너무 추다가 그만 휘청거렸다. 귀신도 몸 개그를 하는구나. 그 모습이 하도 어처구니없어서 상대가 이미 죽은 몸이라는 것도 잊고 잡아 주려고 했다.

"야, 야. 조심……."

그리고 순간 말을 잃었다. 귀신의 헬멧은 땅에 떨어지지 않았다. 공중에 둥둥 떠 있었다든가 그런 말이 아니다. 끈이 걸린 헬멧은 귀신의 목 근처에서 덜렁거리고 있었다. 문제는 헬멧이 벗겨지는 바람에 훤히 드러난 귀신의 머리였다. 그 뒷부분은 마치 여름날 화채로 먹기 위해 한가운데를 깨 놓은 수박을 연상시켰다. 산산이 조각나 날카로운 모서리를 이룬 채 쪼개져 있는 녀석의 뒤통수. 그 안을 가득 채우고 있는 건 시뻘건 뇌수와 근육이었다. 너무 끔찍한 광경이라 본 순간 그대로 얼어붙었다.

"너……."

그러나 귀신은 그러거나 말거나 하얀 국물을 그대로 원샷해 버렸다. 그러더니 웃으면서, 나에게 손짓했다.

'일어서.'

여전히 말은 못 했지만, 그 손짓은 그것 외에 다른 뜻이 없어 보였다. 뻥 뚫린 뒤통수를 본 충격 때문일까. 나는 저항 한번 못 하고 일어서서, 멍하니 둥둥 떠가는 녀석을 쫓아갔다. 그렇게 얼마를 걸었을까. 그대로 계속 걸어갔으면 어떻게 되었을까.

"너 인마, 뭐야!"

누군가의 호통을 듣고 정신이 번쩍 들었다. 내가 서 있는 곳은 여전히 어두운 생활관 복도. 그러나 내가 불침번을 서고 있던 곳으로부터는 한참 벗어난 간부들의 생활 구역이었다. 그리고 눈앞에는 성난 표정의 주임원사가 서 있었다.

"너 뭐냐고, 인마! 불침번이 어딜 멋대로 이탈해서 여기저기 쏘다녀?"

귀신은 그사이 어디론가 사라지고 없었다. 주임원사의 노여운 목소리는 저 먼 곳에서 들려오는 천둥소리처럼 들렸다.

'그게 아니라 저⋯⋯.'

말을 하고 싶었는데 목소리가 나오질 않았다. 어째서인지 목소리 대신, 눈물이 주르륵 흘렀다. 맹세컨대 내 의지와 감정에서 나온 게 아니었다! 실제로 울 이유가 전혀 없었으니까.

"뭐야, 이 새끼, 이거 왜 질질 짜?"

그런데 어째서일까. 주임원사의 목소리가 조금 누그러진 듯한 느낌이 들었다.

"너 신병이냐?"

그는 내 계급장을 보더니 일부러 엄격한 척하는 게 분명한 태도를 취했다.

"이 자식, 이거 안 되겠네! 따라와!"

그렇게 나는 주임원사실로 끌려가 부드러운 소파에 앉아 따뜻한 커피와,

"먹어, 먹고 말해 봐. 군 생활 많이 힘드냐?"

과자, 소시지를 대접받았다. 힘든 점은 없다고 했더니 그는 완연히 풀린 얼굴로,

"그런데 왜 질질 짜, 이 녀석아. 주임 원사가 딱 한 가지만 부탁하는데, 진짜 엉뚱한 생각하면 안 된다? 어? 총 쏘고 뛰쳐나가고 이런거 하면 안 된다고! 알았어?"

진짜로 엉뚱한 부탁을 했다. 그런 건 생각해 본 적도 없는데.

"집에 전화드렸냐? 지금 전화할래? 하는 김에 여자친구한테도 하고."

그렇게 한밤중에 갑자기 그리운 부모님과 여자친구의 목소리를 들으며,

"전화 끝나면 거기서 좀 쉬다 가라."

말도 안 되게 근무 취침까지 받으면서 나는 혹시 이게 꼬꼬면의 답례인가 하는 생각을 했다.

'나쁘지 않은걸.'

100일 휴가에서 복귀할 때는 아예 편의점 라면을 쓸어와서 먹여 줘야지. 혹시 아나. 조기 전역이라도 가능할지.

"진짜로 그렇게 생각했거든. 거짓말하는 게 아니야."

하지만 100일 휴가에서 복귀한 후 나는 푸르뎅뎅한 피부를 나한테 비벼 대는 귀신을 필사적으로 납득시키려 하고 있었다.

"정말 편의점에서 라면만 한 10만 원 어치는 샀어."

복귀하는 날 부모님과 여자친구가 부대에서 뭐 협박 같은 거 당

했냐고 어이없어할 지경이었다. 그런데 그 어이없음은 위병 초소 조장도 마찬가지였는지, 라면들을 보고 입을 딱 벌리더니만,

"이거 완전 어이없는 놈일세."

밖에다가 정신머리도 두고 왔다ᄂ니 뭐냐니 하면서 모조리 압수해 버렸다.

"전역하는 날 돌려줄게. 라면이니까 유통기한 염려도 없어서 좋지?"

이런 말을 지껄이면서.

"그러니까, 라면은 없어. 미안. 정말 미안."

이 말만 한 서른 번 했을까. 그제야 귀신은 내 수중에 '라면이 없다'는 사실을 깨달은 모양이었다. 그러자 강아지처럼 낑낑거리며 몸을 부비던 걸 딱 멈추더니 강시처럼 부스스 일어나서 뱀처럼 동공을 세로로 곧추세웠다. 진짜 영화에서 나오는 귀신처럼 창백한 피부 위에 푸르스름하고 요사한 빛이 떠올랐다.

'아, 화가 단단히 난 모양이네.'

그럴 만했다. 휴가 나가기 전에, 네가 구경도 못 해 본 라면을 잔뜩 구해 올 테니까 기대하고 있으라고 잔뜩 부추겨 놓은 터였다. 그러나 난 정말 최선을 다했다.

"어쩌라고. 위병 초소에서 다 뺏길 줄 알았겠냐고."

기분 탓인지 귀신의 몸 주위가 암흑으로 물드는 느낌이 들었다.

"너 귀신이잖아. 다시 뺏어와. 뺏어올 수 있잖아."

방금 전까지의 요기 등등한 분위기가 허무하리만큼, 녀석은 대꾸도 않고 사라져 버렸다. 처음에는 무슨 보복이 있을까 우려했지만

그날 일과가 끝날 때까지 아무 일도 없자 '귀신은 살아 있는 인간한테 해를 못 끼친다더니 사실인가 봐.' 하고 몰래 비웃기까지 했다. 그러나 점호가 시작될 무렵,

"큰일 났다. 다들 연병장으로 집합!"

소대장이 다급하게 부대원들을 불러 모았다. 우리 소대만이 아니었다. 전 대대가 잔뜩 굳은 얼굴의 대대장 아래 집합했다.

"누가 이랬나?"

노기에 가득 찬 목소리와 달리 대대장의 얼굴에는 미묘한 공포가 서려 있었다. 무슨 일인가 보니, 세상에, 본부대대 부근의 빨랫줄에 길고양이들의 시체가 주렁주렁 걸려 있었다. 곧 건조기를 설치한다고 전부 걷어 버리고 딱 한 줄 남겨 놨던 빨랫줄인데, 거기에 마치 집단으로 처형당한 것처럼 수십 마리 고양이들의 사체가 꼬리부터 거꾸로 걸린 채 대롱대롱 흔들리고 있다. 고양이들의 면면이 낯이 익은 것이 부대 내에서 짬밥을 먹으며 사는 짬 고양이임이 틀림없었다. 그래서일까, 단순히 고양이들이 죽어 있어 끔찍하다는 느낌을 받은 게 아니었다. 같이 생활하던 부대원들이 어느 날 갑자기 살해당한 듯한 막막함과 공포감이 엄습했다. 금방이라도 TV 카메라가 몰려올 것 같은 상상, 어제까지의 평안했던 일상이 박살날 것 같은 위기의식. 누가 이랬을까.

"지금 나서면 대대장이 책임지고 용서해 준다."

당연하지만 아무도 나서지 않았다. 그러나 머릿속엔 노기등등하게 푸르스름하던 귀신의 얼굴이 떠올랐다. 결국 용의자는 내 머릿

속에만 남아 있는 채로 범인은 잡히지 않았고, 이 기괴한 사건은 밖으로 새어 나간 모양이었다. TV 카메라가 들이닥치지는 않았지만 사복을 입고 기자 수첩을 든 배 나온 아저씨 몇 명이 부대로 몰려와 언성을 높였고, 며칠 후 사단장이 우리 대대를 찾아왔다.

"아, 좆됐다."

사단장의 방문을 준비하며 부대 전체를 싹 한번 뒤집을 때까지만 하더라도, 나는 선임의 그 중얼거림이 그냥 별이 온다니 귀찮게 됐다는 정도의 투덜거림인 줄 알았다. 그러나 아니었다.

"야, 존만이. 이리 와 봐. 사단장이 사열할 때까지 이거 달달 외워. 그리고 사단장이 뭐라고 물어보면 이대로 답해. 알았냐?"

나는 사단장 방문 며칠 전 선임들한테 끌려가 A4 용지 네 장 분량의 Q&A 용지를 받아 들고 달달 외워야 했다. 왜 그러는지도 모르고 시키는 대로 달달 외웠다. 사단장이 물어보면 여기에 적혀 있는 대로 대답하라고 했다. 일병이 시키는 일이나 죽어라 해야지 어쩌겠는가. 그렇게 무식하게 외워 터지기 일보 직전의 머리로 사단장을 맞이했다. 선임 몇 명이 내가 외운 것과 비슷해 보이는 모범 답안을 필사적으로 중얼거리는 와중, 사단장이 천천히 우리 내무반에 모습을 드러냈다. 보름달 빵을 닮은 얼굴에 인자한 미소를 짓고, 머리에는 흑채를 잔뜩 뿌린 아저씨였다. 선임들 말로는 사단장 별명이 '나폴레옹'이라고 했지. 하지만 나폴레옹하고 별로 닮은 데가 없는데.

"자, 제가 가장 좋아하는 시간입니다. 장병들과 진솔한 대화를 나누는 시간이 부족해서 항상 안타깝습니다. 최근에 소문을 들은 그

일도 조금 더 그 뭐냐, 위와 아래의 진실한 소통이 있었으면 없었을 일이라고 생각합니다."

아무래도 사단장은 고양이들의 집단 죽음을 군 생활에 불만을 품은 장병의 소행이라고 생각하는 듯했다. 그는 만면에 미소를 머금고 우리를 둘러보았다. 선임 몇몇이 필사적으로 소리없이 뭔가를 중얼거렸다.

"자, 여기서 제일 아래가 누굽니까?"

여기서 가장 꼬라지라면, 나였다. 막 작대기 하나를 단 졸만이.

"아이고. 일병이 가장 아래입니까. 어떻습니까? 신병이 보충 안 돼서 많이 힘듭니까?"

"아닙니다!"

휴, 다행히 첫 번째는 95번에 적혀 있던 문제였다. 모범 답안은 '아닙니다'.

"허허, 그러지 말고 한번 말해 보십시오. 사단장이 뭔가 해 줬으면 하는 게 있지 않습니까?"

이건, 이것도 봤는데, 몇 번 문제더라?

"그거 압니까? 여러분이 평소 소원 수리를 해도 기껏해야 대대장 선에서 막힙니다. 하지만 지금은 이 사단장이 책임지고 여러분의 소원을 직접 처리해 줄 겁니다. 자 그러니까 편히 말해 보십시오. 배식이 좀 더 좋아졌으면 좋겠다, 인터넷을 마음껏 하고 싶다, 공부를 할 시간이 많았으면 좋겠다."

아, 생각났다. 예상 문제 23번. 즉시 큰 목소리로 외쳤다.

"사단장님이 건강하셨으면 좋겠습니다!"

졸아든 간담이 펴짐과 동시에 만면에 미소가 번졌다. 무사히 넘겼다. 그러나 착각이었다.

"허허. 그렇습니까. 고맙습니다. 그러면 이제부터 주에 몇 번씩이라도, 사단장과 같이 운동이라도 할까요?"

그러더니 사단장은 진짜로, 주에 몇 번씩 우리 대대를 찾아왔다. 땀복을 입은 채로 말이다. 그러면 우리 대대 전체가 심지어 대대장까지 나와서 사단장과 함께 구보를 뛰어야 했다. 그 후 사단장이 질릴 때까지 한 달 반 동안 그 짓거리가 계속되었고 나는 대대의 모든 부대원들과 간부들에게 욕을 작살나게 먹어야 했다. 그래. 사단장은 '나폴레옹'이었다. 내 사전에 불가능은 없다. 신병이 없다 하면 관심 병사 열을 추가시켜 주고, 운동이 하고 싶다 하면 부대원들을 시켜 한여름 날 수영장을 만들게 하고, 공부를 하고 싶다 하면 도서관을 짓게 만드는 인간. 그 사단장의 악명은 지역 사회 장병들에게 자자하게 퍼져 있었고, 내가 외운 그 Q&A도 먼저 왔던 장병들의 피와 땀과 갈린 이가 만들어 낸 일종의 족보였다. 그나마 나는 그 답안에 적힌 대로 대답한 죄밖에 없기 때문에 일시적으로 욕은 먹었을지언정 괴롭힘을 당하거나 고문관으로 찍히지는 않았다. 그래도 사단장과 함께 러닝셔츠 차림으로 뛰면서 차가운 눈총을 받는 그 시간은 정말 괴로운 것이었고, 나는 그걸로 귀신의 복수가 끝났으면 했다. 그러나 아니었다. 우리 대대에 대한 사단장의 관심이 끊길 무렵 소대에 모처럼 신병이 들어왔다. 서울의 명문 대학교 출신이라는 녀석은 제법 좋은 덩치에 초점 없이 이리저리 방황하는 눈동자를 지니고 있었다.

"어이. 존만이. 네 부사수 챙겨라."

막 들어온 녀석의 군장을 풀어 주고 씻기고 먹이는 건 당연히 내 소관이었는데 나에게는 첫 후임이었으므로 그때까지만 하더라도 기대하는 마음에 힘든 줄도 몰랐다. 그래. 정말로 그랬다. "가서 씻자." 는 말에 녀석이 하필이면 소대의 유일한 말년 병장에게 다가가서,

"보디워시하고 샴푸 좀 빌려주세요."

라고 할 때까지는 말이다.

"뭐? 너 지금 뭐라고 그랬냐?"

당연히 직후 소대는 뒤집어졌고 나는 녀석을 대신해 싹싹 빌면서 엎드려 뻗쳤다 일어났다를 몇십 번은 해야 했다. 도대체 왜 녀석은 내가 아니라 하필이면 말년 병장한테 그런 걸 물어본 걸까. 나중에, 아직 100일 휴가 가기 전이라 조용히 타이르는 어조로 녀석에게 물어보니 대답이 걸작이었다.

"아직 일병밖에 안 되셨으니까 그런 건 안 가지고 계실 줄 알았어요."

다, 나, 까 쓰는 거 훈련소에서 안 배웠냐고 고함을 지르려다 간신히 참고 "그럼 왜 하필이면 소대 최고참 병장한테 그런 걸 물었냐, 상병이나 다른 선임들은 됐다 뭐에 쓰려고." 라고 물으니 녀석은 이렇게 대답했다.

"제 피부가 좀 민감해서요. 소대 최고참이니까 샴푸도 보디워시

도 제일 좋은 걸 가지고 있을 줄 알고."

이를 어이하오리까. 이것도 전부 귀신의 복수일까. 라면 못 먹은 것 가지고 정말 이렇게까지 할 거냐며 속으로 절규하는데 그 문제의 신병이 나한테 조그만 뭐가를 내밀었다.

"이거 훈련소에서 얻은 건데…… 아까 대신 혼나 줘서 고마워요."

그날 밤, 불침번을 서는데 등 뒤가 서늘하길래 나는 귀신이 찾아온 걸 알았다.

"정말 고맙다. 고양이도, 사단장도, 개념 없는 신병도. 어우. 씹할. 너무 고마워서 라면은 못 주겠고, 이거라도 먹어라."

나는 신병이 건네준 걸 북 찢은 후 그 안의 내용물 하나를 뒤로 획 던졌다. 역시나 바닥에 떨어지는 소리는 들리지 않았다. 뒤를 돌아보니 역시나 귀신이 거기 있었다. 오늘도 여전히 완전 군장 차림으로, 손 안에 내가 던진 걸 받아든 채 고개를 갸우뚱거렸다.

"뭐해? 어서 먹어. 그것도 엄연한 라면이야."

신병이 나에게 건네준 것은 다름이 아니라 쫄병스낵이었다. 동글동글하게 뭉쳐진 라면 과자. 귀신은 한참 동안 그 조그만 과자를 이리저리 굴리더니만 엄지와 중지로 원형을 만들어 보였다. 왜 검지를 안 쓰나 했는데, 자세히 살펴보니 검지 부위는 반 토막 가까이 날아가 버리고 없었다.

"뭐야?"

귀신은 손가락을 움직여 만든 동그라미의 크기를 자꾸만 줄인다.

"왜 이렇게 작냐고?"

간신히 이해했다.

"그건 원래 그런 거야."

귀신의 군용 헬멧이 좌우로 갸우뚱거렸다. 그러더니 곧 손을 모아 뭔가 불을 지피는 듯한 시늉을 했다.

"끓인 물은 어디 있냐고?"

처음에는 귀신을 골탕 먹이는 게 통쾌했는데 이쯤 되니 슬슬 의아해졌다. 이 귀신, 설마 쫄병스낵을 한 번도 먹어 본 적이 없는 건가? 내가 어렸을 때부터 있던 과자인데, 설마. 동네 슈퍼만 가도 볼수 있는 저 짭조름한 생라면을 모르는 거야?

"그냥 입에 넣어. 그냥 입에 넣고 씹으라고."

귀신은 한참 동안 나를 뚫어져라 바라보았다. 라면에 미쳐 있어도 역시나 저세상 사람이라 그런지 은근히 무서웠다. 귀신을 놀려주려던 건 맞지만 먹는 것 자체에 장난을 친 건 아니었다. 오히려 저 흔한 과자를 받아 들고 저렇게나 뭐가 뭔지 모르겠다는 반응을 보일 줄은 전혀 예상하지 못했다. 잠시 동안의 정적이 흐른 후 귀신은 겨우 들고 있던 생라면 과자를 입안에 던져 넣었다. 우적우적우적. 한참을 우물거리더니 귀신의 눈이 크게 떠졌다. 그리고 곧 미끌미끌하고 차가운 뭔가가 관통하는 감촉과 함께 내 손에서 쫄병스낵이 사라졌다. 귀신은 그걸 한 입에 모조리 입안에 털어 넣었는데 끔찍하게도 그중 몇 개가 목구멍으로 넘어가는 대신 박살 난 후두부를 통해 뒤로 굴러 나와 바닥에 떨어졌다.

'으악. 저걸 어떻게 해.'

보기만 해도 찝찝한 기분이 들었는데 어느새 귀신이 바닥에 엎드려 그 떨어진 것들을 또 주워 먹고 있었다. 너무 급하게 주워 먹다 보니 또 몇 개가 쪼개진 뒤통수로 흘러나오고, 그러면 그걸 또 주우려고 허둥지둥 체통 없이 바닥을 미끄러지면서 기어가고. 그 모습을 보니 나도 모르게 고양이와 사단장, 신병 때문에 귀신에게 품었던 응어리가 조금은 풀리는 기분이었다.

"에휴. 그래. 죽은 너한테 화를 내서 뭐하겠냐. 다음에는 진짜 라면을 가져다줄게."

귀신은 마지막 부스러기 한 톨까지 꿀꺽 삼키더니만 끄윽, 트림하는 시늉을 했다. 쫄병스낵 먹고 트림이라.

"그러니까 나 잘 좀 봐줘. 다음 주부터 혹한기 훈련이거든."

귀신은 엄지손가락을 척 들어 올렸다. 그건 저승 세계에서 엿 한번 먹어 보라는 뜻이었던 걸까. 혹한기 훈련이 시작되는 날, 기온은 영하 20도로 내려갔다.

"제 피부가 아토피라 추운 데 오래 있으면 수술받아야 할지도 모릅니다."

그때만큼은 고문관 신병의 징징거림을 받아 줄 여유도 없었다. 당장 땅이 얼어서 숙영 준비를 하는 것도 큰일이었다.

"아, 씨. 이거 삽도 안 들어가지 말입니다."

분대장의 말대로 땅이 온통 꽁꽁 얼어 당최 파이지를 않았다. 이래서야 어떻게 숙영지를 만들지 난감했다.

"어우. 짬밥 처먹고 혹한기 두 번 하는 것도 억울한데 내가 이런 것까지 해야 되겠냐? 이거 앞으로 한 번 더 해야 하는 것들끼리 알아서 해."

설상가상으로 어지간하게 짬이 찼다 싶은 고참들은 전부 빠져나가거나 요령껏 게으름을 피우기 시작해서 일병, 이병들끼리 다 알아서 해야 했다. 몇 시간을 걸려도 땅은 요지부동으로 굳건했고 눈송이 섞인 칼바람이 불어 흐르는 땀마저 얼려 버렸다. 볼이 한창 따가운데 분대장의 고함이 들렸다.

"진짜 제대로들 안 하지? 야, 저기 저 찐따 자식 퍼져 있잖아! 저 거 사수가 누구야!"

분대장이 가리키는 건 아니나 다를까 고문관 신병이었다. 녀석은 다들 일하는데 혼자만 몸을 동그랗게 만 채 아무것도 안 하면서 홀쩍거리고 있었다. 그리고 녀석의 사수는 나. 삽으로 대가리를 한 대 확 치고 싶은 걸 꾹 참고 간신히 타일렀다.

"그렇게 가만히 있으면 더 춥다. 일어나서 몸을 움직여."

"하…… 하지만 너무 춥지 말입니다."

뭐라고 한마디 덧붙이려는 순간 바로 위 상병이 무릎으로 신병을 확 밀었다.

"이 새끼한테 그렇게 착하게 굴면 안 된다고 했지?"

착하게 굴 생각 없었는데. 속으로 멍하니 중얼거리며 바람에 이리저리 날려가는 텐트를 주우러 터덜터덜 걸어갔다. 휘몰아친 바람에 한 번 눈을 깜박였다 뜨니 군복을 입은 누군가가 눈앞에 홀연히 나타났다. 귀신이었다. 주위 배경하고 분리된 듯 초연한 분위기가 감도는 걸 보니 틀림없었다. 귀신은 가만히 손을 들어 올리더니 손가락으로 동그라미를 만들었다. 뭘 의미하는지는 명백했다.

"쫄병스낵?"

화가 치밀었다. 잘 좀 봐 달라고 했더니, 이게 그 대답이냐? 그렇게 맛있게 먹어 놓고 겨우 라면 과자나 줬다고 지금 시위하냐.

"없어!"

그러자 귀신은 이번에는 그릇에서 뭔가를 떠먹는 시늉을 해 보였다.

"라면도 없어! 여기 숙영지 못 만들면 라면은커녕 밥도 못 먹게 생겼다고, 지금."

하지만 너한테는 상관없겠지? 넌 저세상 사람이니까. 기껏해야 라면 먹는 게 소원인 불쌍한 영혼이니까. 귀신은 고개를 갸웃거리더니 나에게 스르르 다가왔다. 그리고 내 목에 한 손을 짚었다. 혼이란 건 여전히 차갑고 미끌미끌한 것이었다.

"손 치워. 안 그래도 춥다고."

그러나 귀신은 내 목에서 손을 떼지 않았다. 오히려 눈을 가만히 마주치며 나를 향해 서서히 다가왔다.

"뭐 하는 거야?"

거의 키스를 하려는 기세라서 소스라쳤다. 정확하게 거기까지만 기억난다. 정신이 들었을 때는 어쩐 일인지 그럴듯하게 만들어진 텐트 안에 들어와 있었다. 그리고 선임들이 모두 눈을 동그랗게 뜬 채 나를 바라보고 있었다. 주위를 둘러보았다. 귀신은 어느새 보이지 않았다.

"야, 너 진짜 미친 거 아니냐?"

무슨 일이 벌어졌는지는 모르지만 그 말을 들으니 간담이 오그라들었다. 짬밥 미천한 놈의 자격지심이랄까.

"어…… 어떤 게 말입니까?"

"너 도대체 사회에서 뭐 하다 왔냐?"

"자…… 잘 못 들었지 말입니다."

"아니, 어떻게 혼자서 숙영지를 다 만들어 내냐고."

"진짜, 인간이 아니라 무슨 스타크래프트의 SCV 보는 줄 알았어! 혼자서 왔다 갔다 하더니 땅이 쑥쑥 파지고 텐트가 번쩍 세워지고."

말을 들어 보니 내가 갑자기 삽을 비롯한 도구들을 집더니 마치 신들린 듯 몸을 놀려 분대뿐만 아니라 소대 전체의 숙영지를 다 지어 줬다는 것이다. 소대는 물론 대대 전체가 놀라서 나 작업하는 걸 구경하러 왔다고 했다. 하지만 난 전혀 기억이 없는데!

"어우, 야, 어쨌거나 살았다. 보기와 달리 능력 있어, 너? 일급이야!"

선임들의 칭찬도 배식 받으러 오라는 외침도 아득하게 메아리쳤다.

"가만히, 가만히 있어. 좀 쉬고. 네 배식은 받아다 줄게."

그렇게 난 무려 꺾인 상병이 배달해 주는 반합 가득 담긴 라면을 받아 들게 되었다.

"퍼지기 전에 먹어라. 그리고 한잠 자."

"소대장도 근무 취침으로 봐 주겠대. 좋겠다. 자식."

선임들이 텐트 밖으로 나가고 혼자서 라면과 함께 남겨졌다. 코를 대고 모락모락 오르는 김을 빨아들였다. 향을 맡으니 이건 팔도 도시락면이다. 취사병들이 직육면체 모양의 도시락면 용기를 뜯고 뜨거운 물속에 몇십 덩어리의 라면 사리와 스프를 넣어 보글보글 끓이는 장면이 상상되었다.

"이런 게, 귀신이 들린다는 걸까?"

곧 알게 되겠지. 내 앞에 라면이 있으니, 그건 곧 나타날 것이다. 역시나 나타났다. 그건 바로 옆에 무릎을 꿇고 앉아 붉고 노르스름한 반합 안의 면발과 국물을 바라보고 있었다. 헬멧 밑에서 귀가 움찔움찔 움직이고 입 밖으로 나온 혀가 파르르 떨리고 있었다.

"자식. 이렇게 잘해 줄 수 있으면서. 자. 먹어라."

귀신이 득달같이 달려들었다.

"너 이게 무슨 라면인지는 알아?"

귀신은 면발을 문 채 고개를 흔든다.

"자식아. 알고는 먹어야지. 이게 팔도 도시락면이라는 거야. 보통 라면은 원형 용기인데 이것만 사각 용기다?"

그런 것 알 바냐, 라는 기세로 귀신은 무섭게 반합을 비웠다.

"라면 랭킹을 매기면 항상 5위 안에 들어가. 이게. 못 먹어 봤으면 영광으로 알고 먹어."

여느 때처럼 국물까지 후루룩 들이켠 귀신은 만족스런 미소를 짓더니 스르륵 모습을 감추었다.

"……그래서, 오빠가 혹한기 훈련 때 일급으로 딱 선임들한테 눈

도장 찍었다는 거 아니냐!"

으스댔는데 맞은편에서는 반응이 없었다.

"지혜야?"

"응……."

"어디 아퍼?"

"아니…… 왜?"

"아니, 그게. 목소리에 기운이 좀 없는 것 같아서."

"피곤해서 그래. 오빠. 오늘은 그만 끊으면 안 돼?"

"어…… 그래. 그럼 휴가 나가서 보자! 나 곧 일병 휴가거든!"

하지만 전화는 이미 끊겨 있었다. 요새 지혜의 반응이 어딘지 심상치 않다.

"이거 설마 일말상초(일병 말부터 상병 초 무렵 사회에 남겨 두고 온 애인이랑 헤어진다는 전군 공통 신드롬)인 걸까?"

무거운 마음으로 옆에 따라붙은 귀신에게 물어보았다.

"살아 있을 때 말이야, 너도 애인 있었냐?"

귀신은 복도에 걸린 거울 근처로 둥둥 떠갔다. 역시나 거울에는 아무것도 비치지 않았다. 저렇게 치렁치렁 군장을 하고 있는데도 볼 수 있는 게 나밖에 없다니, 기분이 묘했다.

"혹시 애인 있었으면…… 너 죽었다는 소식 들었을 때 되게 슬펐겠다."

귀신은 내 쪽을 보려고도 하지 않았다. 말이 너무 심했나 싶었는데 착각이었다. 귀신은 거울에 후우 하고 입김 비슷한 불더니 피어

난 서리 위에 손가락으로 다섯 글자를 적었다.

'팔도 도시락.'

역시나, 이게 생각하는 건 그저 라면뿐이다. 태평한 영혼 같으니라고. 이 녀석은 여자친구가 혹시 다른 맘 먹지 않을까 초조해할 일도 없겠지. 골이 나서일까, 무려 귀신을 골탕 먹일 그럴듯한 계략이 떠올랐다.

"저번에 먹었던 건 아니지만, 다른 건 있지. 지금 먹을래?"

귀신은 화색을 한 채, 그래 봤자 여전히 창백하지만, 덩실덩실 춤을 추었다. 긍정이었다. 이제 곧 그 환희는 고통의 절규로 바뀔 거다.

"따라와."

PX로 가서 나는 '그것'을 계산했다.

"……괜찮겠습니까?"

PX병이 걱정스런 얼굴로 물어봤다. 상관없다. 내 입에 들어갈 게 아니거든. 자신만만하게 핵불닭볶음면 한 봉을 뜯었다. 끓는 물에 사리를 넣고 소스를 투하했다. 시뻘건 소스가 피처럼 번져 갔다. 그 광경을 지켜보며 핵붉닭볶음면 두 번째 봉을 뜯었다. 라면 사리는 버렸다. 나한테 필요한 것은 저 붉디붉은 소스뿐이었다. 하나를 먹으면 똥구멍이 찢어지고 두 개를 먹으면 내장이 파괴된다는 바로 그 소스 말이다. 두 번째 소스도 사리 위에 들이부었다.

'후후후, 붉게, 아주 붉게 물들어라.'

열 번째 소스를 붓자 국물은 걸쭉한 극약으로 변했다. 내가 먹을 게 아닌데도 젓가락을 쥔 손이 덜덜덜 떨렸다. 저게 위장으로 들어

가면 어떤 일이 벌어질까. 위산마저 녹여 버리는 게 아닐까. 차마 산 사람한테는 인정상 먹이지 못할 물건이다. 눈앞의 이게 귀신이니까 이렇게 먹여 줄 수 있는 거지. 쫄병스낵으로 내가 권하는 것에 믿음이 생긴 걸까, 귀신은 머뭇거리지 않고 내가 건넨 젓가락에 걸린 면발을 후욱 불었다. 귀신의 음기 서린 입김마저 그 가공할 것이 뿜어내는 증기를 제압하지 못했다. 하지만 그 살기등등한 사리를 보고서도 귀신은 커다랗게 벌린 입으로 빨간 면발을 한 움큼 집어넣었다. 붉은 라면 줄기 몇 가닥이 성대로 넘어가지 못하고 귀신의 뻥 뚫린 뒤통수로 치렁치렁 흘러나왔다. 잠시 후, 헬멧 밑의 목울대가 움찔거리며 뒷머리에 남아 있던 면발마저 후루룩 빨아들였다. 첫술을 뜬 지 몇 초나 지났을까. 귀신에게 변화가 일어나기 시작했다. 하얀 얼굴이 기하학적으로 일그러지며 귀신의 한 손이 관자놀이를 눌렀다. 다른 한 손은 수통이 달린 허리 근처를 붙잡았다.

'크! 걸렸구나!'

죽은 사람도 저렇게 괴로워할 수 있다는 걸 처음 알았다. 귀신은 땅바닥에 무릎을 꿇은 채 온 몸을 긁다가 주먹으로 땅을 쾅쾅 치고, 입을 벌려 소리 없는 고함을 질렀다.

'그나저나 진짜 맛을 느끼면서 먹는 거였구나. 귀신한테도 미각이 있다니.'

신기해하면서 보고 있는데 녀석은 곧 헬멧을 벗어 던져 버리더니만 헤드뱅잉을 시작했다.

"하하…… 하하……."

귀신의 뒤통수에서 하얀 뇌수가 튀어나와 바다 속에서 해류에 맞춰 흔들리는 말미잘처럼 꿈틀거리는 걸 보자 나도 모르게 메마른 웃음이 터져 나왔다. 놀라운 건 귀신이 그렇게 땅을 긁고 뇌수를 흔들어 가면서도 꾸역꾸역 면발을 자기 입으로 집어넣고 있다는 것이다. 라면에 대한 그 집착이 실로 놀라워서 보고 있자니 녀석이 금방이라도 울음을 터뜨릴 것 같은 눈동자로 나를 확 째려보았다. 순간 아차 싶었다.

'좀 심했나? 그래도 귀신인데.'

너무 매우면 그쯤 먹으라고 하면서 반합을 치우려는 순간, 귀신이 마지막으로 남은 붉은 면발 한 가닥을 끝끝내 입속으로 밀어 넣었다. 이제 남은 건 그 가공할 매운맛의 정수가 응축된 듯한, 빨간색이라기보다 검은색에 가까운 라면 국물뿐이었다. 귀신은 뒤통수 바깥으로 온통 흘러나온 뇌수를 산발처럼 늘어뜨린 채 그걸 가만히 바라보고 있었다. 설마 지금 저걸 먹을까 말까 고민하고 있는 건가? 바보야, 그만둬! 하지만 귀신은 미처 말릴 새도 없이 반합을 들더니 국물을 원샷해 버렸다. 검붉은 국물 몇 방울이 새어 나와 귀신의 창백한 뺨과 군복 위에 뚝뚝 떨어졌다. 그러니 참으로 오랜만에 진짜 귀신처럼 보였다. 지금까지는 라면 먹는 강아지 같았는데.

"핵…… 핵불닭볶음면이 요즘 유행 짱이야. 인터넷 한번 찾아봐. 다들 후기 남기고 난리도 아니라고."

내 말도 안 되는 변명을 끝까지 듣지도 않고 귀신은 모습을 감추었다. 귀신의 보복은 즉각 돌아왔다. 그것도 아주 치명적인 때에. 일병 휴가를 하루 남겨 놓은 날 점호 시간이었다.

"인원이 한 명 빕니다!"

소대에 비상이 걸렸다. 분명히 있어야 할 인원이 감쪽같이 사라졌던 것이다. 우리 대대는 완전히 비상이 걸렸다. 하필 사라진 게 고문관이자 대대 최고의 문제아인 신병이라는 게 문제였다. 그쯤 녀석도 일병을 달았는데 어찌나 개념이 없었는지 아무도 짬밥 취급을 안 해 줄 정도였다. 고참들은 아무도 녀석을 일병으로 안 대했고 새로 들어온 신병들한테도 선임으로 대우해 주지 말라고 틈날 때마다 으르고 다녔다. 그래서일까, 녀석이 사라진 게. 어쨌거나 사라진대 봤자 기껏해야 탄피가 고작이었던 우리 대대에서 이는 보통 사태가 아니었다.

"너는 뭐 아는 거 없어? 네가 사수잖아?"

소대장이 그렇게 물어봐도 아는 바가 없었다. 조심스럽게 휴가는 어떻게 되는 거냐고 이야기를 꺼내니 주임원사가 고함을 질렀던 것이다. 부대가 뒤집어질 판인데 어딜 휴가 나갈 생각을 하고 있냐고, 네 부사수니까 네가 책임지고 찾아오라고 말도 안 되는 요구까지 했다. 당연히 짐작 가는 바 따위 없다. 그나마 감이 오는 건 하필이면 내 휴가 때 녀석이 도망간 게 핵불닭볶음면을 먹인 데 앙심을 품은 귀신의 조화라는 것뿐이었다. 귀신이 조화를 부렸는데 인간이 무슨 수로 찾을까. 대대 주변을 샅샅이 뒤지고 형사들처럼 근처 역에서 매복까지 했는데도 녀석을 찾지 못하자 결국 최종 보스가 강림했다. 역시나 우리 사단장님께 불가능은 없었다. 고작 대대에서 벌어진 탈영 사건을 어떻게 알았는지 연대장들과 헌병들을 대동하고 찾아온 것이다.

"인근 도로를 봉쇄하고 검문검색을 한다."

사단장은 이렇게 지시했다고 한다. 지금 무슨 간첩 잡나? 아니, 전시 상황도 아니고, 일개 부대에서 도로를 가로막고 단속을 한다는 게 말이 되나?

"그 장병은 체포하고 구속해야 할 대상이 아니다. 그는 그저 길을 잃은 어린 양일 뿐이니 하루라도 빨리 찾아내 보호하겠다는 정신으로 임하라."

사단장은 그렇게 말했다고 한다. 한마디로 명령을 철회할 가능성 따위 요원했다. 이건 정말 매스컴을 탈지도 모르는 사태였고 이러다가 휴가는 무기한 연기되고 외박 같은 건 전역할 때까지 꿈도 못 꾸는 사태가 벌어질지도 몰랐다. 대대 장병들이 바리케이드를 들고 근처 고속도로로 나가기 전에 어떻게든 녀석을 잡아와야 했다.

"지난번에는 진짜 미안했다."

눈앞에 나타난 귀신에게 진심을 담아 사과했다. 그러나 귀신은 볼을 잔뜩 부풀린 채 휙 고개를 돌렸다.

"화 풀고, 이번만 진짜로 도와줘. 나 이 자식 찾고 꼭 휴가 나가야 해. 요새 여친 동태가 좀 심상치 않다고."

귀신은 팔짱을 낀 채 완전히 뒤돌아섰다. 하지만 눈앞에서 완전히 사라지거나 하지는 않았다. 거기에 희망을 걸고 승부수를 던졌다.

"도와주면, 이번에는 마크 정식을 먹여 줄게."

귀신의 헬멧이 꿈틀 움직였다. 귀가 쫑긋한 모양이다. 좋아.

"마크 정식이라는 건 말이야. 그야말로 트렌디한 라면의 상징 같은 거지. 아이돌 그룹 갓세븐의 멤버인 마크의 이름을 땄을 정도니까. 라면계의 아이돌이랄까."

귀신이 나를 곁눈질로 흘끔 쳐다봤다.

"우선 편의점에서 냉동 떡볶이를 사서 소스와 물을 넣고 전자레인지에 돌려주지. 동시에 인스턴트 스파게티에도 뜨거운 물을 부어. 그럼 3분 후에 나란히 익거든."

귀신이 갑자기 한 손을 가슴에 가져다댔다. 깊게 심호흡하는 모양새. 라면은 얼어붙은 심장마저 뛰게 하는 걸까.

"그러고 나면 떡볶이에 스파게티와 소스를 넣고 비비는 거야. 마지막에 소시지랑 스트링 치즈를 올리면 완성! 기다릴 필요도 없어! 진짜 5분이면 완성되지."

귀신은 어느새 나를 바라보고 있었다. 좋아. 거의 넘어온 듯했다.

"상상해 봐. 붉은 스파게티 위에 하얗고 쫀득쫀득한 치즈가 보드랍게 녹아 있는 거야. 그걸 뒤섞으면 열기가 확 올라오는데, 그게 걷힐 무렵 면발 사이사이에 숨은 통통한 소시지들이 보이지. 베어 물면 육즙이 팍 터져 나올 것 같은 소시지들이 말이야."

귀신의 입가로부터 하얀 액체가 흘러내렸다.

"그럼 참을 필요 없어. 젓가락으로 치즈와 면발을 버무린 다음 그걸로 소시지를 돌돌 감아 입안에 집어넣고 콕 씹는 거야. 어때. 군침 당기지 않아?"

귀신은 침을 닦을 생각도 안 했다. 다만, 눈을 질끈 감고 고개를 들어 한스럽다는 듯 하늘을 쳐다볼 뿐. 그래. 그렇게 당하고도 흔들리는 너 자신이 싫지? 이해해. 인간들도 가끔 그런 기분을 느껴.

"그 고문관 녀석이 어디 숨어 있는지만 알려 줘. 그럼 마크 정식은 네 거야."

귀신은 부릅뜬 눈을 뜨고 나를 바라보았다. 백지장 같은 얼굴의 귀신이 나를 노려보았다. 어찌 보면 정말 무서운 상황인데 우습게도 전혀 무섭지 않았다. 그렇다고 웃기지도 않았다. 그저 간절한 마음뿐이었다.

'제발, 넘어와 줘. 라면을 좋아하면 이건 놓칠 수가 없는 거라고!'

귀신은 허리춤에서 어디서 나타났는지 모를 총검을 꺼내 들었다. 총검은 그것이 입고 있는 군복처럼 시꺼멨다. 날을 툭툭 건드리는 귀신.

'이번에도 또 저번 같은 거면…… 알지?'라는 뜻인 듯했다.

"이번엔 진짜 아니야. 맹세할게."

마침내 귀신은 공중을 날아올랐다. 나는 귀신이 떠가는 방향을 따라 거침없이 발걸음을 옮겼다. 귀신이 가는 곳에 그 고문관 놈이 숨어 있다. 그런 확신이 들었다. 귀신은 탈영병이 걸었을 것이라고 생각하기에는 너무 평탄하고 정비가 잘된 길을 미끄러져 가더니만 얼마 전 막 도색을 마친 깔끔한 건물 앞에 도착했다.

"여긴……."

여기는 CP(Command Post). 대대장 집무실이다.

"그 자식이 여기 있다는 거야? 에이, 설마."

여기에 있을 리가, 했는데, 귀신이 손짓하는 창문 너머로 아주 익숙한 고문관의 모습이 보였다. 그 자식은 컴퓨터 모니터 앞에 고개를 박은 채 뭔가를 열심히 바라보고 있었다.

"야! 인마!"

그렇게 그 고문관은 내 손에 검거되었다. 이 어이없는 자식은 온라인 게임을 하겠다는 이유로 CP로 숨어들어 갔다고 한다.

"안 한 지 너무 오래되었지 말입니다. 이렇게 계속 방치하다가 낙오된단 말입니다. 커뮤니티에서 100만 원 넘어가게 키워 놓은 계정이지 말입니다."

그 계정을 알차게 키우기 위해서는 그래픽 몇 이상의(이 부분은 도대체 알아듣질 못했다.) 컴퓨터가 필요했고 우리 부대에서 그 정도 수준의 컴퓨터가 구비되어 있는 곳은 CP밖에 없었다고 한다. 이 패기 넘치는 대답의 대가로 녀석은 대대장님 대신 연대장님께 직접 얻어맞고 영창에 갇혔다. 뭐, 어쨌거나 나는 기대에 찬 눈빛을 한 귀신에게 약속대로 마크 정식을 만들어 주고 무사히 일병 휴가를 나갈 수 있었지만. 그러나 생각해 보면 겨우 마크 정식 한입에 너무나 행복해하던 그 귀신 옆에서 노는 게 차라리 나을 뻔했다. 나는 결국 일말상초를 극복하지 못하고 8박 9일의 휴가 마지막 날에 여자친구랑 헤어졌기 때문이다.

"그래. 그 쌍년보다는 차라리 네가 낫다. 귀신아."

귀신은 늘 그랬던 것처럼 내가 끓여 준 라면을 맛있게 먹고 있었다. 귀신은 이제 꼬꼬면도 맛보고 쫄병스낵도 맛보고, 마크 정식도 맛보았는데, 군대 PX에서 파는 해물짬뽕을 너무나 맛있게 먹어 주었다. 저 해물짬뽕도 군대니까 어쩔 수 없이 먹는 거지, 사회 나가면 쳐다도 보지 않을 맛을 지닌 물건이다. 그걸 저렇게나 맛있게 먹어 주는 게 이상하게 고마웠다. 생각해 보면 여친이랑 헤어진 지 얼마 안 된 터라 이상하게 마음이 싱숭생숭했던 탓도 있었던 듯했다.

"너 말이야. 생전에 뭐 했냐?"

'귀신은 젓가락을 멈추고 나를 표정 없이 쳐다보았다.'라는 전개가 나와야 할 타이밍 아닌가? 하지만 귀신은 나를 동그란 눈으로 바라보면서도 쉼 없이 면발을 입에 밀어 넣고 있었다.

"아니, 궁금해서 그래. 도대체 어디서 뭘 하던 녀석이었길래 라면만 그렇게 질리지도 않고 맛있게 먹는지."

귀신은 플라스틱 용기 바닥에 들러붙은 해물짬뽕의 국물을 혀로 핥기 시작했다.

"야. 그만해. 개 같잖아."

그러거나 말거나, 귀신은 계속 혀로 용기 바닥을 긁어내나 싶더니 곧 눈을 크게 뜨고 미소 지었다. 아무래도 혀에 건더기 중 큰 것이 하나 걸려든 모양이다. 그래, 라면 먹고 남은 건더기들이 맛있긴 하지. 하지만 겨우 그걸로 저렇게나 해탈한 표정을 짓다니. 방긋 올라간 입술과 승천하는 광대뼈, 그 순간, 아주 한순간 눈앞의 귀신이 마치 살아 있는 내 또래의 누군가로 보였다.

"너 말이야. 나 휴가 나갈 때 따라서 나갈 수는 없는 거야? 진짜 비싼 라면 하나 먹여 보고 싶은데. 일본 라면."

귀신이 웃음을 딱 멈췄다. 라면이란 말만 들어도 경직되는군.

"요즘 홍대입구 가면 일제 라면을 많이 파는데 이건 김밥천국이나 그런 데서 파는 라면하고는 또 차원이 달라요. 직접 삶고 구운 면발로 라면을 만든다는데, 상상이 가? 그렇게 만든 라면을 푹 구운 육수에 넣고 돼지고기랑 비법의 특제 소스를 섞어서 내놓는데, 이게 가격이 만 원도 넘는다는 거 아니냐……. 그래?"

귀신의 반응이 평소와 달랐다. 침을 흘리지도 경건하게 손을 모으지도, 흥을 주체 못 하고 방방 날뛰지도 않았다. 귀신은 나를 가만히 바라보더니 손가락으로 네모를 그리더니 그 안에 동그라미 하나를 그려 넣었다. 일본 국기의 모양이었다.

"그래. 일본 라면. 라멘이라고 하는데, 넌 틀림없이 못 먹어 봤을 걸? 돈코츠 라멘, 미소 라멘, 쇼유 라멘……."

갑자기 귀신의 얼굴이 백은색으로 달아올랐다. 뭔가 단단히 화가 난 듯, 귀신은 나에게 손가락질을 하며 날뛰었다.

"뭐……야. 왜 그래?"

틀림없이 못 먹어 봤을 거라는 말이 신경을 건드렸나? 무시하는 것처럼 들렸나? 그러나 아닌 듯했다. 귀신은 손가락으로 일본 국기를 그리고 그걸 발로 밟아 짓이기는 동작을 반복했다. 입은 계속 뭐라고 뻥긋뻥긋했다. 화를 내는 이유를 알 수 없어 자세히 그 모양을 관찰하니 딱 두 글자를 반복하고 있었다.

'왜', '놈'.

우와. 왜놈이라는 표현은 진짜 오랜만에 들어 봤다. 그나저나 라면을 그렇게나 좋아하는 귀신이, '일본 라면'이라는 말에 저렇게나 분노해? 눈앞의 이 귀신, 정체가 뭔지 더더욱 궁금해졌다. 임진왜란 시기 조선인……은 절대 아닐 터였다. 헬멧을 입고 군복을 차려입고 있으니까. 강제 징용된 조상님도 같은 이유로 제외. 남자니까 위안부는 아닐 테고, 독립군이라고 보기에는, 군복의 윤곽이 너무 근현대적인데. 아, 독립군도 근현대인가? 하지만 귀신이 입고 있는 군복은 현재 우리들이 입는 완전 군장하고 상당히 닮았다. '상당히'라고 한 이유는 귀신의 군복에 먼지인지 검댕인지 아니면 끔찍한 상상이지만 핏자국인지 모를 얼룩이 잔뜩 묻어 그 자세한 생김새를 알 수가 없기 때문이다. 간신히 윤곽만 알 수 있다는 점이 갑갑했다. 군복만 제대로 보였어도 그걸로 최소 몇 년대에 죽은 귀신인지 짐작해 볼 수 있었을 텐데. 말을 못 하니 묻고 답하는 방식도 한계가 있고, 내가 물어본대 봤자 이 귀신이 솔직하게 답변해 준다는 보장도 없고. 내가 저 귀신에 대해 아는 것이라고는 라면을 무지하게 좋아한다는 것뿐, 아니 잠깐, 방법이 있었다! 이 귀신의 정체를 짐작해 볼 수 있는 방법이 말이다. 가만, 그런데 그 방법을 쓰려면 휴가를 나가야 하나? 아니면 면회 오는 친구들한테 부탁해 봐? 고민하는 데 그 순간 귀신의 얼굴이 하얗게 질렸다. 기본적으로 창백하고 하얀 얼굴이지만 최근 들어서 눈치챈 바가 있다. 평소 귀신 얼굴의 하얀색은 물감의 하얀색인데, 라면을 먹을 때면 살짝 생기가 감돌면서 백은빛을 띤다. 그리고 놀라거나, 라면을 못 먹게 되어 화가 나거나, 핵불닭볶음면을 먹게 되면 굳어지면서 밀랍 같은 빛을 띤다. 지금 귀신의 얼굴은 밀랍빛이었다. 무슨 일이지?

"김 상병님."

갑자기 뒤에서 산 사람의 목소리가 들려 놀라 소스라쳤다. 거기다 익숙하면서도 껄끄러운 저 목소리는, 그 고문관의 것이다.

"방금 복귀했습니다."

이 문제아가 마침내 영창에서 풀려난 모양이다.

"아, 그랬냐. 그런데 왜 나한테 신고를 해?"

일부러 험악하게 말을 걸었는데, 초점을 잃고 방황하는 듯한 녀석의 눈빛에 쫄지 않기 위해서였다. 군대 들어와서 귀신의 눈동자도 거리낌 없이 마주 볼 수 있게 된 나인데, 도대체 영창에서 무슨 일을 겪고 온 건지 지금 이 고문관의 안색은 죽은 자보다 더 무섭고 음울했다.

"죄송합니다."

녀석이 갑자기 그렇게 내뱉었다. 탈영 사건 때 고생시킨 걸 사과하는 건가? 하지만 그때 다행히도 휴가가 잘리거나 하지는 않았다. 사실 이상하게 따지고 들자면 녀석을 적발해 영창으로 보내 버린 게 나니까, 찝찝하고 미안한 건 난데. 여친이랑 헤어진 지금 생각해 보면 그때 그렇게 안달복달하며 휴가 나갈 필요도 없었고.

"됐어. 영창도 다녀왔으니 앞으로 잘해라. 응?"

어째 간부 같은 말을 지껄이고 말았다. 그런데도 녀석은 계속 사과했다.

"정말 죄송합니다."

하아, 답 안 나오는 새끼. 영창 다녀와서도 하나도 변한 게 없구나, 하고 직감했다. 이놈은 앞으로도 계속 문제 덩어리일 것이다. 녀석이 사라지고 난 후 뒤돌아서 귀신을 바라보았다. 귀신은 해물짬뽕 라면의 남은 국물을 그대로 둔 채, 밀랍 같은 낯빛을 유지하고 있었다.

"너도 지금 저 자식 소름 끼치지?"

귀신을 툭 치려고 했으나, 언제나처럼 육신인 내 손은 영혼인 그 몸을 스르륵 통과했다.

"나도 그래."

하지만 녀석이 당장 큰 사고를 치거나 한 건 아니라서 나는 원래 세웠던 계획, 그러니까 귀신의 이름 밝혀내기 프로젝트에 들어갈 수 있었다.

"우쭈쭈쭈, 와서 먹어라!"

아무도 없는 배식장 뒤편. 일부러 짬 고양이를 어르는 소리를 외쳐 보았다. 이러면 누가 보더라도 영락없이 고양이에게 먹을 걸 던져 주는 줄로만 알겠지. 물론 다른 한 손에 든 반합과 그 안의 라면을 눈치채지 못한다는 가정하에서.

"우쭈쭈쭈쭈쭈. 나와서 라면 먹으라니까?"

라면 봉지 뜯는 소리만 나도 득달같이 달려오던 귀신인데 좀체 모습을 보이질 않았다. 동물 어르는 듯한 태도에 화가 났나? 아니.

그건 아닐 것이다. 요즘 따라 내내 이랬다. 불러도 통 나타나질 않고, 라면을 먹는 태도에도 예전과 같은 흥이 없고.

'어디 아픈가?'라는 생각만큼 멍청한 것도 없겠지. 얘는 귀신이잖아. 하필이면 프로젝트에 들어갈 즈음부터 태도가 변할 게 뭐람. 내가 이거 준비하느라고 친구들한테 얼마나 쪽팔렸는데.

'라면을 구해다 달라니, 그 짬밥 먹고 라면도 마음대로 못 먹냐? 군 생활을 어떻게 했으면 쯧쯧즛쯧.'

'얘 성격 알잖냐. 또 뻐대다가 선임들한테 제대로 찍혔겠지 뭐.'

못된 것들. 사정도 제대로 모르면서. 난 지금 너희들이 일생에 한 번 겪기도 힘든 일을 하고 있는 중이라고. 못해도 「신비한 TV 서프라이즈」에 소개될 법한 일! 이를테면,

"오, 왔냐? 요즘따라 행동이 굼뜨다. 너?"

군대 귀신을 라면으로 길들이고,

"하긴, 네가 너한테 굼뜨다 뭐다도 못하겠다. 그지? 따지고 보면 네가 나보다 한참 고참이잖아."

그걸 이용해서 귀신의 정체를 추리해 밝혀내는 일 같은 것! 오늘도 여전히 암울하게 완전 군장 차림인 귀신은 어쩐지 힘없는 태도로 스르르 내가 내미는 반합을 향해 다가왔다. 그리고 하얗디하얀 손을, 어떻게 죽었는지 검지가 날아가고 없는 그 손을 젓가락으로 내밀려고 하는 순간,

"잠깐! 잠깐! 에에이."

나는 반합과 젓가락을 살짝 뒤로 물렸다.

"이거 좀 치사한 일일 수도 있겠다. 하지만 지금부터 내가 너한테 라면을 주는 데는 조건이 있어."

귀신은 물끄러미 나를 바라보았다.

"한입 먹고 이게 무슨 라면인지 맞혀 보는 거야. 일전에 한 것처럼 손가락으로 글자를 그려. 내가 알아봐 볼게."

귀신은 가타부타 대답 없이 나를 바라보았다. 그림자도 없는데 으스스하게 공중에 떠 있기만 하니 나도 모르게 등에 소름이 돋았다. 여태까지 이 귀신이 부린 조화가 떠올랐다. 무엇보다 내 몸에 빙의해서 겨우 몇 분 만에 숙영지를 만들었던 일이 말이다. 그때야 귀신 덕을 톡톡히 보았지만 다르게 말하자면 저 귀신이 내 몸에 빙의해서 나쁜 일을 저지르는 것도 충분히 가능한 것 아닌가?

'감히 인간 주제에 나를 시험하려고 들어?'라면서 내 몸을 차지해 막 부대 안에서 총을 쏴 갈기고 다니는 일도, 아니. 아니. 아니다. 난 눈앞의 이 귀신을 안다. 라면에 미쳐 있다는 점만 빼면 이상한 구석은 전혀 없는 참귀신이다. 착한 귀신이다. 본성이 그렇게 나쁘지 않다. 그런 무시무시한 일을 벌일 거였다면 일전에 핵핵핵핵핵불닭볶음면을 먹였을 때 저질렀겠지.

"왜, 기분 나빠? 솔직히 생각해 봐라. 나도 엄청 쪽팔릴 거 각오하고 너한테 이러는 거야. 누가 이 광경을 본다고 생각해 봐. 나 말고는 아무도 너를 못 보는데, 허공에다 혼잣말하면서 라면 그릇을 들이미는 미친놈으로 보이지 않겠어? 난 그런 위험 다 무릅쓰고 너한테 라면을 조달하는데, 넌 그 정도도 어울려 주지 못하겠다고?"

이러니저러니 하지만 저세상 사람을 상대하는 거다 보니 조금 무서웠나 보다. 나도 모르게 큰 소리가 나왔다. 하지만 다행히 귀신은 더 이상 날 무섭게 하는 일 없이 헬멧 아래 깡마른 얼굴을 끄덕끄덕거리더니 조용히 아, 하고 입을 벌렸다.

"옳지, 착하다."

아이쿠, 또 말실수. 이러니까 진짜 동물을 길들이는 것 같잖아. 하지만 자꾸 그런 느낌이 드는 걸 어떡해. 실제로 얌전히 내가 주는 대로 라면 가락 한 줄기를 호로록 들이켜는 귀신은 은근히 귀엽다. 군장 차림의 남자 귀신이 귀엽다니, 나, 조금씩 위험한 세계로 빠지는 게 아닐까.

"어때. 이게 무슨 라면이게?"

귀신은 꼬꼬면을 몰랐다. 마크 정식도 몰랐다. 그러니 적어도 이 귀신은 최근에 죽은 건 아니다. 그렇다면 이 라면은 어떨까? 귀신은 라면을 입에 넣은 채 한참을 꼬물거리더니 손가락을 들어 허공에 뭔가를 썼다. 꿀꺽. 숨이 넘어갈 것 같았다. 이딴 귀신, 이름 따위가 뭐라고 이렇게까지 쫄릴까. 획획. 휘익. 귀신의 손가락이 허공을 가를 때마다 공기 중으로 냉기가 만들어 낸 하얀 수증기가 휘날린다. 끊어졌다. 이어졌다. 그 수증기는 이윽고 하나의 기호를 나타내게 되었다. 물음표. 모름.

"몰라? 그럼 이건?"

두 번째 반합통을 내밀었다. 진짜, 이 반합통들을 모으느라 눈치 보고 애먹은 걸 생각하면 이번에는 알아맞혀 줘야 한다. 그러나 이

후 거듭 내미는 라면 사리들을 삼키고 난 후 반응은 한결같았다. 물음표. 물음표. 물음표. 이 귀신은 튀김우동을 몰랐다. 오징어짬뽕을 몰랐다. 왕뚜껑을 몰랐다. 다들 편의점 간판스타들인데. 고교 생활만 정상적으로 했어도 이 중 하나는 알고 있어야 한다. 그게 아니라면, 이 귀신은 적어도 1990년대를 살아 보지 못했다는 말이 된다. 왜냐하면 지금까지 먹인 라면들은 전부 1990년대에 출시된 것들이니까.

"좋아. 그렇다면 한 세대 올려 보자."

그다음으로는 너구리를 먹여 보았다. 육개장 사발면을 먹여 보았다. 안성탕면을 먹여 보았다. 짜파게티를 먹여 보았다. 팔도 비빔면을 먹여 보았다. 진라면을 먹여 보았다. 대한민국 사람이라면 모를 수가 없는 동시에 1980년대에 출시된 라면들이다. 귀신의 반응은 여전히 한결같았다. 물음표. 물음표. 물음표. 도리도리도리.

"설마…… 1980년대보다 전에 태어나신 분이세요?"

그렇다면 적어도 나와 띠동갑이란 소리였다. 존댓말이 절로 나왔다.

"마…… 마지막으로 이거야!"

이건 모를 수가 없지. 신라면과 함께 가장 대중적이고 동시에 가장 역사가 오래된 라면을 귀신에게 권했다. 한입 삼킨 귀신의 입으로부터 하얀 기포가 뿜어져 나왔다. 저게 이번에도 물음표를 그리진 않겠지. 하지만 나의 기대는 보기 좋게 배반당했다. 또 물음표.

"아아! 항복이다. 항복! 그래! 네가 누군지, 왜 죽었는지 알 게 뭐냐!"

방금 전 라면은 삼양라면이었다. 1960년대에 우리나라에서 최초로 출시된 라면. 이 라면마저 모른다고 한다면, 이 귀신은 어쩌면 우리나라 사람이 아닐지도 몰랐다. 해외 용병 비슷한 걸로 와서 이 근방에서 마약이나 총기류를 나르는 일을 하다가 불의의 사고로 명줄이 끊긴, 그리고 비밀스런 용병의 최후답게 암매장당한⋯⋯.

"무슨 소설을 쓰고 있냐. 저 구리구리한 디자인은 척 봐도 우리나라 군복이잖아."

역시 라면으로 귀신의 정체를 밝혀내겠다는 계획 자체에 문제가 있는 거였다. 그나저나 관물대에 가득 쌓아 놓은 라면들은 어쩌나. 이 계획 하나만 믿고 연도별로 출시된 라면들은 전부 다 사다 달라고 했는데.

"너 말이야, 네가 더럽게 비싸게 굴고 있다는 거 알고는 있냐?"

귀신은 묵묵히 나를 바라보고만 있었다. 더 달라고 보채지도 않았다.

"그런데 너 요즘에 왜 이렇게 오싹하게 굴어? 너답지 않게?"

귀신은 조용히 반합통으로 손가락을 가져가 라면 국물을 콕 찍었다. 뭐야, 얘 지금 뭘 하는 거야? 내 질문에 대답이라도 하듯, 귀신은 손가락에서 뚝뚝 떨어지는 라면 국물로 바닥에다 뭔가를 그려 나가기 시작했다. 동그라미와 사각형, 선 네 개. 그림은 금세 인간의 모양을 갖추었다.

"이게 뭐야? 누구 그린 거야?"

설마, 내가 뭘 하려는지 알아챈 건가 자기 자신의 정체에 관해 힌트를 주려는 건가? 라면 국물이 땅에 그리는 모양을 뚫어져라 집중해서 쳐다보았다. 흙 위에 번져 나가는 라면 국물 자국들은 이윽고

삼각형과 선 하나를 그렸다. 이미 그려 놓은 사람의 머리 위에.

"이게 뭐야…… 갓……인가?"

그랬다. 아무리 봐도 그건 갓이었다. 선비들이 쓰는 갓. 그러고 보니 역삼각형의 사람 몸통도 옛날 사람들이 입는 도포 같아 보였다.

"너 설마 조선 시대 사람이라고 말하려는 건 아니겠지? 에이. 뻥 치지 마. 군복을 그런 걸 입고."

조선시대 사람이라면 라면을 한 번도 맛본 적이 없을 테니 라면에 그렇게 미쳐 있는 게 이해가 가긴 하지만. 그림을 다 그린 귀신은 국물이 피처럼 뚝뚝 떨어지는 손가락을 들어 내 등 뒤를 가리켰다.

"뒤에 뭐?"

돌아본 순간 소스라치게 놀랐다. 고문관 후임 녀석이 바로 등 뒤에 서 있었다. 이크, 이 녀석, 언제부터 저기 있었지? 설마 귀신이랑 이야기 나누는 걸 다 봐 버린 건가? 봐 버렸으면 어떡하지? 뭐라고 변명을 해야 좋지? 그러나 녀석은 아무 말도 하지 않았다. 나도 녀석도 뭘 해야 할지 알 수 없어 흐르는 몇 분 사이, 그저 형언할 수 없는 표정으로 멍하니 서 있더니 곧 어디론가 사라져 버렸다.

"어이, 씨. 간 떨어질 뻔했네."

그러고 보니 그 자식 총은 왜 가지고 있었던 걸까? 내가 기억하기로 녀석은 경계에서든 일과에서든 무기한 제외되었을 텐데.

"쟤는 대체 왜 저런다냐? 혹시 너는 아냐? 쟤도 너처럼 요즘 좀 오싹하게 굴거든."

그러나 귀신도 어느새 사라지고 없었다. 내 질문에 답을 해 준 건

막 일병을 단 후임 녀석이었다.

"그 인간 병신같이 구는 게 어디 하루 이틀이지 말입니까. 괜히 신경 쓰지 말고 떨어지는 낙엽이나 잘 피해 다니십시오. 김뱀."

이 녀석 말이 맞긴 하지만 그래도 그 고문관 녀석, 이제 상병이고 고참인데. 훈계 몇 마디 해 주려다 관뒀다. 물어볼 게 있었기 때문이다.

"야, 너 행정병이잖냐."

사지방('사이버 지식 정보방'의 줄임말. 요컨대 군대 PC방.)의 똥 같은 컴퓨터에 우리 부대 이름으로 검색을 해 보며 물었다.

"그럼 우리 부대 역사도 좀 알고 그러냐?"

우리 부대 이름 옆에는 '총기 사고'를 쳐 넣었다.

"아, 김뱀. 제가 그런 걸 어떻게 알지 말입니까?"

"그런 것도 모르면서 행정병을 해?"

인터넷 검색 결과는 0건. 이번에는 검색 조건을 바꿨다. 마찬가지로 우리 부대 이름을 써 넣었지만 옆에 넣는 단어는 그냥 '사고'.

"뭘 알고 싶어서 그러시는데 말입니까?"

"있잖아. 과거에 우리 부대에서, 총기 사고나 뭐 그런 거 없었냐?"

"아, 뭘 그런 걸 궁금해합니까?"

"아, 빨리 대답이나 해. 존만아. 있었어, 없었어? 알아, 몰라?"

귀신의 박살 난 뒤통수를 떠올렸다. 꼭 깨뜨린 수박같이 생긴 그 머리통, 분명 사고로 그렇게 된 것이리라. 마음속에 가장 가능성이 높게 짚이는 건 총에 맞아서 그렇게 되었다는 것이지만.

"총기 사고 같은 건 없었지 말입니다."

"다른 사고는, 그러니까 낙상이나 뭐 그런 걸로 사람이 죽은 적 있어?"

다른 사고 가능성도 배제할 수 없지?

"없었습니다."

"확실해?"

"아주 확실하지 말입니다."

"방금 전에는 그런 걸 어찌 아냐며?"

"김뱀. 나폴레옹이 대대 순시할 때마다 뭐라고 하는지 아시지 않습니까. 우리 대대 무사고 부대라고. 창설 이후 사건 사고 한 번도 없었던 건전 무결점 부대라고."

아, 그러고 보니. 나폴레옹의 말이라 한 귀로 듣고 한 귀로 흘렸었나 보다. 하지만 듣고 보니 확실히 그런 말을 한 적이 있었다. 맞아. 그런데 그러면 그 귀신은 도대체 어디서 어떻게 죽었다는 거야? 왜 우리 부대에서 나타나는 건데? 역시나 또 단서는 라면으로 귀결될 수밖에 없는 건가?

"괜히 이상한데 신경 쓰지 마시고 빨리 전역해서 모포나 말리시지 말입니다."

"시끄러 인마. 그런데 오늘 저녁은 뭐냐? 배식표 봤어?"

"시래기국이랑 닭날개가 메인이지 말입니다. 드실 겁니까?"

"뻑큐. 안 먹어."

관물대에 쌓여 있는 라면으로 때워야지.

"그럼 나중에 점호 시간에 뵙지 말입니다."

일병이 인사하고 나가는 것과 동시에 고문관 녀석이 사지방으로 들어왔다. 일병은 경례도 하지 않고 고문관을 그냥 지나쳤다. 고문관 녀석. 기수 열외가 되었다더니만 사실이었구나. 살짝 불쌍했다.

"컴퓨터 쓰러 왔냐? 나 다 썼으니까 이거 써라. 이게 그나마 속도 빠르다."

기지개를 켜면서 나가는데 고문관이 나를 불렀다.

"김 병장님!"

"왜?"

녀석은 한동안 입을 오물거렸다. 방금 전까지 불쌍했는데 저 모습을 보니 또 복장이 터지려고 한다.

"뭐야! 말을 해."

"오…… 오늘 어디에 계실…… 겁니까?"

왜 그딴 걸 물어?

"알아서 뭐 하게?"

퉁명스럽게 쏘아붙였다.

"그런데 그러고 나니까. 마음이 편하지는 않더라. 녀석이 기수 열외당하는 걸 눈앞에서 봐서 그런가. 게다가 녀석은 아직 군 생활이 거의 1년 가까이 남았거든. 자업자득이긴 하지만 그런 상태로 1년을 더 여기 갇혀 지낸다니 끔찍하다 끔찍해."

귀신은 오늘도 여전히 조용하고, 오싹했다. 요즘 계속 이랬다.

"하지만 그 자식 요즘 동태가 이상해. 가끔 말도 없이 나타나서 사람을 가만히 바라보고 있고 말이야. 뭐, 귀신이랑 같이 지내다 보니 그래 봤자 별로 무섭지도 않지만…… 으악! 차가워!"

미끌미끌하고 축축한 뭔가가 몸을 쑥 뚫고 지나가는 기운이 나길래 소스라쳐 펄쩍 뛰었다. 귀신이 나한테 돌진한 것이다.

"좀 기다려. 인마! 아직 라면 봉지도 안 뜯었어!"

신라면을 보란 듯이 녀석의 눈앞에서 흔들었다. 그러나 귀신은 아무 말 없이, 한동안 나를 노려보더니만 투우장의 황소처럼 달려들었다. 마치 내 몸속으로 뛰어들려는 것처럼.

"으악!"

이번에는 옆으로 넘어지면서 간신히 피했다. 그러면서 생각해 냈다. 혹한기 때 귀신이 내 몸에 빙의해 숙영지를 만들었던 일을. 그때처럼 다시 내 몸을 빼앗으려는 건가? 하지만 도대체 왜? 뭘 하려고?

"싫어. 자식아! 아무리 그래도 빙의는 소름 끼친다고!"

귀신은 뭔가 다급해진 모양이었다. 소리를 못 내는 입으로 뭔가를 쉼 없이 중얼거리고 뿜어져 나오는 냉기를 손가락으로 쉴 새 없이 휘저으며 어떤 신호 같은 것을 만들려고 했다. 도대체 뭘 하려나 싶어 멍하니 바라보고 있으려니 삽시간에 다시 내 몸으로 돌진해 온다. 요 몇 주 귀신이 보여 준 데면데면하고 오싹한 태도에 불만이 꽤나 쌓였었나 보다. 내 몸을 강탈하려는 행동에 나도 모르게 노호성을 꽥 질렀다.

"아, 씨발, 꺼져! 꺼지라고! 달라는 대로 다 갖다 줬더니 이제 아주 보이는 게 없지!"

귀신에게 주려던 신라면을 품 안으로 확 집어넣었다.

"너 이제 라면 없어! 앞으로도 없을 줄 알아!"

라면이랑 영원히 바이바이. 라면을 사랑하는 이 귀신한테는 일말 상초의 고통이겠지. 어지간히 놀라고 분개했는지 귀신은 고공에서 발을 동동 구르더니 다시 나를 향해 돌진해 왔다.

"어림없다!"

잽싸게 피한 후 줄행랑쳤다. 그러다 막다른 곳에 도착하고 나서 야 겨우 생각이 났다. 귀신한테서 도망칠 수 있을까? 귀신이면 벽도 복도도 막 투과하고 그러겠지? 여고 괴담에서 여고생 귀신이 공간 을 도약해 돌진해 오던 장면을 떠올리던 순간,

"탕!"

메마른 총성이 울렸다. 한순간 귀신의 조화라고 생각했으나 아니 었다.

"탕! 타탕! 탕! 탕!"

총격 소리는 분명한 현실이었다. 그것도 점점 가까워지고 있는 현실. 비명과 고함이 연이어 들려왔다. 귀신의 추적과 총격 소동, 어 떤 게 더 비현실적일까? 하지만 지금 나를 가장 무섭게 하는 것이 뭔지는 확실했다. 그것은 바로 주황색 활동복 차림으로 불룩 튀어 나온 배를 씩씩거리며 양손으로 총기를 부여잡은 채 나타난 고문관 녀석이었다. 사납게 치켜 올라간 눈에는 눈물이 가득 고여 있었다. 그 모습을 보자마자 체념해 버렸다. 마침 막다른 곳이라 도망갈 곳

도 없다. 난 이제 여기서 죽는구나.

"씨발, 뭐냐."

그래서 그런지 목소리가 믿어지지 않을 정도로 차분하게 나왔다. 여기시 죽으면 난 어떻게 되는 걸까. 그 귀신처럼 이 부대의 지박령이 되는 걸까? 그래서 이름 모를 후배 장병 누군가한테서 라면을 얻어먹으면서 사는 걸까? 하지만 적어도 난 어떤 귀신처럼 라면만 챙겨 먹지는 않을 거다. 아이스크림도 얻어먹고, 종교 활동 때 주는 햄버거도 얻어먹고, 채소와 과일도 챙겨 먹을 거다. 하하. 죽음을 앞두고 부모님 생각이 아니라 귀신 생각이 나다니, 귀신한테 라면을 끓여 주며 보냈던 이 2년, 난 정말 귀신한테 단단히 홀려 버렸나 보다. 그런데 고문관 녀석의 동태가 이상했다. 욕도 안 하고 그렇다고 확 쏴 버리지도 않고 한참을 눈물 가득 고인 눈으로 날 애달프게 쳐다보더니 갑자기 이렇게 물었다.

"지금 그게…… 여기도 있냐?"

"뭐라고?"

이 녀석이 뭐라고 했는지 한순간 이해가 잘 되지 않았다.

"그거! 말이야! 다 봤어! 네가 그…….."

알아들었다. 귀신의 정체를 알아보려고 라면으로 이것저것 시험해 보고 있을 때 이야기였다. 그때 저 고문관 녀석이 갑자기 나타났었더랬지. 역시나 다 봤구나.

"그래."

"그…… 그렇다고?"

"그래. 지금 여기 우리랑 같이 있어."

"지랄하지 마!"

"거짓말 아니야. 진짜로."

정말 거짓말이 아니었다. 어느새 귀신이 그 고문관 녀석의 뒤에 나타나 있었다. 귀신은 잠시 무표정한 얼굴로 고문관 녀석의 뒤통수를 지긋이 바라보더니 곧 내게로 시선을 옮겼다. 헬멧 아래서 창백하고 깡마른 얼굴이 질렸다는 듯 흔들거렸다. 의미는 명백했다.

'그렇게 경고했는데.'

화가 불뚝 치밀었다.

"그게 경고였냐! 갑자기 몸을 뺏으려고 달려든 주제에!"

귀신은 입가를 일그러뜨리더니 더더욱 세게 얼굴을 흔들었다. 그러더니 며칠 전 그렸던 그림을 손가락으로 허공에 다시 그렸다. 역삼각형, 동그라미, 그리고 그 위에 다시 삼각형. 갓을 쓴 사람 모양. 그러더니 고문관 녀석의 뒤통수를 손가락질한다.

"야, 이 씨발. 그게 그런 의미였냐."

그제야 난 귀신이 그때 라면 국물로 그린 그림이 뭐였는지 깨달았다. 그건 저승사자였냐. 날 데리러 온 저승사자가 저 고문관 녀석 뒤에 붙어 있다고, 그걸 말하고 싶었던 거냐.

"그림을 씨발, 그렇게 괴발개발 그려 놓으면 어떻게 알아봐."

"지…… 지금 누구한테 이야기하고 있는 거야!"

난 고문관 녀석을 쳐다보았다.

"봤다며. 그럼 알 것 아냐. 내가 지금 뭘 하고 있는지."

고문관 녀석이 숨을 헐떡였다.

"저기, 도와줘."

귀신한테 부탁했다.

"살려 줘."

귀신은 아무 움직임이 없었다. 새하얀 얼굴은 표정을 읽기가 어려웠다. 어디선가 들은 이야기가 생각났다. 저세상 사람들은 외로움을 잘 타기 때문에 자기하고 영원히 같이 있어 줄 사람을 찾는다고 했지. 혹시 저 귀신도 그런 걸까.

"아직 죽고 싶지 않아."

아니, 아닐 것이다. 귀신이 그린 저승사자 그림을 떠올렸다. 조금 전 나한테 빙의하려고 했던 걸 떠올렸다. 귀신의 의도는 날 죽이려던 게 아닐 것이다. 무엇보다 내가 귀신한테 바쳤던 그 수많은 라면들을 떠올렸다. 내가 차린 제삿밥, 아니, 제사 라면을 그렇게 맛있게 먹어 놓고 이제 날 죽인다고? 그 순간 머릿속에 번개 같은 번뜩임이 스쳐 지나갔다. 그래! 라면!

"날 살려 주면……."

"씨발! 뭘 살려 줘! 그때 네가 날 잡아냈잖아! 날 잡아서 영창으로 보냈잖아! 내가 널 왜 살려 줘!"

고문관 녀석은 자기한테 하는 말로 오해한 모양이지만 뭐 상관없었다. 지금 나한테 중요한 건 살아 있는 고문관 녀석이 아니라 죽은 귀신이니까.

"살려 주면, 너한테 꼭 먹여 주고 싶은 라면이 있어."

"라…… 라면?"

고문관 녀석이 황당한 표정을 지었다. 글쎄. 너한테 하는 말이 아니라니까.

"우리가 처음 만난 날 그때 내가 말했지. 나, 부모님이 하시는 분식집에서 일하다 왔다고. 거기서 내가 우리 가게 간판으로 내세웠던 라면이 있어. 어찌나 맛이 있는지 동네 소문이 나서 매스컴도 탔지. 장담하건대 지금까지 끓여 줬던 라면하고는 레벨이 다를 거야. 맹세할게. 살려만 주면 그 최고의 라면을."

그제야 고문관 녀석은 내가 자기 눈에는 보이지 않는 뭔가에게 말을 하고 있다는 걸 눈치챈 모양인지, 잔뜩 겁먹은 모양으로 사방을 두리번거렸다.

"원 없이 먹게 해 줄게."

귀신은 여전히 무표정으로 보였다. 하지만 난 알 수 있다. 귀신이 마음을 정했다는 걸. 그 입가에서 항상 봤던 은색의 침 줄기가 흘러내렸다. 귀신은 서서히 내 몸으로 다가왔다. 이번에는 나도 거부하지 않았다. 차갑고 물컹한 뭔가가 뇌부터 발끝까지 꽉 채워 가는 느낌, 그리고 고문관 녀석의 비명과 총성. 그 기억들을 마지막으로 의식을 잃었다. 결과부터 말하자면 난 살았다. 총알이 명중한 가슴팍에 피멍이 들긴 했지만 그 외에는 멀쩡했다. 고문관 녀석은 나한테 총을 쏜 직후 그제야 출동한 헌병들한테 체포되었다고 한다. 천만다행으로 그 고문관이 총을 쏴서 맞힌 건 부대에서 나뿐으로, 사상자나 부상자는 아무도 없다고 한다. 활동복 차림을 볼 때부터 짐작했던 건데, 녀석이 이번에 친 초대형 사고는 그야말로 100퍼센트 충동형 범죄로, 어느 순간 갑자기 다 죽여 버리고 싶다는 생각이 들어 경계 근무 서는 놈들이 잠시 벽에 기대 세워 놓은 총을 갑자기 집어 들고 탈주, 어디다 쏘는지도 모르고 마구 쏘면서 돌아다닌 거라고 한다. 그러다가 운 나쁘게 녀석과 정면으로, 그것도 막다른 길에서 마주쳐서 가슴에 총탄을 피격당한 건 나뿐이라고. 가슴팍에 총알이 명중했는데 피멍 하나 빼고 멀쩡한 게 말이 되냐고 묻는다면 난 더 말이 안 되는 이야기를 해야 한다. 고문관 놈이 쏜 총알은 내가 가슴에 품고 있던 신라면, 그러니까 그 사건 조금 전에 귀신한테 끓여 주려고 했던 그 라면에 명중하여 라면 사리에 얽혀서 저지당하는 바람에 내 살에 닿지도 못했다고 말이다.

"이건 말도 안 돼."

군의관은 익숙한 얼굴이 「신비한 TV 서프라이즈」에 나올지도 모르겠다고 했다. 그러나 그런 일은 없었다. 무사고 부대의 명성이 깨진 걸로도 이미 충분히 열받은 사단장이, 역시나 그에게 불가능은 없었는지, 이 충격적인 총격 사고를 완벽하게 덮어 버렸기 때문이다. 마침 사상자나 부상도 없겠다, 총알 몇 개랑 군 재판에 넘겨질 고문관 녀석만 잘 처리하면 될 테니 그야말로 안성맞춤이었을 것이다. 그리고 난, 약속대로 귀신에게 우리 가게의 간판 라면을 만들어 주었다. 우선 넓은 냄비에 햄과 야채를 두르고 가운데에 김치랑 두부를 넣는다. 그리고 물은 멸치다시 육수로 넣고 무엇보다 중요한 양념장을, 사건 후 면회 온 부모님에게 부탁드려 공수받은 특제 양

넘장으로 넣어 준다. 센불로 가열하다 햄이 익을 때쯤 그리고 물이
너무 졸아들지 않았을 무렵 버섯과 파, 그리고 라면 사리를 투하!
완성이다. 사실 이건, 라면이라기보다는…….

"자, 먹어 봐. 장담하는데 지금까지하고는 차원이 다를 거다."

귀신은 내 조리를 옆에서 홀끔홀끔 바라보고 있었다. 이번에는
어쩐지 조리 과정에도 흥미가 생기는 모양새였다. 지금까지는 완성
된 라면에만 관심을 보였는데 말이다. 귀신은 라면 사리와 햄, 버섯
을 숟가락 가득한 양념 국물에 담가 입으로 가져갔다.

"어때?"

귀신의 눈이 커졌다. 어깨가 이리저리 들썩거린다. 우와! 엄청 오
랜만에 본다. 저 어깨춤. 진짜 맛있는 걸 먹으면 추는 거였구나. 그
런데 그것만이 아닌 듯했다. 귀신은 숟가락에서 뚝뚝 떨어지는 국
물로 바닥에 글자를 새겨 나갔다.

'부', '대', '찌', '개'.

"그래! 이건 부대찌개야! 부대찌개가 뭔지는 알겠어?"

이 귀신은 알면 알수록 알 수 없는 구석이 정말 많다. 비싼 일본
라면을 먹여 주겠다는데 '일본'이라는 말에 질색팔색을 하고, 유명
한 라면은 죄다 모르면서 또 부대찌개는 알고.

"정말이지, 너 생전에…….'

그 순간 번개같이 머리를 스치는 영감이 있었다. 이 귀신이 어느
시대 사람인지 알 것 같았다. 일제 강점기가 막 끝난 후의 사람이라
면 일본이라는 말만 들어도 싫은 반응을 할 만하지. 무엇보다 부대

찌개를 안다는 건…… 잠깐 그 시대 사람이고, 그러면서 머리에 총 상을 입었다면…….

"처…… 천천히 맛있게 먹어! 난 좀 조사해 볼 게 있어! 이 비싸게 구는 녀석아!"

그렇게 사지방으로 달려간 뒤 이틀 후, 나폴레옹 사단장이 또 우리 대대를 방문했다. 이번 방문은 이해해 줄 만했다. 무사고 부대에서 충격적인 총격 사건이 있은 뒤니 장병들을 다독거려야 한다고 생각했겠지. 역시나 이번에도 또 '부대 환경 개선'을 명목으로 이런 걸 묻고 다녔다.

"사단장한테 건의하거나 제보할 사항 같은 건 없습니까?"

특히나 나에게, 아주 은근한 눈길로 물었다. 그때 눈치챈 건데, 그 총격 사건을 제대로 덮으려면 꼭 필요한 게 있었다. 피해자인 내 협조. 원한다면 포상 휴가를 두둑하게 타 낼 수도 있겠지. 하지만 지금 내가 원하는 건 그런 게 아니었다.

"얼마 전, 우연하게도 이 부대가 주둔한 자리가 6·25 때 대단한 격전지였다는 걸 알게 되었습니다. 그때 죽은 선배 군인들은 시체조차 제대로 수습조차 못한 채 아직도 이 주둔지 밑 여기저기에 묻혀 있다고 합니다. 이참에 부대에서 흉한 기운을 완전히 몰아내자는 의미에서, 6·25 전사자 유해 발굴과 추모 작업을 실시하면 좋겠다고 생각합니다."

내가 기억하기로 사단장은 대단히 흐뭇한 얼굴을 했던 걸로 기억한다. 그야 그렇겠지. 똥 같은 사건의 여파를 씻고 부대의 이미지를 개선할 좋은 기회일 테니. 역시나 불가능 따위 없는 사단장답게 몇 주 후, 전역을 며칠 안 남겨 두고 있을 때 국방부 유해 발굴단이 도착하고 우리 대대와 협력해서 유해 조사 작업을 시작했다. 나중에 들은 건데, 진짜 뜬금없는 이 작업으로 난 이등병부터 대대장에 이르기까지 부대 전원의 욕을 오지게 처먹었다고 한다. 나는 인사과에 자진 요청해서 전역까지 미루고(인사과장은 총 맞더니 애가 미쳐 버린 것 같다고 했다.) 유해 발굴 작업을 도왔다. 부대원들한테서 미안해서가 아니었다. 확인해 보고 싶은 게 있었다.

"혹시 유골 중에, 뒤통수가 깨진 게 없습니까?"

아니, 아니다. 사실 확인 따위 아무래도 좋았다.

"있어. 딱 한 구. 어떻게 알았냐."

"그런 게 있지 말입니다."

내가 전역까지 미루면서 유해 발굴을 지켜봤던 이유는 사실,

"어쩌다 이렇게 된 거랍니까."

"이건 북한 총에 맞은 게 아닌 것 같다더라. 자기가 자기 입에 총을 밀어 넣고 당긴 것 같아."

"그럴 수도 있습니까?"

이 귀신한테 마지막까지 라면을 끓여 주고 싶어서였다. 6·25 때 죽어서 생전 라면을 한 번도 먹어 보지 못한 귀신. 그래서인지 내 라면을 너무나 좋아했던 귀신.

"의외로 이런 유해 꽤 많아. 학도병 같은 친구들이 전장의 공포를 이기지 못한 거지."

얼마나 공포스러웠던 건지 스스로의 입에 총을 넣고 자살하는 걸 택했던, 내 또래의 누군가. 그에게 할 수 있는 마지막 순간까지 라면을 끓여서 먹여 주고 싶었다. 그래. 지금, 내 눈앞에서 다리부터 서서히 희미해지며 저세상으로 떠날 준비를 하는 이 순간이 끝날 때까지 말이다.

"마지막 라면은 이거예……요."

마지막 라면을 내밀었다. 사죄의 의미를 담은 존댓말과 함께. 그도 그럴 것이 6·25 때 전사자라면 할아버지도 보통 할아버지급이 아니잖아. 난 그 할아버지를 먹을 걸로 마구 놀리고 무엇보다 핵불닭볶음면을 어르신의 위장 안에…… 으으.

이번 라면은 좀 전통적인 것으로 준비했다. 봉지 안의 라면을 4등분한 후 윗부분을 개봉해 건더기와 스프를 뭉치지 않게 고루고루 뿌렸다. 스팸도 슬쩍 넣어 주고. 펄펄 끓는 물로 봉지를 반가량 채웠다. 그리고 젓가락으로 오므려 닫아 준 라면 봉지. 뽀글이. 대한민국 군대를 대표하는 라면인데, 지금까지 해 준 적이 없었다.

"먹고, 저승 가는 길, 힘내세요. 돈이 없어서 노잣돈은 못 드려요."

귀신의 피부에는 살결의 빛이 돌아와 있었다. 한결 보기 좋아진 그 얼굴에 함박 미소가 떠올랐다. 눈물과 웃음이 함께 나왔다. 그렇게 라면이 좋냐?

"저세……상 가면…… 내가 끓인 라면 못 먹어서…… 어쩌냐?"

창피하게 눈물이 나왔다. 감정을 주체 못 하다 보니 나도 모르게 익숙한 대로 반말이 나왔다. 에잇. 몰라. 저 봐. 귀신도 웃으면서 좋아하잖아. 목이랑 이만 남기고 이 세상에서 사라진 지금도…… 앗! 잠깐만! 그러고 보니 꼭 물어볼 게 있었는데! 이 바보!

"저기! 너 이름이 뭐야? 이름만이라도 가르쳐 줘!"

하지만 귀신은 대답 없이 사라져 버렸다.

"결국…… 끝까지 말 한마디 안 하는구나."

귀신이 사라진 후, 갑자기 불어온 바람을 눈을 감고 들이켰다. 우스운 소리지만, 바람에서 라면 냄새가 났다. 슬프다. 너무 슬프고, 너무 아쉽다. 이름만이라도 알고 싶었는데. 그러면 시간 날 때마다 기념할 수 있었을 텐데. 내 인생에서 가장 힘들었던 2년을 함께해 줬던 귀신을.

"저. 죄송합니다."

뒤에서 누군가가 말을 걸어서 급하게 눈물을 훔쳤다. 뭐야. 설마 본 건 아니겠지? 완전 미친놈처럼 공중에 대고 혼잣말하는 걸로 보였을 텐데. 그러나 내 뒤에 서 있는 어리고 예쁜 아가씨의 얼굴에는 차분하고 부드러운 미소만이 가득했다.

"유해 발굴을 건의해 주셨다고 들었어요."

장담하건대 눈앞의 이 아가씨는 지금까지 내가 봐 왔던 여자들 중 제일 예뻤다.

"사실 저희 증조할아버지가 여기서 돌아가셨거든요. 그래서 유해 발굴 요청을 여러 번 했는데 번번이 거절돼서……. 그런데 덕분에 이번에 할아버님의 유해를 수습할 수 있게 되었어요. 정말 감사드립니다."

말하는 것도 정말 참한 아가씨였다.

"저, 군인이세요?"

"예…… 예! 하지만 이 유해 발굴 작업이 끝나면 바로 전역입니다!"

"아, 그러시면, 언제든 연락 주세요. 이 작업 중이든, 사회에 나오신 후이든 감사의 의미로 뭐라도 대접해 드리고 싶어요."

그 예쁘고 참한 아가씨의 연락처를 넘겨받았다. 끝까지 온기 가득한 미소를 지어 주던 그녀에게서는 너무나도 달콤한 향기가 났다. 자식아. 뽀글이의 보답치고는 너무 크잖아. 뒤돌아서는 아가씨의 뒷모습을 보며 또 터져 나온 눈물을 훔쳤다. 저 아가씨. 분명 여기 유해 중에 증조할아버지가 계시다고 했지. 그래. 그 귀신의 이름을 알아낼 기회 따위는 앞으로 많을 것이다. 또 아나, 아까 그 아가씨랑 잘 되면 그 귀신이 정식으로 내 조상이 될지도 모를지. 그러면 그 제사상에는 해마다 반드시 라면을 올려 줄 것이다.

후후후. 우후후후후.

커리우먼

특별수록: 브릿G 출판 지원작

김영주

콘텐츠 창작팀 '종이밴드'에서 글을 쓴다. 2014년 한국콘텐츠진흥원 원작소설
창작과정에 장편 『백미러는 없다』의 시놉시스가 지원 선정되었으며, 2017년 에세이
『채소의 온기』를 출간했다. 웹소설 플랫폼 브릿G에 단편 「커리우먼」, 「모퉁이 빵집」을
게재했다. 현재 다음 브런치에서 '조금씩 변해가는 것들', '달코만 기록' 등 다양한 주제의
에세이를 연재 중이다. 갓 구워진 빵처럼 따뜻하고 맛있는 글을 꾸준히 쓰고자 한다.

아침부터 고서점에 왔다. 문 앞에 낡은 나무판자로 만든 '古書店' 입간판이 눈을 맞고 있다. 나는 얼어붙어 뻑뻑해진 미닫이문을 열고 안으로 들어섰다.

무슨 일이지? 서점 주인의 자리에 전에 없던 붉은 커튼이 드리워져 있다. 보호막처럼 주인을 빙 둘러싸고 있던 책장도 어딘가 사라지고 없다. 텅 빈 홀에는 둥근 탁자 세 개. 예전보다 다소 어두워진 조명이 으스스한 기분까지 불러일으킨다. 재채기를 유발하던 케케묵은 먼지 냄새 대신 산사에 들어온 듯 차분한 향냄새도 희미하게 느껴진다.

마치 '고서점'이라는 무대가 끝나고 또 다른 무대가 시작된 것 같다.

"어서 오세요."

드디어 배우가 등장했다. 여자의 목소리는 붉은 커튼 뒤편에서부터 천천히 다가왔다.

슥슥 하고 천을 덧댄 신발 바닥이 땅을 스치는 소리가 난다. 앞코가 버선코처럼 뾰족한 이상한 신발이 내 앞에 멈춰 섰다.

고개를 들어 보니 나보디 한 뼘은 큰 장신의 여자가 두 손을 합장하고 서 있다. 이목구비가 큼직큼직한 서구형 얼굴이다. 움푹 팬 커다란 두 눈 사이에는 붉은 빈디(bindi)가 붙어 있다. 나이를 짐작하긴 어렵지만, 전반적인 분위기에서 뭐라고 딱 집어 말하기 힘든 연륜이 느껴진다. 나는 그녀의 빈디를 보면서 말했다.

"저는, 헌책을 팔러 왔습니다만……."

조금 당황했지만 내가 여기에 왜 왔는지 생각해 냈다. 얼마 전까지만 해도 고서점은 다른 헌책방보다 책값을 후하게 쳐 주던 내 든든한 밥줄이었다.

현재 내 유일한 재산은 책이다. 나는 책을 읽는 것보다 단지 그걸 사서 모으는 데 관심이 있다. 어릴 적부터 종이로 된 모든 것을 좋아했다. 하지만 종이만으로 마땅히 내가 할 일은 찾지 못했다.

나는 헤밍웨이 같은 끈기와 모험심이 있는 것도 아닐뿐더러, 스티븐 킹처럼 흥미롭게 쓰는 능력도 없다. 그냥 그것들이 쌓여 있는 풍경에 만족하는 것뿐. 하지만 한순간에 이 모든 것에 진력이 났다.

어느 밤, 한참 달게 자고 있는데 갑자기 "쾅!" 하고 천둥 치는 소리가 들렸다. 심장이 떨어질 뻔했다는 것이 어떤 느낌인지 그때야 정확히 알았다. 어찌나 놀랐던지 운동신경이 바닥인 내가 누운 자리에서 벌떡 일어섰다. 황급히 창문을 열었더니 지나가는 고양이

한 마리도 없었다.

그때 등 뒤에서 다시 "쾅!" 하고 이전보다 더 큰 소리가 났다.

돌아보니 가파르게 쌓여 있던 책 무덤이 도미노처럼 시차를 두고 서서히 무너져 내리고 있었다. 순간 온몸에 소름이 돋았다. 첫 번째 천둥은 내 머리맡에서 한 뼘도 되지 않는 거리에서 일어났다. 그날 따라 평소와 달리 왼쪽으로 눕고 싶었던 건 무의식적인 생존 본능이었을까.

가장 사랑하는 것에 살해 위협을 받다니.

그날부터 책을 팔기 시작했다. 가장 애착이 없는 것부터. 아무리 죽을 뻔했어도 사랑하던 것을 그냥 버릴 수는 없다. 어느 날 우연히 발견한 고서점은 내게 구원과도 같았다.

"책은 안 팔고 커리는 팔아요."

경쾌한 인사와는 달리, 여자의 목소리는 낮은 저음이었다. 순간 깊은 동굴 속에 홀로 남겨진 것 같은 기분이 들었다. 여기서 나갈 수 있을까. 막연한 생각이 든다.

뭘 파는지는 안 물어봤는데 굳이 그것까지.

이미 그녀의 영업 방침에 걸려든 것은 아닐까. 아직은 희망이 있다. 나는 '카레'든 '커리'든 좋아하지도 않고 배도 고프지 않다. 그럼 다시 나가야겠지. 그러나 내가 들어온 저 문 앞에는 여자가 서 있다. 나는 얼떨결에 무대 위에 오른 관객처럼 난처해졌다.

"짐은 여기에 두세요."

여자는 마치 내 마음을 꿰뚫어 본 듯 다음 동작을 지시했다.

그녀는 앉으면 곧바로 부서질 것같이 생긴 의자를 손짓하며 설핏 미소를 지었다.

나는 반사적으로 가방을 내려놓았다. 밀린 수도세를 마련하려고 책을 열 권이나 가져온 것이 화근이었다. 아까부터 허리며 어깨가 끊어질듯 아팠는데 살 것 같다. 몸이 가벼워지니 가게 안의 풍경도 다시 보였다.

아무래도 주인의 취향을 이해하긴 힘들 것 같다. 다들 어딘가 부실하고 오래되어 보인다. 고서점이 고물상으로 변했다고 해도 이상하지 않을 거다. 고서점에서는 헌책을 비롯한 대부분의 오래된 것들, 나이 든 주인까지도 조화로웠다. 지금은 가게 내부와 주인, 그리고 손님 아닌 손님이 된 나까지 온통 부조화다. 순간 여자가 두 손으로 공손히 무언가를 내밀었다.

메뉴판이었다.

현재 내가 가진 돈은 약 3000원이다. 어림잡아 생각하는 건 그게 모두 동전이기 때문이다. 집 안 여기저기서 긁어모았더니 꽤 묵직해졌다. 아마도 그것 때문에 가방이 더 무겁게 느껴졌는지도 모른다. 나는 마른침을 삼켰다. 여자가 나를 보고 있다. 나는 눈싸움에 약하다. 결국, 이번에도 거부하지 못하고 그것을 받아 들었다. 탄산음료 정도면 한 잔 시켜도 부담 없겠지. 하지만 예상은 철저히 빗나갔다.

팔락 파니르, 달 마크니, 빈달루, 띠까 마살라…….

분명 한글인데 온통 낯설다. 이런 게 '커리'라면 나는 커리를 먹어 본 적이 없다.

'카레'라면 질리도록 먹어 봤지만.

언제나 바빴던 엄마는 월요일 아침마다 큰 냄비에 카레를 가득 끓여 놓고 집을 나섰다. 들어가는 재료는 돼지고기 한 줌, 커다랗게 썬 당근, 양파, 감자 그리고 고춧가루 조금. 엄마의 카레는 늘 같았다. 우리 모녀는 단둘이었기 때문에 반복되는 아침 메뉴에 불평할 사람은 나뿐이었다.

"아쉬우면 네가 좀 해 보지 그러니?"

엄마의 말에 나는 '평범한 가정식'에 도전했다. 여기서 '평범한'이라는 전제는 당시 같은 반 친구들의 도시락 반찬을 기준으로 한 것이었다. 하지만 애초에 평범한 가정식을 먹어 보지 못한 내가 그런 걸 만들 수 있을 리 없다. 나는 요리에도 지독히 소질이 없었다. 물론 포기하지 않았다면 지금쯤 내가 있는 곳은 어느 식당의 주방일지도 모른다.

인정하기 싫지만 나는 끈기에도 소질이 없다. 끈기에 무슨 소질이 있냐고 누군가 따진다면 할 말은 없지만.

엄마는 그날도 카레를 끓여 놓았다. 평소보다 두 배는 많은 양이었다. 그리고 집을 나갔다. 나는 냄비 속의 카레가 모두 사라지기 전에 그녀가 돌아올 거라 믿었지만 그런 일은 일어나지 않았다.

"식사 생각은 없는데, 혹시 마실 건 없나요? 아까부터 목이 말라서……."

갑자기 용기가 났다. 메뉴판을 무시한 것 같아서 조금 미안한 마음은 들었지만, 지금은 어쨌거나 손님이란 배역이니 선택권은 있다.

대부분 음식점에서는 음료의 가격이 제일 싸다. 또한, 이 주문은 절대로 '커리' 따위는 먹지 않을 것이라는 나의 의지와도 같은 말이었다. 음료만 주문하는 것이 안 된다고 하면 나갈 명분이 생긴다.

기대와 달리 여자는 두 손을 합장하듯 모으고 공손히 인사를 하더니 붉은 커튼 사이로 사라졌다.

그냥 나갈까, 몇 번이고 고민했지만 그러지 않았다. 내가 이러고 있는 이유가 그녀에 대한 호기심 때문이란 것을 알았다.

잠시 후에 여자는 긴 유리컵에 담긴 걸쭉한 흰색 음료를 가지고 나와서 짚으로 엮은 동그란 컵 받침을 놓고 그 위에 컵을 올려놓았다. 그 모든 행동에 절도가 있다. 손끝에 금색 매니큐어가 번쩍 빛나서 순간 눈이 부셨다. 여러모로 사람을 놀라게 하는 여자다.

"이게…… 뭔가요?"

"라씨. 인도식 요구르트에 여러 가지를 섞었죠. 아주 맛있어요."

"네. 그런데 전 이걸 시킨 적은 없는데요."

"우리 가게에서 가장 맛있는 음료랍니다. 한번 마셔 보세요."

차마 저런 눈을 보고도 가진 돈이 3000원밖에 없다고 말할 수 있는 사람은 몇 명 없을 것이다. 금세 기가 죽은 나는 테이블 위에 놓인 도깨비같이 생긴 장식품으로 시선을 돌리며 말했다.

"그게 아니라, 이건 얼마인지."

"아, 그건 돈 주고 산 것이 아니에요. 선물 받았죠. 마음에 드세요?"

"네? 그게 아니라."

"좀 오래됐죠. 그걸 준 사람이 날 무척 좋아했는데. 지금은 어디서 뭘 하며 사는지도 모르니까. 선물이란 건 그런 것 같아요."

여자는 어느새 추억에 빠져든 얼굴로 나를 보았다. 이번에는 동의를 구하는 눈빛이었다.

아니야. 그게 아니라고.

"죄송합니다만, 지금 저한테 3000원밖에 없어서요."

"그래요?"

여자의 대답은 항상 예상과는 다른 것이라 이쯤에서는 놀랍지도 않았다. 이런 타입이라면 정확하게 의도를 전하는 수밖에 없다.

"그러니까 전, 이 라씨가 3000원 이상이면 마실 수가 없다는 뜻입니다."

당당하게 말했지만 어쩐지 설득이 될 것 같지는 않았다. 나는 긴장을 겨우 숨기며 다시 용기를 내어 여자를 정면으로 보았다.

"그럼, 커리 값은 다음에 주세요."

여자가 말했다.

"오늘 커리는 팔락 파니르예요. 죄송하지만 오늘의 세트에만 라씨를 3000원에 제공해 드려요."

"하지만, 전 커리를 먹을 생각이 없는데요."

"왜죠?"

나는 여자에게 말려들지 않으려고 재빨리 가방 속에 넣어 둔 동전 뭉치를 꺼내 테이블 위에 올려놓았다. 놓고 보니 생각보다 묵직하다.

"제가 가진 건 이게 다입니다. 다음에도 '커리' 같은 걸…… 미안합니다. 아무튼, 커리를 사 먹겠다고 굳이 여기 올 일은 없고요."

"그렇군요. 유감이네요."

순간 여자의 표정이 급격히 어두워져서 미안한 마음이 들었다.

"하지만 이 라씨 값은 치르고 싶어요. 물론 이 돈으로 될지는 모르겠지만요."

"라씨는 따로 팔지 않아요. 그냥 서비스로 드리는 거니 부담 갖지 마세요."

여자의 말투로 보아 화가 난 것 같지는 않았다. 나는 더욱 난감해졌다.

한동안 집 안에만 틀어박혀 지내다 보니 사람 대하는 방법을 잊은 걸까.

아니면 이 여자가 새로운 유형의 사람인 걸까.

그녀는 내 상황 같은 건 안중에도 없이 또 말을 걸었다.

"그런데 왜 그렇게 커리를 싫어하세요?"

"커리라면 질리도록 먹었습니다."

나도 모르게 말이 툭 튀어나왔다. 카레나 커리나 비슷하겠지.

순간 여자의 얼굴에 반가움이 스쳐 지나갔다. 이번엔 뭐라고 할까. 이제는 그녀가 어떤 반응을 보여도 놀라지 않을 것 같다. 그녀는 원래 그런 사람인지도 모른다.

"혹시 인도에 다녀오셨나요? 저는 자이프루에서 10년을 보냈어요."

나는 인도는커녕 제주도도 가 보지 못했다. 하지만 그녀가 기대하는 말을 해 줘야 할 것 같은 생각이 들었다. 이제부터는 약간의 농담을 섞기로 했다.

"실은 저희 어머니께서 인도에 계십니다."

"어머! 정말요? 어디에?"

글쎄, 그걸 어디라고 해야 할까. 적어도 인도의 수도가 어디인지는 아니까 거기로 해야겠다. 어쨌거나 인도면 될 것이다.

"뉴델리요."

"대단하신 분이네요. 그럼 손님도 거기에 가 봤겠네요?"

"저는 아직. 하지만 카레라면…… 아니, 커리라면 여태 주식처럼 먹었습니다. 어머니께서 강황을 엄청나게 보내 주셨거든요."

여기까지 이야기하면서 나는 정말이지 농담에도 소질이 없다는 사실을 깨달았다.

"그렇군요."

갑자기 여자의 표정이 심각해져서 심장이 두근거렸다. 초면에 왜 사람을 속이느냐고 화내면 어떡하지.

여자는 내 맞은편에 놓인 의자를 끌어당겨 앉았다. 의자가 끼익 비명을 질렀다. 나도 모르게 움찔하는 순간, 드디어 그녀가 입을 열었다.

"그럼……. 내 부탁 하나만 들어줄래요?"

"제가요?"

"이 가게 말이에요. 아무리 구석에 있다지만 너무 장사가 안 돼서요. 아무래도 엉터리 커리를 만들고 있는 것 같아요. 당연하죠. 나는 정식 요리사가 아니니까. 실은 손님이 저희 가게의 세 번째 손님이에요. 나머지 두 명은 내 친구들이었죠. 친구들은 모두 내 커리를 먹고 아무 말 없이 돌아갔어요. 이건 예의가 아니죠. 차라리 맛이 없다고 했으면 어떻게든 방법을 찾았을 거예요. 그렇다고 그들이 음식을 남겼냐면 그렇지도 않아요. 접시가 아주 깨끗하게 비었거든요. 내가 만든 걸 다 해치웠다니까요? 그러고는 끝이었죠."

왠지 그 친구들을 이해할 수 있을 것 같았지만 내색하지 않았다.

"혹시⋯⋯ 가격이 너무 비쌌다거나⋯⋯."

"친구한테 돈을 받지는 않아요."

여자는 정색했다.

"그 뒤로 연락은 없었나요?"

"없었어요. 심지어 한 명은 전화번호를 바꿨더군요. 그 정도로 형편없었나⋯⋯."

여자는 쓸쓸한 표정으로 캄캄한 벽을 쳐다보았다. 그제야 내가 아직 동굴 속에 있다는 사실이 상기됐다.

"그래서 제가 들어 드릴 부탁이란 건 뭡니까?"

"내 커리를 먹어 주세요. 그리고 평가해 주세요. 물론 이건 계산하지 않아도 돼요."

"하지만 전 배가 고프지 않은데요."

"더 잘됐죠. 허기지지 않은 상태에서 맛을 보면 더 정확할지도 몰라요."

여자의 말은 논리로 따져 들을 성격이 아니라는 걸 이제야 조금 눈치챘다. 나는 여자를 마주 보았다. 여자는 그걸 동의로 판단한 듯 자리에서 일어섰다.

나는 그렇게 커리와 만났다.

내 앞에 김이 모락모락 나는 녹색 커리가 놓였다.

"팔락 파니르예요. 시금치 좋아하죠?"

이걸 질문으로 받아들여야 할까? 대답이 정해져 있다.

"네, 그럭저럭."

여자는 얼른 먹어 보라는 듯 눈짓으로 재촉한다. 마지못해 수저를 들었다. 어쨌거나 계산을 해야 한다는 부담에서는 벗어났으니 조금 홀가분해졌다. 여자는 라탄 바구니에 얹어 놓은 커다랗고 납작한 빵을 죽 찢어서 내 앞으로 내밀었다.

"난 좋아하죠? 같이 먹어 봐요. 화덕이 말을 안 들어서 꽤 고생했지만 제법 잘 구워졌어요."

나는 그녀가 내민 '난'에다가 그녀가 만든 '팔락 파니르'를 듬뿍 발라 입에 넣었다. 막상 접시에 담긴 것만 봤을 때는 색상부터 끔찍하다고 생각했지만, 맛은 그렇지 않았다. 사실 내가 요즈음 먹어 본 음식 중에 가장 맛있었다.

"어떤가요? 인도의 맛이 느껴지나요?"

인도의 맛. 나는 사실 인도에는 가 보지도 않았을뿐더러 추호도 관심이 없다. 하지만 이것이 인도의 맛이라면 앞으로 인도를 사랑하게 될지도 모른다. 이번에는 조금의 농담도 섞지 않았다.

"맛있어요."

"정말? 와! 좋아라……. 정말이죠?"

여자가 너무 좋아해서 어쩐지 나도 들떴다.

"제가 먹은 카레, 아니 커리 중에 제일 맛있습니다."

이 말 역시 진심이었다. 나는 연거푸 난을 찢어 입에 밀어 넣었다. 갑자기 식욕이 솟아났다. 한참을 먹고 있는데 여자가 너무 조용하다는 생각이 들었다. 고개를 들어 보니 여자는 울고 있었다.

"제가…… 실수라도."

여자는 흐르는 눈물을 주체할 수 없다는 듯 자리에서 일어나 다시 커튼 속으로 사라졌다. 이번에는 마치 연극의 한 장이 끝난 기분이었다. 여자는 내가 이 모든 것들을 다 먹을 때까지 무대 뒤에서 나오지 않았다. 나는 말없이 그것들을 깨끗하게 해치웠다. 그제야 내가 꽤 오래 허기를 느꼈다는 것을 알았다.

엄마가 사라지고 나서 나는 하루에 한 끼로 연명해 왔다. '연명'이라는 표현이 아마도 맞을 것이다. 내 몸은 비쩍 마르고 흉하게 변했다. 부모 없이도 꿋꿋하게 살아가는 사람들이 더 많다는 걸 잘 알지만 나는 그러지 못했다. 어느 날 문득 가장 사랑하고 믿었던 이에게 버려졌다는 것. 그 사실을 인정할 배짱이 겨우 열여섯 살이던 내게는 없었다. 한참 후에야 우리 모녀에게는 엄마의 카레가 곧 '평범한 가정식'이었다는 것을 알았다. '평범한 것'은 곧 '그리워질 것'이라는 것도.

"다 드셨나요?"

한참 후에 여자가 다시 등장했다. 눈자위가 붉게 물들어 있었다. 강렬하게만 느껴지던 눈빛도 한층 부드럽게 변했다. 나는 앙코르를 외치는 대신 진심으로 감상을 전했다.

"네. 잘 먹었습니다."

여자는 가지고 온 쟁반을 탁자 위에 놓고 자리에 앉았다. 화려한 문양이 그려진 도자기 주전자와 앙증맞은 잔 두 개가 담겨 있다.

"차이를 마시면 입안이 개운해지죠."

나는 갓 끓인 차를 입안에 머금었다. 향긋하고 뜨거운 기운이 목구멍을 타고 내려갔다. 문득 밖에 아직 눈이 올까 궁금했다. 아침부터 빙판길에 미끄러지지 않으려고 잔뜩 긴장하고 걸었었다. 아직도 어깨가 뻐근하다.

"오늘까지 아무도 찾지 않으면 가게 문을 닫으려고 했어요."

여자가 찻잔을 만지면서 말했다. 마치 오래전에 이런 장면을 본 것 같은 기분이 들었다. 여자는 계속 말했다.

"아무래도 인도에 너무 오래 있었나 봐요. 돌아오면 모든 게 다 잘 될 줄 알았는데."

"인도에는 혼자 갔나요?"

문득 탁자 위의 도깨비 인형이 다시 보여서 그것에 대해서도 물었다. 여자도 그것을 보며 말했다.

"네. 아주 오래전에."

여자가 이야기를 시작했다.

* * *

내 인생에서 어딘가에 소속된 적은 그때가 처음이었다.

나는 가족이 운영하는 아주 작은 사무용품 제작 회사에 다니고 있었다. 업무는 사장이 수기로 쓴 문서를 타자기로 타이핑해서 깔끔하게 정리해 놓는 일이었다. 나는 그 일을 좋아했다.

사장은 50대 중반의 남자였다. 오랜 영업으로 다져 온 특유의 미소를 항시 짓고 있었다. 몇몇 고객들은 그를 보고 인상이 참 좋다고 말했지만 나는 그렇게 생각하지 않았다.

그는 감정의 진폭이 큰 사람이었고 때로 주변 사람들을 긴장하게 했다. 화가 나면 주변의 집기들, 주로 값이 나가지 않는 물건들만 골라 집어 던지기도 했다. 옷차림은 언제나 노란색 골프 티셔츠에 구겨진 감색 바지였고, 양손을 크게 휘저으며 팔자걸음을 걸었다.

그의 아내, 직원들에게 '사모'라고 불리던 여자는 언제나 단정한 무채색 투피스에 검은색 단화를 신고 사무실에 들러 직원들이 먹을 다과를 놓고 갔다. 그녀는 무척 조용했기 때문에 어떤 날은 다녀갔는지 모를 때도 있었다.

모두가 사모는 원래 그런 사람이라고 여기는 듯했다. 그러나 나는 그녀가 그 단조로움 속에서도 어떤 변화를 원한다는 것을 조금

이나마 눈치채고 있었다.

그녀가 손수 만들었다는 쿠키와 빵, 초콜릿은 매번 재료도 맛도 조금씩 달랐다. 한 번도 겹친 적이 없었다. 하지만 사장을 비롯한 사무실 사람들은 그런 것 따윈 보지도 않고 허겁지겁 입에 넣기 바빴다.

언젠가 사모가 가지고 다니던 흰색 양산을 놓고 가서 방금 나간 그녀를 뒤쫓아간 적이 있다.

회사 밖으로 나온 그녀는 10센티미터는 될 것 같은 적포도주색 하이힐로 신발을 갈아 신고 위태롭게 서 있었다. 순간 유니폼 같던 회색 투피스가 아주 다르게 보였다.

주변을 살피던 그녀가 문득 돌아보았다. 나는 너무 놀라 굳은 채로 마주 서 있었다. 사모는 아무 일도 없단 듯 가벼운 묵례를 하고 대기되어 있던 택시에 올랐다. 어디로 갔는지 알 수 없지만, 다른 택시보다 요금이 비싼 모범택시를 탄 것만은 기억한다.

그날 이후 사모와 나 사이에 비밀 하나가 생겼다는 생각에 묘한 친밀감이 솟아났다.

사장의 심부름으로 자택에 서류를 가지러 갔을 때 그 일이 일어났다.

집 앞에 도착했을 때 어쩐지 가슴이 뛰었다. 초인종을 누르려는데 전기가 오른 것처럼 손끝이 저릿했다. 순간 현관문이 열려 있는 것을 알았다. 그러면 안 되는 거지만 인기척도 내지 않고 그냥 들어섰다. 집 안에는 생각한 것과는 아주 다른 냄새가 났다. 늘 사모에게서 풍겨 오던 은은한 백합 향 대신 강렬한 향신료 냄새가 코를 찔렀다.

사모는 커리를 만들고 있었다.

그녀는 레이스로 짠 흰색 앞치마와 화려해 보이는 푸른색 홈드레스 차림이었다. 긴 머리는 평소와 달리 높게 틀어 올렸는데 깨끗한 목덜미에는 땀에 젖은 머리칼이 몇 가닥 엉겨 붙어 있었다.

사모는 노래를 흥얼대며 긴 나무 주걱으로 커다란 냄비를 휘휘 젓고 있었다.

나는 고양이처럼 살금살금 소리도 내지 않고 사장의 서재로 들어 갔다. 서류는 사장이 말한 대로 첫 번째 서랍 속에 있었다. 그걸 집어 드는 순간 따르릉하고 요란한 전화벨이 울렸다. 사모는 앞치마를 입은 채 거실로 나와 전화를 받았다.

사장의 전화였다. 사모는 아직 내가 도착하지 않은 것 같다고 말하고는 전화를 끊었다. 그리고 다시 부엌으로 돌아갔다. 나는 순발력을 발휘하려고 했다. 대문으로 다시 돌아가 방금 들어온 것처럼 인사할 생각이었다.

"지긋지긋해……."

사모가 갑자기 입고 있던 앞치마를 벗어 패대기치듯 바닥에 내던졌다. 평소 사장이 그랬던 것처럼 과격한 동작이었다. 그녀는 곧 화난 사람처럼 안방으로 가로질러 들어갔다.

무슨 일인지 궁금했지만 일단 현관으로 가야 오해가 없을 것이었다.

재빨리 움직이는 순간, 부엌에서 타는 냄새가 풍겨 왔다. 돌아보니 이미 냄비 위로 뿌연 연기가 솟아나고 있었다. 냄비 뚜껑이 덜거덕거리면서 요동쳤다.

나는 반사적으로 뛰어가 얼른 불부터 껐다. 뚜껑을 열어 보니 타기 직전의 갈색 커리가 부글부글 끓고 있었다. 조그만 창도 열었다. 집 안이 온통 진한 커리 냄새로 가득했다.

"거기, 누구?"

사모는 동그랗게 커진 눈으로 나를 빤히 보았다.

"죄송합니다. 문이 열려 있길래……. 들어오는데 타는 냄새가 나서요."

"어머나!"

"불은 제가 방금 껐어요. 환기만 좀 시키면……."

그녀는 잠시 가스레인지를 살피더니 지친 표정으로 식탁 의자에 털썩 앉았다. 잠시 아무 말이 없었다. 그때야 사모의 옷차림이 바뀌어 있단 걸 알았다.

그녀는 검은색 원피스에 베이지색 바바리코트를 입고 있었다.

사모는 잠시 심호흡하더니 부엌 앞에 쓰러져 있던 캐리어 가방을 똑바로 세우고 다시 자리에 앉았다. 그리고 어찌할 바 모르고 서 있는 내게도 앉으라는 손짓을 했다.

"내 정신도 참……."

사모는 식탁 위에 놓인 유리컵에 물을 따라 마셨다. 내게도 건넸지만 됐다고 했다. 지금의 상황이 더 궁금했다.

"많이 놀랐겠네요. 고마워요."

사모는 이내 평소의 덤덤한 표정으로 돌아왔다.

"어디 나가시려던 참이었나 봐요."

"그건 아니고……."

사모는 다시 물을 한 모금 더 마셨다. 컵을 내려놓는 그녀의 손톱은 금색이었다. 조금 놀랐지만 내색하지 않았다. 사모가 말했다.

"비밀로 해 줄래요?"

"방금 일이라면……."

나는 얼마 전에 본 사모의 하이힐을 떠올리고 머뭇거렸다.

"아니요. 나는 지금 집을 나가려던 중이었어요. 그러니까 외출이 아니라 아주 나가려는 거예요. 남편은 내가 실종됐거나 죽었다고 생각할지도 모르지만……."

"설마, 가출하시는 건가요?"

"아니요. 그러니까 난 그냥 다른 차원으로 가려는 거예요. 이해할 수 없겠지만 그게 사실인걸요. 남편에게도 몇 번이나 말하려고 했지만 그럴 수 없었어요. 세상에는 설명할 수 없는 일들이 더 많거든요. 어떻게 생각해요?"

"지금 이게 무슨 상황인지 잘 몰라서 뭐라고 말씀드려야 할지. 그래도 혹시 제가 도울 일이 있으면 돕고 싶어요."

진심이었다. 사모는 평소보다 조금 흥분한 듯했지만 좀 더 인간적으로 보였다. 나는 조심스럽게 물었다.

"혹시…… 사장님이 가정 폭력을 행사했다거나……. 그 비슷한 일이 있었던 것은 아닌지."

"그런 건 아니에요. 외부에서 보는 남편이 어떤 남자인지는 잘 알고 있어요. 하지만 집에서는 다정한 편이죠. 내가 떠나려는 이유는 누군가에 의한 것이 아니에요."

점점 머릿속이 복잡해졌다.

지금 내 앞에 앉아 있는 저 여인이 정말 사모가 맞는 걸까.

나도 모르게 그녀의 얼굴을 한참이고 쳐다봤다.

혹시나 술에 취한 상태는 아닐까.

그녀의 눈빛은 또렷했다. 어떤 의지로 가득 찬 활기 띤 얼굴도 건강한 사람의 것이었다. 물론 평소와 비교해 비정상일 수도 있겠지만. 이제 정상과 비정상의 구분은 무의미해 보인다. 분명한 것은 그녀가 절대로 무엇에 취해 그런 말을 하지는 않았다는 것이다.

사모는 잠시 시계를 보더니 급한 듯 자리에서 일어나며 말했다.

"혹시 '커리우먼'의 존재를 알고 있나요?"

"커리어 우먼, 일하는 여성 말인가요?"

"아니요. 커리우먼. 커리를 끓여 놓고 새로운 차원으로 떠난 여성들이죠."

그 말을 하는 사모의 표정에는 어떤 비장함까지 느껴졌다.

"그럼 혹시 사모님도?"

"맞아요, 나도 그 대열에 들어가기로 했죠. 쉽지는 않았어요. 나역시 그들의 존재를 알지 못했으니까요. 어느 날, 메시지가 도착했어요. 처음에는 반신반의했지만, 이제는 내가 갈 길이 그곳인 걸 잘 알아요. 혹시나 그쪽도 메시지를 받아 본 적 있나요?"

"메시지라면…… 이메일 같은 건가요?"

"아니요. 그건 어떤 형태를 가지고 오는 것이 아니에요."

사모는 그 말을 하고 잠시 상념에 잠긴 표정을 지었다. 아마 그 '메시지'라는 것을 받던 순간을 상기하는 것 같았다.

혹시, 사이비 종교 단체나 미신 같은 데 사로잡힌 것은 아닐까?

나는 순간 걱정이 되는 것과 동시에 겁이 났다. 어쨌거나 그런 사태라면 말려야 할 것 같았다.

"그럼 사장님과 대화를 먼저 해 보시는 건 어떨까요. 물론 제가 주제넘게 끼어들 사안은 아닙니다만…. 이렇게 떠나시고 나면 분명 상처가 될 거예요."

"우리 부부는 대화해 본 기억이 없어요. 그리고 상처는 누가 받는 거죠?"

"물론…… 서로가……."

"아니요. 내가 떠나지 않는다고 해도 서로 상처는 줄 수 있어요. 가장 먼저 자신을 생각해야 해요. 나는 그걸 너무 늦게 알았지만, 당신은 그러지 않길 바라요."

사모는 조금 쓸쓸한 눈빛으로 돌아섰다. 순간 나는 그녀가 영원히 돌아오지 않게 될 것을 알았다. 아까부터 정말 궁금했던 것을 묻기로 했다.

"커리우먼이라는 거, 누구나 될 수 있는 건가요?"

사모가 돌아보며 말했다.

"이제 가 봐야겠어요. 한 가지 말해 줄 수 있는 건, 수많은 커리우 먼들은 떠날 때 커리 말고는 아무것도 남기지 않았다는 사실이에 요. 나는 당신에게 너무 많은 말을 남기고 말았군요. 어쩌면 우리가 다시 만날 수 있다는 생각 때문인지도 모르겠어요. 그때가 되면 당 신도 알고 있겠죠."

"그럼 저에게도 기회가 올 수 있다는 말씀인가요?"

"물론. 기회는 아는 것에서 시작되는 걸요. 아무튼, 비밀은 지켜 주세요. 그리고 저 커리는 원하면 먹어도 좋아요. 그럼 이만."

사모는 서둘러 캐리어를 끌고 현관으로 나갔다.

너무 갑작스럽게 일어난 일이라 따라갈 생각도 못 한 채 멍하니 서 있었다. 정신을 차려 보니 그녀는 이미 사라지고 없었다.

나는 그렇게 커리와 만났다.

* * *

여자의 이야기가 끝났다.

우리는 잠시 정적 속에 차만 홀짝였다. 바깥에서 바람 치는 소리 가 들려왔다. 나는 혹시나 하는 마음으로 먼저 입을 열었다.

"그렇다면 저 인형은……. 사모가?"

"저건 사장이 준 거예요. 사모가 떠나고 나서 내게 의지를 많이 했죠. 아, 오해는 말아요. 사귀지는 않았으니까."

할 말을 잃은 나는 차를 다시 마셨다. 순간 등골이 서늘해졌다.

"그럼, 혹시…… 그쪽도 커리우먼인가요?"

"아니요. 내게는 아직도 기회가 오지 않았어요. 결국에는 아무것도 버리지 못하고 돌아왔으니까."

"그럼…… 그들은 최종적으로 어디로 가게 되는 기죠?"

"글쎄요. 나도 경험해 보지 못했으니 알 수는 없지만……. 어쨌거나 최종이란 건 없는 게 아닐까요? 언젠가 길을 가다가 사모를 닮은 여자를 본 적이 있어요. 그럴 때마다 그들도 우리 근처에서 평범하게 살고 있는 건지도 모르겠다고 생각하지요."

"그럼 그게 무슨 의미가 있는 걸까요?"

"세상에는 설명할 수 없는 일들이 더 많아요."

여자는 빈 허공을 보고 있었다. 문득 그녀에게 아무런 말도 없이 떠난 엄마가 겹쳐 보였다.

"겨우 커리 따위가 변명이라니."

"그들에게는 그게 최선이었을 거예요."

"말이 안 되잖아요. 남겨진 사람들은 아무런 준비도 못 했는데!"

나도 모르게 언성이 높아졌지만, 여자는 놀라지 않았다.

"모든 준비가 다 된 다음에 떠날 수 있는 사람은 없어요."

"그렇다고 해도 난 그런 사람들 절대로 이해할 수 없어요. 절대로…… 절대로…….'"

나는 결국 울었다. 여자는 아무 말 없이 일어서서 찻잔을 치웠다. 그리고 다시 무대 뒤로 사라졌다. 덕분에 마음껏 울 수 있었다. 여자는 내가 갈 때까지 나오지 않았다.

나오는 길에 가방 속에 있던 책들을 모두 꺼내 올려 두었다. 엄마
가 언젠가 세트로 사 둔 가정 백과 시리즈였다. 어쨌거나 맛있는 음
식을 먹은 값은 치르고 싶었다. 가방이 가벼워지니 마음도 가벼워
졌다.

나는 집으로 돌아왔다.

일주일 후에 커리를 먹으러 갔더니 '古書店' 입간판이 문 앞에 그
대로 놓여 있었다.

아직도 간판을 바꾸지 않은 이유는 뭘까.

미닫이문을 열고 안으로 들어섰다. 서점 주인이 언제나 앉아 있
던 자리에서 안경 너머로 나를 마주 본다. 사라졌던 책장도 모두 제
자리에 놓여 있다. 순간 먼지가 콧속으로 훅 들어와 나도 모르게 재
채기를 했다.

"아이고 깜짝이야! 오랜만이네?"

주인이 먼저 말을 걸었다. 놀란 것은 나다. 다 어디로 사라졌을까.

"여기…… 다시 하는 건가요?"

"웅? '다시'라니?"

"그러니까…… 여기 커리 집이었는데……."

"커리 집?"

주인은 금시초문이라는 얼굴로 나를 잠시 보다가 보던 책으로 시
선을 돌렸다.

순간 책장에 일렬로 꽂힌 가정 백과가 보였다. 나는 겨우 손을 뻗

어 책 한 권을 뽑았다. 분명 내가 놓고 간 책이다.

"이거 누가 팔고 갔어요?"

"글쎄…… 원래부터 거기 있던 거 아닌가……. 요즘에는 하루에도 몇 번씩 깜빡깜빡하거든. 이상하다……. 아무리 그래도 당최 기억이 안 나네."

"혹시, 키가 큰 여자 아니었어요?"

주인은 고개를 저었다.

"요즘엔 통 손님이 없었어. 아들놈 결혼 준비 때문에 꽤 오래 가게를 비웠거든. 그나저나 오늘은 팔 책 없나?"

"오늘은, 그러니까 커리를 먹으러 왔는데요."

주인은 고개를 갸우뚱하더니 이내 흥미가 떨어진 듯 대꾸도 없이 책장을 넘겼다. 그가 보고 있는 책도 얼마 전에 내가 팔았던 과학백과 시리즈 중 한 권이었다.

문득 한 번도 엄마의 책들을 펼쳐 보지 않았다는 사실을 알았다.

나는 내 손에 쥐어진 책의 표지를 처음으로 자세히 들여다보았다. 제목은 다음과 같았다.

'인도 커리 대 백과.'